NICOLA FÖRG

Funkensonntag

Buch

Doktor Johanna Kennerkecht, kurz Jo genannt, hat es nicht leicht. Die Chefin des regionalen Tourismusverbandes muss eine Gruppe übellauniger Journalisten betreuen, die gekommen sind, einen Reisebericht über die Wintersportregion Allgäu zu schreiben. Allerdings scheint der Winter in diesem Jahr auszufallen; statt lustiger Schneeflocken fällt nur strömender Regen. All die sorgfältig geplanten Veranstaltungen fallen damit buchstäblich ins Wasser. Jo und ihre Assistentin Patty sind enttäuscht, hoffen aber dennoch auf den Höhepunkt ihrer Aktivitäten, das Funkenfeuer – denn der heidnische Kult der Winteraustreibung wird im Allgäu ganz groß geschrieben. Als der Funke nach anfänglichen Schwierigkeiten endlich überspringt, bekommt Jo tatsächlich ihre Publicity – allerdings nicht so, wie sie sich dies erhofft hat. Denn der Arm, der da aus dem Funkenfeuer lugt, gehört auf keinen Fall zu der Strohpuppe, die symbolisch verbrannt werden soll. Es ist ein menschlicher Arm und der Tote daran kein Unbekannter: Adi Feneberg ist der Braumeister der kleinen Lokalbrauerei Hündle Bräu. In den nächsten Tagen muss Jo sich nicht nur dem Bürgermeister stellen, sondern sie setzt sich auch in den Kopf, ihren Freund und Kollegen, Kommissar Gerhard Weinzirl, bei seinen Ermittlungen zu unterstützen. Bald stellt sich heraus, dass der sanftmütige Braumeister bei weitem nicht so beliebt war, wie es den Anschein hatte ...

Autorin

Nicola Förg ist im Oberallgäu aufgewachsen, studierte in München Germanistik und Geographie und ist ganz im Westen Oberbayerns der alten Heimat wieder näher gerückt. Sie lebt mit fünf Pferden, zwei Kaninchen und einer wechselnden Zahl von Katzen in einem vierhundert Jahre alten, denkmalgeschützten Bauernhaus im Ammertal – dort, wo die Natur opulent ist und wo die Menschen ein ganz spezieller Schlag sind. Als Reise-, Berg-, Ski- und Pferdejournalistin ist ihr das Basis und Heimat, als Autorin Inspiration, denn hinter der Geranienpracht gibt es viele Gründe (zumindest literarisch), zu morden.

Von Nicola Förg ist im Goldmann Verlag außerdem lieferbar:

Schussfahrt. Ein Allgäu-Krimi (46913)
Kuhhandel. Ein Allgäu-Krimi (47015)

Nicola Förg
Funkensonntag

Ein Allgäu-Krimi

GOLDMANN

Dieses Buch ist ein Roman.
Handlung, Personen und manche Orte sind frei erfunden.
Ähnlichkeiten mit lebenden oder toten Personen sind rein zufällig.

Verlagsgruppe Random House FSC-DEU-0100
Das FSC-zertifizierte Papier *Holmen Book Cream* für dieses Buch
liefert Holmen Paper, Hallstavik, Schweden.

2. Auflage
Taschenbuchausgabe Oktober 2009
Wilhelm Goldmann Verlag, München,
in der Verlagsgruppe Random House GmbH
Copyright © der Originalausgabe by Hermann-Josef Emons Verlag, Köln
Von der Autorin aktualisierte Ausgabe des gleichnamigen Romans
Umschlaggestaltung: UNO Werbeagentur, München
Umschlagmotiv: IBM/buchcover.com; FinePic®, München
mb · Herstellung: Str.
Druck und Bindung: GGP Media GmbH, Pößneck
Printed in Germany
ISBN 978-3-442-47018-1

www.goldmann-verlag.de

Für die »Crew« des Bergbauernmuseums
in Diepolz

1. »Das ist jedes Jahr einfach ein Höhepunkt, sozusagen ein Jour fixe im Allgäu«, hörte Jo ihre Assistentin Patrizia »Patti« Lohmaier gerade sagen. Patrizia lächelte gezwungen und saß stocksteif da. Sie schien in dem engen Dirndl kaum Luft zu bekommen, und wegen der Quetschwirkung des Mieders fiel ihr Dekolleté ungleich imposanter aus, als sie es vermutlich geplant hatte. Dabei hasste Patrizia Dirndl mehr als Fußpilz. Dieses Dekolleté war offenbar das Einzige, was die anwesenden Herren noch bei Laune hielt.

Nachdem Jo den Gastraum des Rössle betreten hatte, war das Erste, was sie wahrnahm, Patrizias flehentlicher Gesichtsausdruck gewesen. Panik flackerte in ihren Augen, ihr Körper war verspannt. Jo erfasste die Szene mit einem Blick. Eine Wolke aus Agonie und Aggression schwebte über dem Tisch. Und die Besatzung just dieses Tisches sollte Patrizia bei Laune halten. Jo sah sich die Leute genauer an. Sie hatte Erfahrung mit Reisejournalisten, und dieser Haufen verhieß nichts Gutes.

Dabei hatte sie den Eckartser Gasthof, die »Alp«, mit Bedacht für die Medienleute ausgewählt. Ein Ort, der eigentlich jedem gefiel und für sich sprach. Über einem alten Küchenherd hing Omas Unterhose – mit Spitzen verziert, versteht sich. Kerzen warfen warme Lichtflecken auf die alten Holzbalken. Die Tische zeigten stolz ihre Narben und Wunden von gut hundert Jahren Bierstemmen und Karteln. Der Steinboden erzählte von schweren nagelbeschlagenen Winterstiefeln. Bloß war dieser Inbegriff einer Stube überhaupt nicht alt, nur ihre Einzelteile. Monatelang hatte Wirtin Gabi in Scheunen gefahndet, Freunde befragt, Balken geschleppt und etwas geschaffen, das so aussah, als wäre es schon immer so gewesen. Ein bisher unschöner Schuppen war in eine Allgäuer Bergbauernstube verwandelt worden. Aber auf Patrizias Truppe, die auf einer Art Empore saß, hatte das offenbar wenig Wirkung.

Gerhard Weinzirl, Jos Jugendfreund, der in Kempten bei der Mordkommission arbeitete, saß am Nebentisch und beobachtete ebenfalls die Szene. Er war, was selten vorkam, rein privat unterwegs. Seine Eltern hatten Verwandtenbesuch aus Zornheim bei Mainz, und »die Alp« war der perfekte Ort, um die »Preißn« dahin auszuführen. Gerhard hatte ein paarmal Patrizias Blick gesucht, aber sie schien zu angespannt, um ihn überhaupt wahrzunehmen. Gerhard konnte sie gut verstehen, als er den Blick über die Gruppe am Nachbartisch gleiten ließ.

An der Stirnseite saß ein Schmuddel-Typ, in dessen Kräuselbart sich eine Schupfnudel verfangen hatte. Angesichts seiner Wampe, die das T-Shirt mit TUI-Werbeaufdruck nur unzureichend bedeckte, kam Gerhard zu dem Schluss, dass die Nudel wahrscheinlich als Wegzehrung für später gedacht war. Daneben kauerte ein Mädel, Marke »Mäuschen«, das sich wahrscheinlich für die Platzwahl verfluchte. Dann ein Endzwanziger in typischer Großstadtverkleidung in Schwarz und mit einem Gesichtsausdruck, der so kaltschnäuzig wirkte, dass selbst ein Eskimo aufs Nasereiben verzichtet hätte. Er wurde flankiert von einer älteren Lady, deren liebstes Tier wohl die Drossel, respektive die Schnapsdrossel war. Dann folgten auf der Bank zwei Gestalten, die ganz offensichtlich miteinander techtelten. Jeder trug einen Ehering, aber dass weder die Ringe noch die Personen zusammengehörten, war klar. Das alles erschien Gerhard schon wie ein Panoptikum der Sonderklasse, aber die Krönung der Tafelrunde stellte ein Glatzkopf am anderen Ende des Tisches dar. Er war ein Hüne und hatte unangenehme, tief in den Höhlen liegende Rumpelstilzchen-Augen, wie Gerhard fand. Schnell streifte sein Blick den Rest: eine sympathisch aussehende junge Frau und zwei eher unauffällige Männer. Einer aber begann plötzlich zu strahlen und stand auf. Er war blond, sommersprossig, sehr schlank. Gerhard wandte den Kopf und sah Jo in der Tür des Gastraumes stehen. Er fühlte einen Kloß im Hals.

Jo nestelte an ihrem Rock, auch sie zeigte heute alpenländisch Flagge und trug ein Dirndl. Ein dickes Winterdirndl zudem. Jo teilte Patrizias Pein. Sie hatte noch im Auto darüber nachgedacht, auf Kiemenatmung umzustellen, bevor die Knöpfe abzuspringen drohten. Sie nestelte noch mal am Rock und ging dann mit Zahnpastareklamestrahlen und großen festen Schritten auf den Tisch zu. »Grüß Gott, meine Damen und Herren, es tut mir außerordentlich leid, dass ich Sie heute im Stich lassen musste. Aber Sie waren bei meiner Assistentin mit Sicherheit in den besten Händen! Doktor Johanna Kennerknecht, geschäftsführende Direktorin des Tourismusverbands. Ich darf Sie jetzt auch noch mal ganz herzlich willkommen heißen.« Obwohl Jo ihr Doktortitel so wurscht war wie das sprichwörtliche Fahrrad, das in Tokio umfällt, setzte sie ihn heute bewusst ein.

Sie schüttelte den Anwesenden einzeln die Hand. Dann gab es eine dicke Umarmung und Küsschen für den Blonden, der immer noch lächelnd neben dem Tisch stand.

»Jens, grüß dich, ich freu mich, dich zu sehen.«

Jo winkte der jungen Frau zu. Das war Alexandra und neben Jens die Einzige in der Gruppe, die sie bereits kannte. Die Schupfnudel schoss hoch, um ebenfalls ein Küsschen zu ergattern. Jo hatte das unangenehme Gefühl, dass diese Nudel soeben den Dekolleté-Vergleich zwischen ihr und Patti anstellte.

Ein Stuhl wurde für Jo zurechtgerückt, und für den Moment schien sich die Stimmung aufzuheitern. Hier kam die Chefin, und die würde alles erhellen. Für Journalisten machten Touristiker doch alles, verbogen sich, veränderten feststehende Programme in Sekundenschnelle, zauberten und jonglierten, um die Schreiberlinge bei Laune zu halten. Leider stießen selbst Jos Zauberkünste an eine bestimmte Grenze: das Wetter.

Diese Gruppe von Medienvertretern war eingeladen worden, das schöne Allgäu von seiner winterlich-romantischen Seite zu erleben. »Bäuerliches Brauchtum im Bilderbuchwinter« hatte die Einladung versprochen. Der Verantwortliche für dieses Bilderbuch hatte allerdings reichlich schwarzen Humor bewiesen, denn dieser Winter fand in diesem Jahr irgendwo oberhalb von dreitausend Metern statt – dort, wo das Allgäu definitiv keine Berge mehr hatte. Knapp darunter, also auf zweitausendneunhundert Metern, wo das Allgäu immer noch keine Berge hatte, regnete es. Es schüttete wie aus Kübeln. Das erste Motiv aus dem winterlichen Bilderreigen war bereits komplett abgesoffen: das »Schalenggen-Rennen« in Wertach.

»Schalenggen« nennen die Allgäuer die großen hölzernen Hörnerschlitten, die den Bergbauern früher hauptsächlich zur Beförderung von Milch, Heu und Holz dienten. Seit 1982 gehörte Wertach zu den traditionellen Ausrichtern von »Schalenggen-Rennen«, und jedes Jahr im Februar gehen bis zu hundertdreißig Schlitten mit einer zweiköpfigen Besatzung an den Start. Schon beim Aufstieg zum Start säumen Schnapsbuden den Weg, und die tollkühnen Piloten trinken sich jede Menge Mut an. Den brauchen sie auch, denn nahezu unsteuerbar, ungefedert und extrem bockig katapultiert der Schlitten seine Fahrer gern mal in den Wald. Daher besagt das Reglement auch, dass *beide* Fahrer und zumindest ein eindeutig identifizierbarer Teil des Schlittens durchs Ziel kommen müssen.

Dieses Jahr war es eine besondere Höllenfahrt gewesen. Die Spur bestand nur aus Eisplatten und Schlamm. Die Journalisten standen buchstäblich im Regen, von Bilderbuch- und Fotowetter keine Spur! Eigentlich hätten die Medienleute selbst eine Probefahrt machen sollen, aber das wäre auf dem Eis mörderisch gewesen. Wobei es um einige von ihnen nicht schade gewesen wäre, dachte Jo.

Das alles wäre ja noch angegangen, wären diese Medienvertreter alle so gepolt wie die nette Alexandra aus Berlin oder eben Jens, der Reiseredakteur einer großen Zeitung in Hamburg, den Jo schon lange kannte, mochte und ziemlich sexy fand. Beide waren professionell, witzig – und ohne Berührungsängste bei Worten wie »bitte« und »danke«. Worte, die beim Rest der Gruppe offenbar ein Tabu waren.

Alexandra und Jens hatte Jo selbst eingeladen, die anderen waren ihr von übergeordneter Stelle, dem Bayern-Tourismus, aufs Auge gedrückt worden. Man hatte kurzerhand über Jos Kopf hinweg den Hotel- und Gaststättenverband zu Rate gezogen und hossa!, jeder der Hoteliers hatte einen Medienvertreter in petto, den er unbedingt einladen wollte.

Die Hoteliers hatten vor allem Mumien in der Kartei: »Häppchen-Hannelores« und »Buffet-Brunos«, wie Jo sie nannte, waren Dinosaurier aus Reisejournalisten-Zeiten kurz nach dem Zweiten Weltkrieg, als die Petticoats noch am Lago Maggiore wippten und Songs von »Kleinen Italienern« populär gewesen waren. Heute hatten die Mumien eine gute Rente und eine ganz heiße Hotline. Wann immer es irgendwo eine »PK«, Abkürzung für Pressekonferenz, mit Freibier und landestypischen Spezialitäten gab, dann wussten sie davon. Heuschreckengleich fielen sie ein. Weil's ihnen im trauten Heim zu fad war, gingen sie noch immer auf große Fahrt. Ihre drögen Traktate mussten sie nicht verkaufen, die bekamen die Zeitungen kostenlos, was Verleger in Verzückung versetzte und freischaffende Schreiber in echte Existenznöte. Zu der Kategorie Mumie gehörte zum Beispiel die Schupfnudel.

Das junge Mädel neben der Nudel kam immerhin von einer großen unabhängigen, überregionalen Zeitung. Was die Hoteliers und Bayern-Tourismus weniger interessierte: Sie war die Jahrespraktikantin. Sollte doch auch mal rauskommen die Kleine, denn der Ressortleiter Reise hatte die Karibik vorgezogen! Willi aus der Wirtschaft Südspanien und Pauli aus der Politik eine Langlaufreise nach Finnland. Eine Reise ins Allgäu ging in der Redaktion trotz Anpreisens wie Sauerbier nicht weg. Also fuhr die Praktikantin.

Jo stöhnte innerlich auf und dachte an einige der Hoteliers. »Im Allgei isch es doch so schee«, pflegten die zu sagen, und damit war für sie klar, dass die Medien nur auf eine Einladung warteten. Dass man gegen Mauritius und Golfen in St. Andrews anstinken musste, das war schnurzpiepegal. Natürlich war es »schee« im Allgäu, sonst hätte Jo diesen Job nie mit Überzeugung angenommen, aber Tourismus ist ein wankelmütiges Kind, und andere Mütter haben eben auch schöne

Bergwelten. Wie sollte man jemandem die Begeisterung für eine kleine unspektakuläre Welt vermitteln, wenn er gerade vom Radfahren in Ladakh zurückkam?

Gerhard hatte die Szene immer wieder aus dem Augenwinkel beobachtet, und wegen der Lautstärke konnte er gar nicht anders als zuzuhören. Der eiskalt aussehende Typ erzählte gerade vom besten »Mai Thai«, an den er sich erinnern könne. Letzte Woche in K.L. sei das gewesen. Es dauerte ein bisschen, bis Gerhard klar wurde, dass der Typ K.L. für Kuala Lumpur sagte. Was für ein Trottel! Und es kam noch schlimmer. Er erklärte gerade, dass er ein investigativer Journalist sei, einer, der anpackte und Missstände packend aufdeckte. Sollten Reisegeschichten nicht einfach Laune machen auf Ferien?, dachte Gerhard bei sich.

»Tja, Sie sind eben eine Edelfeder«, hörte Gerhard den Blonden sagen. Das war wohl ironisch gemeint, was dem anderen aber komplett zu entgehen schien. Gerhard beobachtete Jos Reaktion, und es gefiel ihm nicht, wie sie den Blonden anlachte. Gerhard suchte ihren Blick, aber sie hatte bloß Augen für den blonden Journalisten mit den Sommersprossen. So blieb Gerhard nur, die Gruppe weiter zu beobachten. Die Techtler auf der Bank waren wahrscheinlich harmlos, aber natürlich nur aneinander interessiert, und die junge Dame in diesem Duo wurde binnen einiger Minuten als Volontärin, Kollegin und später als Fotografin vorgestellt. Musste ja ein Tausendsassa sein, dachte Gerhard. Er war zumindest ein Tausendfinger, was die Aktivitäten unter dem Tisch betrafen. Himmel, er beneidete Jo nicht um ihren Tourismus-Job!

Jo war tatsächlich im Stress – vor allem wegen dieses glatzköpfigen Hünen. Er war von einer Norddeutschen Fernsehproduktion und ließ keinen Zweifel daran, dass er überirdisch wichtig war. TV, also TE VAU, mit Ehrfurcht sollte man sich das auf der Zunge zergehen lassen. Er drehte – leider! – jedes Jahr im Allgäu einen Film und war deshalb für Jos Bürgermeister, Obmänner und Hoteliers so was wie ein Messias, eine Lichtgestalt. Sie selbst sah ihn heute zum ersten Mal live. Sie kannte nur seine Filme. Die waren immer gleich.

Endlos schwenkte die Kamera über endlose Höhenzüge und blieb dann an einem Gipfelkreuz hängen. Da stand dann er mit dem Mikro. Neben ihm kauerte ein verwirrt aussehender Senn. In einem bewusst aufgesetzten Preißn-Bayrisch fragte er dann: »S'ischt einsam do heroben?«

Die Kamera schwenkte weiter, und Stunden später sagte der Senn: »Jawohl.«

Dann er einfach meisterlich: »Find ma schwer a Frau do heroben?«

Das Gipfelkreuz herangezoomt, dann der Senn, und Stunden später die Antwort: »Jawohl.«

Hier handelte es sich um Meisterwerke der Dialogkunst! Nett waren allein die Kameramänner. Einer von ihnen war auch heute dabei. Aber den – wie alle anderen – drängte Mister TE VAU stets in den Schatten.

Jo trat die Flucht nach vorn an und bestellte eine Runde Obstler und dann gleich noch eine. »Damit es nachher draußen von innen auch schön warm wird«, versuchte sie es im Plauderton. Was für ein Schmarrn, dachte sie, es waren etwa sieben Grad plus, und es schüttete. Das war an sich schon eine Katastrophe, aber sie wollten zum Funken. Wo die Macht des lodernden Feuers den Winter auszutreiben hatte. Ein perfider Witz: Da war nichts mehr auszutreiben, der Winter hatte bis dato kaum stattgefunden. Dennoch hob Jo an, den Anwesenden den Sinn und Ursprung des Funkens zu erklären.

»Das Funkenfeuer wird als heidnischer Kult zur Vertreibung des unliebsamen, strengen und eiskalten Winters gedeutet und hat sich im Allgäuer Raum, im Schwarzwald, in der Ostschweiz, in Vorarlberg sowie im Tiroler Oberland oder auch im Vinschgau bis zum heutigen Tag als traditionelles Brauchtum erhalten. Kaum ist die Fasnacht vorbei, beginnen die Vorbereitungen für den alljährlichen am Funkensonntag stattfindenden Funken. Das ist immer der erste Sonntag nach Aschermittwoch. Jede Gemeinde hat ihre Funken-Aufbauer, die schon Wochen und Monate vorher Holzvorräte gesammelt haben. Meist am Vortag werden sie an eine exponierte Stelle gebracht und zu einem großen Haufen aufgeschichtet, je höher der Funken, umso besser. In die Mitte des Haufens steckt man nun eine lange Holzstange, normalerweise die Funkentanne, die am Faschingsdienstag geschlagen wird. Sie kann bis zu dreißig Metern hoch sein. An ihrem Ende ist die ›Funkenhex‹ befestigt. Das ist eine aus Stroh gefertigte und mit alten, bunten Kleidungsstücken ausstaffierte Puppe. So gegen neunzehn Uhr zieht dann die ganze Gemeinde mit brennenden Fackeln zum Funken und zündet ihn an. Nun beweist sich die Kunst der Funkenbauer, je länger der Funken braucht, um ganz abzubrennen, desto besser wurde er gestapelt. Im Bauch der Hexe befindet sich manchmal Schießpulver. Erreichen die Flammen die Hexe, explodiert sie mit einem heftigen Knall.«

»Puh, das ist ja ganz schön martialisch«, sagte Alexandra, »zumal ich zu wissen glaube, dass die letzte Hexenverbrennung in Deutschland ausgerechnet in Kempten stattgefunden hat. Das ist doch schon ein bisschen makaber, oder?«

Jo nickte. »Ja, aber historisch gibt es gar keinen Zusammenhang. Der älteste Beleg für den am Funkensonntag stattfindenden Feuerbrauch stammt aus einem lateinischen Brandbericht des Benediktinerklosters Lorsch aus dem Jahr 1090. Weitere Belege gibt es aus dem 15. Jahrhundert aus Basel sowie aus dem 16. und 17. Jahrhundert aus Bregenz und Innsbruck. Der Brauch war damals viel weiter verbreitet als heute. Erst mit der Aufklärung wurde er zurückgedrängt. Die Verbrennung einer Hexenpuppe auf dem Funken ist aber nicht ein Rest der schrecklichen Hexenverbrennungen der frühen Neuzeit, sondern vermutlich erst im 19. Jahrhundert in Anlehnung an die Fasnacht entstanden. Die Puppe sollte einfach bunt aussehen und gaudig – wie es in einer Quelle heißt. Nach dem Ersten Weltkrieg ließ der Brauch des Funkenabbrennens stark nach. Aufgrund des allgemeinen Holzmangels war er sogar einige Jahre verboten.«

»Und wozu dient das Ganze nun?«, wollte die Schupfnudel wissen.

»Tja, da streiten sich die gelehrten Geister. Einige behaupten, der Funkensonntag sei das Relikt eines germanischen Frühlingskultes oder eines heidnischen Neujahrsfestes. Die wahrscheinlichste Version deutet den Funken in engem Zusammenhang mit der Fasnacht. Und dann gibt es noch eine ganz profane Interpretation, die wohl auch zutrifft: Der Funken diente zur Verbrennung von Unrat. Heute noch werden alte Christbäume in den Funken geworfen, und das Ganze hat somit wirklich etwas mit der Frühjahrsreinigung von Haus und Hof zu tun.«

»Das wäre dann aber eine ziemliche Entzauberung«, meinte Alexandra.

»Ja, das sehe ich auch so, und die Interpretation des Winteraustreibens gefällt mir besser. Außerdem hat der Funken einfach was mit der Identität der alemannischen Stämme zu tun. Ein Freund aus Wien hat mir erzählt, dass eine Weile lang die in Wien lebenden Vorarlberger auf der Himmelwiese in Wien einen Funken abgebrannt haben.«

»Tu felix Vorarlberg«, sagte Jens lachend. »Und was haben die Wiener dazu gesagt?«

»Es verboten trotz ihrer morbiden Zentralfriedhofsmentalität, irgendwie war der Funkenflug zu stark«, gab Jo grinsend zur Antwort.

Sie entspannte sich allmählich etwas. Das Reden und Erklären tat ihr gut, vielleicht würde die ganze Pressereise ja doch noch ein Erfolg werden.

»Ist das dann hier nicht auch gefährlich?«, fragte die junge Praktikantin.

»Nein, die Funken stehen immer weit außerhalb des Ortes, die Feuerwehr ist präsent und die Funkenwache auch. Ach ja, die ist übrigens besonders wichtig, denn sie muss in der Nacht von Samstag auf Sonntag den Funken bewachen. Wenn es nämlich der Nachbargemeinde gelingt, den Funken vorzeitig anzuzünden, ist das eine höllische Schmach. Ungefähr so, als wenn die Nachbarn einen Maibaum klauen«, brachte Patti sich nun ein – sie hatte sich offenbar wieder gefangen.

Ohne auf das gerade Gesagte einzugehen, hob nun Mister TE VAU an: »Ich möchte aber Wert darauf legen, dass es definitiv nicht zu leugnen ist, dass mit Aschermittwoch eine Zeit der Reinigung beginnt und die Tage nun tatsächlich schon merklich länger werden. Ich präferiere die Version mit dem Feuergeist, der in den Himmel hochsteigt und den Kampf gegen die Dunkelheit beginnt.«

Er schaute seinen Kameramann strafend an, so als sollte der gefälligst den Feuergeist auf den Film bannen.

»Na, dann wollen wir ihn mal aufsteigen sehen, den Feuergott«, stieß Jo hervor, nickte Patti zu und rief zum Aufbruch.

Draußen hatten sich bereits an die achtzig Personen versammelt. Fackeln wurden ausgegeben. Patrizia verteilte eilfertig Regenschirme mit dem Aufdruck »Ob's stürmt oder schneit, des Allgei macht Freid«.

Gerhard hatte seine antike Antiklederjacke angezogen, die ihm nach Jos Ansicht – daran erinnerte er sich jetzt – entweder die Mister-Flohmarkt-Medaille eintragen würde oder aber einen Platz im Obdachlosenheim. Pah!, dachte Gerhard, was kratzt mich der Modezeitgeist! Das Ding war warm und viel zu schade zum Wegwerfen. Er beobachtete weiterhin Jos Pressegruppe. Jo hatte ihn bisher noch immer nicht gesehen, und sie steckte mitten in diesem gespenstischen Zug, der am Rössle losging. Die Menschen mit den spitzen Skimützen wirkten auf Gerhard wie der Ku-Klux-Klan. Die Schritte hallten im Gleichschritt. Gemächlichen Tempos ging es bergan, die Gespräche waren fast erstorben, nur ab und zu war ein Kinderlachen zu hören. »Pitsch«, machte es, als Gerhard in eine Pfütze getreten war, und »Zisch«, als seine weggeworfene Fackel in einer anderen Pfütze erlosch.

Der Blonde war neben Jo getreten. »Scheißwetter, was!«

»Furchtbar, der Funken brennt nie, und das im Beisein der investigativen Weltpresse. Gott steh mir bei«, hörte Gerhard Jo sagen.

»Na, vielleicht reiche ich dir zum Beistehen. Fürs Wetter könnt ihr doch nichts«, antwortete dieser Blonde.

»Ha, sag das mal Mister TE VAU!« Jo verzog das Gesicht in einer Weise, die Gerhard sonst immer mit »tragisches Waldmurmeltier« kommentierte.

»Vergiss doch diesen granatenmäßigen Halbdackel!«, ließ dieser Typ jetzt in schönstem Schwäbisch hören.

Auch noch ein Schwabe!, dachte Gerhard, und dann reichte der zu allem Überfluss Jo auch noch sehr galant seinen Arm.

Der Regen hatte etwas nachgelassen und war in einen Sprühregen übergegangen, der scheinbar von allen Seiten kam. Gerhard fröstelte trotz seiner Lieblingsjacke. Langsam zog die Karawane aus Fackeln und Regenschirmen den Hügel hinauf, und dort stand er: der Funken, groß, schwarz, ein gewaltiger Berg aus Hölzern, den die Fackeln in gespenstisches Licht tauchten. Es war wie in einer Filmszene, in der heidnische Druiden ein Opferritual beginnen. Gerhard hatte ein Bild aus einem König-Artus-Film vor Augen. Plötzlich war es ganz still, die Plaudereien der Funkenbesucher waren verstummt. Einige Burschen der örtlichen Dorfjugend begannen damit, Fackeln in das Gewirr aus Holz zu werfen. Mal glomm es hier kurz auf, dann dort, jähe orangefarbene Stichflammen, und dann wieder nichts als schwarzer Rauch.

Als Gerhard zu Jo hinüberschaute, war da ein Anzeichen des Erkennens. Sie kam auf ihn zu, und er sah sie mit einem schiefen Lachen an.

»Du kennst auch keinen, oder?«

»Wieso kennen?« Jo war irritiert.

»Na, vorhin im Rössle, aber du warst ja auch ziemlich beschäftigt.«

»Echt, warst du drin? Ich hab dich wirklich nicht gesehen. Sorry, aber die Journalisten stressen mich ziemlich. Aber was machst du hier?«

»Meine Eltern haben Besuch und dem vom romantischen Funkenfeuer vorgeschwärmt. Nun ertrinkt die Romantik. Nur gut, dass die aus einem rheinhessischen Weindorf kommen und den Kummer über die entgangene Folklore im mitgebrachten Silvaner ertränken können.«

»Sei froh«, unterbrach ihn Jo, »ich schlage mich mit grauenvollen Presseleuten herum. Da ist nix mit Einsicht und Ablenkung durch den Geist des Weines. Die haben den Funken gebucht. Das ist der wahre Alptraum.«

Beide starrten auf den großen schwarzen Haufen. Wind war aufgekommen, der Sprühregen tanzte ihnen auf der Nase herum, und die Hexe schaukelte im Wind, eine Böe hob ihren Rock. Obszön, dachte Gerhard. Einer der Burschen, den er vom Sehen kannte, hastete vorbei. Gerhard rief ihm nach: »Heh, Quirin, schlechtes Omen für das Frühjahr, was?«

Quirin sah ihn an, als wäre er gerade von weither aus einem anderen Orbit in Eckarts gelandet. »Dann brennt er eben nicht!«, presste er sich ab.

Armer Kerl, dachte Gerhard. Sie hatten so dafür geschuftet, und nun hatte der Wettergott keinerlei Einsehen mit der Dorfjugend.

Ein anderer Bursche kam vorbei. »Wöllet dir dia Funkastanga schätze?«, fragte er den investigativen Schreiberling, der ihn ansah wie einen Außerirdischen.

Jo trat dazu. »Sie können die Länge der Stange schätzen, an der die Hexe hängt. Ein Euro Einsatz, der Gewinner kriegt einen Gutschein fürs Rössle!«

Der Investigator sah sie an, lange und mitleidig. Dann wandte er sich an den Burschen. »Die Stange misst 14,45 Meter, ich habe den untrüglichen Blick!«

Der Bursche nickte freundlich und notierte die Zahl auf seinem Klemmbrett. »Dr Name?« fragte er.

Wieder warf der Investigator dem Burschen einen Blick zu,

als würde er im Zoo über den Zaun spechten und versuchen, die Sprache der Gibbons zu verstehen.

Nun sprang Jo ein. »Er braucht Ihren Namen, um Sie als eventuellen Gewinner später ausrufen zu können.«

Der Name kam – was nicht kam, war der Euro Wetteinsatz. Der Bursche schaute irritiert zu Jo und Gerhard, der ihm schließlich den Euro zusteckte.

Gerhard atmete tief durch und ließ den Blick über die Szenerie gleiten. Am Fuße des Funkens hatten sich kleine Pfützen gebildet, kleine »Hot Pots«, isländische Geysire en miniature, von denen Dampfschwaden aufstiegen. Der Wind hatte zugenommen. Die Hexe schaukelte unbehelligt vom Feuer und wirkte wie ein Crashtest-Dummy nach dem Aufprall im Windkanal. Sie hatte grell geschminkte, feuerrote Lippen, ihre Unterhosen waren spitzenbesetzt, und das Feuer mühte sich weiter redlich, ihrer habhaft zu werden.

»Na, die werden jetzt schon was Brennbares reinschütten«, mutmaßte Gerhard und schaute Jo scharf an, die immer noch neben ihm stand.

Tatsächlich sahen sie einen Mann mit einem großen Kanister vorbeihasten. Plötzlich stieg auf einer Seite eine Stichflamme auf, jäh, gewaltig und taghell. Das Licht verzerrte die regennassen Gesichter zu Fratzen.

Jo suchte mit Blicken »ihre« Journalisten. Die Augen waren aufgerissen, und auch einer wie der Investigator hatte alle maskenhaften Züge verloren. Auf ihren Gesichtern spiegelte sich Schauer, Wollust und eine Portion Unverständnis. Die Flammen fraßen sich höher, aber sosehr die Burschen sich auch mühten, der Funken wollte nur sehr einseitig auflodern, der Wind tat ein Übriges. Die Hexe mit ihrem geblähten Rock hing weit entfernt von Rauch und Funken. Wie unvorstellbar grauenvoll musste es damals gewesen sein, nicht gleich einen gnädigen Erstickungstod zu sterben. Jo verspürte eine Übelkeit. Und plötzlich, ganz ohne Vorwarnung, kippte ein Teil des Funkens zur Seite. Wie bei einem Feuerwerk schossen Flammen in den nachtschwarzen Himmel, kleine Explosionen zerschnitten die Stille.

Jo hörte Gerhard rufen: »Jesus Maria«, und gleich darauf war das schrille Gekreische eines kleinen Mädchens rechts neben ihr zu vernehmen.

Vielleicht einen Meter von ihr entfernt ragte ein Ast bizarr aus dem Feuer. Ein Holz, an dessen Ende sich kleine Zweige krümmten. So eine Art Wurzelsepp, geschnitzt für Touristen. Die gekrümmten Holzfinger zeigten ins Helle des Feuers. Diese Finger sahen verkrampft aus, so als hätte sich der Wurzelsepp noch verzweifelt irgendwo festgehalten. So was Schauriges schnitzt man doch nicht, dachte Jo, und dann wurde ihr langsam klar, dass das gar kein Holz war und kein knorziger Wurzelsepp. Diese Finger, die schwarz-bläulich schimmerten, gehörten zu einem echten Arm. Zu einem menschlichen Arm! Er steckte in einem Fleecepullover, der angekokelt und durch die Hitze teils geschmolzen war. Zusammengeschmolzen zu einer roten Wunde.

Gerhard hatte schon das Handy draußen und die Kollegen informiert. Während Jo noch immer auf den Arm starrte, hatte er schon drei Männer zusammen, die mit ausgebreiteten Armen die Menge zur Straße dirigierten.

»Schaff deine Journalisten hier weg!«, schrie Gerhard im Gehen und wedelte mit den Armen. »Ihre« Journalisten standen auf der anderen Seite des Haufens und blickten verwirrt.

»Ist es schon vorbei?«, fragte die junge Praktikantin mit Mickymaus-Stimmchen. »Die Hexe brennt doch noch gar nicht, der Haufen auch nicht.«

»Nein, es hat einen Zwischenfall gegeben«, sagte Jo, »aus feuerpolizeilichen Gründen müssen wir das Gelände räumen.«

Sie hatte den Satz noch nicht beendet, als der Investigator seinen Presseausweis rausriss und in die Richtung stürmte, aus der alle kamen.

»Behindern Sie mich nicht in der Ausübung meiner Tätigkeit. Ich bin Journalist!« Aus seinem Mund klang das wie: »Ich bin 007, im Auftrag Ihrer Majestät unterwegs.«

Zwei Sekunden später startete auch der Kameramann von Mister TE VAU durch. Patrizia und Jo gelang es, die anderen Richtung Rössle zu dirigieren und sofort mit einem Glühwein ruhigzustellen.

»Was war denn da los?«, wollte die Schupfnudel verwirrt wissen.

»Es gab einen Unfall, ich weiß auch nichts Genaues«, sagte Jo und entschuldigte sich wortreich für das Misslingen der Unternehmung. »Ich lasse Ihnen jetzt mal den Bus ins Hotel kommen«, fügte sie hinzu und eilte zur Theke.

Jens kam von der Toilette und blieb stehen. »Was ist wirklich los?«

»Jens, bitte, kannst du irgendwie mit Patti zusammen den Rest ins Hotel schaffen, ich komm nachher an die Bar. Bitte!«

Jens nickte, und Jo warf in der Tür den Mantel über. Die Straße war inzwischen abgesperrt. Jo kroch unter dem Band durch. Ein Uniformierter stellte sich ihr in den Weg: Es war Markus Holzapfel, ein Kollege von Gerhard. Markus stammte aus dem Walsertal und wurde oft als »der Ösi« oder »der Nusser« bezeichnet. Er war ein bisschen umständlich, aber ausgesprochen nett, fand Jo.

»Markus, ich muss zu Gerhard! Vor allem muss ich versuchen, zwei Journalisten wieder auf den rechten Weg zu lenken.«

Markus schaute sie an wie ein triefäugiger Beagle und zuckte mit den Schultern. Jo hastete den Berg hinauf, ein Polizeiwagen mit Blaulicht stand quer vor dem verglimmenden Funken, ein Notarztwagen stand dahinter. Vor der Absperrung hüpfte wie ein Derwisch der Kameramann umher, die Kamera mit einer starken Lichtquelle wie eine Phaserkanone auf das Geschehen gerichtet. Der Investigator schrie immer noch was von seiner Pflicht und seinen Rechten, als sie Gerhard erspähte.

»Hat er Bilder?« Jos Augen waren weit aufgerissen, ihre Stimme war heiser, sie klang wie eine Mischung aus Joe Cocker und Gianna Nannini.

»Ja, hat er«, nickte Gerhard grimmig, »allerdings bloß vom Haufen, die komplette Leiche haben wir abgeschirmt.«

»Gibt es eine komplette Leiche?«, fragte Jo und hielt den Atem an. Gerhard sagte nichts und nickte dann.

»Und wer ist es?«

»Jo, das geht dich gar nichts an, denn …« Er brach ab, beide sahen sich schweigend in die Augen und dachten das Gleiche. Wieder war es eine Leiche, die sie zusammenbrachte. Wie im letzten Winter, als Jo die Leiche des Bauunternehmers Rümmele ausgerechnet bei einem Ausritt im Gunzesrieder Tal gefunden hatte.

»Wirst du ermitteln?«, wollte Jo wissen.

»Wenn es Mord war, ja, und jetzt schaff mir diese Fernseh- und Zeitungsparasiten weg!«, rief Gerhard und rannte davon.

Im Sommer letzten Jahres war Gerhard befördert worden, vom Hauptkommissar zum Mordkommissar. Er hatte sich mit Händen und Füßen gewehrt, aber als sein Vorgänger Volker Reiber überraschend um Versetzung nach München gebeten hatte, musste sich Gerhard in die neue Rolle einfügen. Notgedrungen – Karrieresprünge waren Gerhard eigentlich zu sprunghaft. Aber Volker hatte ihn über den grünen Klee gelobt – auch das war angesichts der Rümmele-Vorgeschichte überraschend gekommen, wie Gerhard fand. Und so wurde er eben doch Mordkommissar. Nur in einem hatte er sich durchgesetzt: Das schicke neue Büro hatte ihn nie gesehen, er war in seinem alten Kabäuschen geblieben. Mit abgewetztem Schreibtisch und Spind in natogrün und ewig schief hängendem Bergposter, die linke untere Ecke aufgerollt. Zum Einstand hatte es für Gerhard passend zu seiner Uli-Stein-Maus einen Uli-Stein-Kater gegeben – nun wippten beide synchron auf dem Computer. Der Tisch war wacklig und übertrug seine Bewegungen auf die Plastikkameraden, sodass es aussah, als ob sie beide mit einem imaginären Hula-Hoop-Reifen die Hüften kreisen ließen.

Jo war Gerhard hinterhergesprintet. »War es Mord?«

Gerhard zuckte die Schultern. »Das weiß ich doch jetzt noch nicht!«

»Ich kenne dich. Du weißt es. Wer ist es, Gerhard?«

Er schüttelte resigniert den Kopf. »Das darf ich dir wirklich nicht sagen und auch sonst keinem – zumal die AZ auch schon da ist.«

Jo schaute sich um. Da stand der Lokaljournalist Marcel Maurer, ein Ex von Jo und auch er letztes Jahr eher unrühmlich in den Rümmele-Fall verwickelt.

Bevor sie Marcel noch zunicken konnte, stürzte der Investigator auf sie zu.

»Ich muss in mein Hotel, ich habe bereits mehreren Kollegen den Bericht avisiert. Ich hab ja so viel im Block! Für so was werden die Seiten leer geschaufelt.«

Er hatte einen irren Blick. Ja, für dich und deine Texte werden Flüsse umgeleitet und Staumauern niedergerissen, Berge versetzt und ganze Städte gesprengt, dachte Jo.

»Kommen Sie«, sagte sie und schickte noch einen Blick vor die Absperrung, wo Mister TE VAU nun seine Anmoderation probte. Gesprächsfetzen hallten herüber: Fememord im Hexenkessel. Spätestens jetzt war der Alptraum Wirklichkeit geworden.

Jo verlud den Investigator in ihr eigenes Auto, und sein fassungsloser Blick entschädigte sie doch kurzzeitig für den schmachvollen Tag. Er war nahe dran, wieder auszusteigen. Nachdem der TÜV sie und ihren kleinen Allrad-Justy endgültig geschieden hatte, hatte Jo ein neues, oder besser, ein gebrauchtes Auto gekauft. Einen wahnsinnig günstigen Toyota Landcruiser, ein Schnäppchen sozusagen, weil ein Pferdehänger mit dabei gewesen war. Der Pferdehänger war fast ungebraucht, der Toyota allerdings etwas gebrauchter. Als der Investigator einsteigen wollte, hatte er erst mal den Türgriff in der Hand. Jo lächelte entschuldigend und trat von innen kräftig gegen die Beifahrertür. Was sie bei dieser sportlichen Aktion nicht bedacht hatte, war das Dirndl. »Plöng«, der Reißverschluss am Rücken war gesprengt! Nun ja, die Fastenzeit hatte gerade erst begonnen.

Ihr Beifahrer klemmte unbequem auf dem Sitz, nachdem Jo hektisch zwei Jacken in den rückwärtigen Teil des Autos gelegt hatte. Nun musste er nur noch die Füße um einige leere Dosen Flying Horse, ein Paar Bergschuhe und einige Zeitungen falten. Er saß auf der Kante, angespannt wie bei der ersten Tanzstunde. Aber die Suche nach dem Gurt schien ihn dermaßen abzulenken, dass er schwieg.

Am Bergstätter Hof in Knottenried angekommen, sprang der Investigator ohne ein »Danke« aus dem Auto und rannte zur Rezeption, die um die Zeit nicht besetzt war. Er fuhr eine Bedienung an, sofort seinen Schüssel zu holen, schrie in ähnlicher Tonlage in sein Handy und herrschte noch jemand Bedauernswerten am anderen Ende der Leitung an.

Jo folgte. Sie hatte den Trachtenjanker eng über die Brust gezogen, weil das Dirndl keinen rechten Halt mehr bot. Sie sah sich um. Die Bar war verwaist.

Die Jetzt-schaffen-Sie-augenblicklich-den-Schlüssel-her-Adressatin stand noch da und deutete Jos verwunderten Blick richtig. »Die sind alle mit Ihrer Assistentin und der Chefin in der Küche. Sie hat einen spontanen Chef's Table anberaumt. Morgen ist hier doch eine Hochzeit, und Ihre Journalisten dürfen schon mal vorkosten, dem Koch in die Töpfe gucken und über Allgäuer Küche plaudern.«

Jo hätte das Mädel und die Chefin küssen können! Danke für den Aufschub! Sie hinterließ an der Rezeption eine Nachricht für Patti und verbrachte sich vorsichtig ins Auto. Petrus hatte die Düse an seinem Sprühregen-Dosierer jetzt auf punktuelle ekstatische Ausbrüche umgestellt, in den Pausen blieb es trocken. Langsam fuhr sie Richtung Alpsee und bog dann nach Luitharz ab. Sie fummelte an der Heizung herum, auf einmal war ihr so kalt. Aber das eiskalte Gefühl im Rücken rührte nicht nur vom unzureichend geschlossenen Dirndl her. Es war eine Kälte, die tief aus der Seele kam. Jo starrte in die schwarze Nacht und hatte auf einmal Angst vor dem, was kommen würde. In Akams war kein Fenster erleuchtet, es war gespenstisch.

Nachdem sie die Tür ihres Hauses in Göhlenbühl geöffnet hatte, im dunklen Gang über ihre Skistiefel gestolpert war und dann in die Küche getreten war, starrte sie in drei Augenpaare. Grüne Kulleraugen, gelbe Pumaaugen wie mit Kajal umrahmt und bernsteinfarbene schräge Asiatenaugen. Zu den Augen gehörten drei Katzen, akkurat nebeneinander auf dem Tisch aufgereiht, zwei schwarzweiße Langhaarplüschtiere hatten eine kurzhaarige Tigerin in die Mitte genommen. Frau Mümmelmaier, Fräulein Einstein, Herr Moebius, von links nach rechts betrachtet. Jo versuchte es gar nicht erst mit einer fröhlichen Begrüßung. Diese drei waren sauer. Den Grund erfasste Jo mit einem weiteren Blick: Sie hatte vergessen, die Katzenklappe zu entriegeln. Und nachdem die drei vergeblich nach Amnesty und dem WWF geheult hatten, hatten sie angemessen reagiert. Einsteinchen war aufs Katzenklo gegangen – ein Tier mit der dankenswerten Eigenschaft, das Beste aus jeder Situation zu machen. Moebius hatte eine Yuccapalme als Klo-Ersatz umgegraben, und Mümmel, nun, Mümmelchen hatte sich eine etwas perfidere Variante ausgesucht: Sie hatte auf Jos Kameratasche gepisst und gekotzt, und Jo war sich sicher, dass sie sich die Pfote in den Hals gesteckt hatte. Das war purer Protest.

Jo entriegelte die Klappe und riss zusätzlich die Eingangstür auf.

»Bitte, dann geht doch raus!«

Die drei schauten Jo mitleidig an. Dann sprang Mümmel vom Tisch, ging quälend langsam in Jos Schlafzimmer und ringelte sich auf der Bettdecke. Moebius folgte in diesem provozierenden Django-Gang, den nur die tapferen Recken unter den Katern haben. Und Einstein? Nun, die, noch nicht lange genug im Haushalt und noch ein wenig dankbar für das Dach über dem Kopf, machte »Brr«, sprang vom Tisch, gab Jo Köpfchen, was bei ihr immer eher wie ein Bocksprung mit Kopfzucken aussah, und schaute zum Schlafzimmer. Die anderen beiden hatten den Verrat nicht bemerkt. Einstein trollte sich auf eine Fleece-Jacke, die Jo eigentlich vor Wochen hatte wegräumen wollen. Aber das war jetzt Einsteins Fleece.

Die Schwarzweißen ruhten bereits im Bett, nicht ohne vorher noch schwarze Haare auf einer weißen Bluse abgeworfen zu haben und weiße auf einem schwarzen Kaschmirpulli. Schwarzweiße Katzen werfen Haare sehr selektiv ab. Als Jo später unter die Decke kroch und die Beine irgendwie zwischen die Katzen quetschte, rührten sich die beiden nicht mal.

2. Das Klingeln des Telefons weckte Jo am nächsten Morgen. Die Katzen waren weg. Moebius musste wirklich beleidigt sein, denn sonst brummte er ihr immer hingebungsvoll ins Ohr. Jo starrte auf die Uhr. Es war sieben Uhr fünfundvierzig. Das Läuten erstarb, und wenige Sekunden später trötete das Handy. Jo ging dran, und ihre Stimme klang belegt. Es war der Bürgermeister.

»Wollen Sie wissen, was Sie angerichtet haben, Kennerknecht?« Für ein guten Morgen oder gar ein *Frau* Kennerknecht war kein Raum in seiner Rede. »Im Morgenmagazin ist soeben ein Beitrag gelaufen mit dem Titel ›Toter im Scheiterhaufen‹.« Jetzt schrie er.

Jo sagte nichts. Der Kameramann und Mister TE VAU! Für die Regionalfenster am Abend hatte es zeitlich nicht mehr gereicht, also hatte er das Material an die Morgenmagazin-Kollegen geliefert. Flott!

»Kennerknecht!« Der Bürgermeister brüllte noch lauter. »Ich habe hier bereits vier Zeitungen liegen. Wollen Sie mal hören? ›Mörderfunken‹ in der Schwäbischen Zeitung, im Allgäuer ›Rätselhafter Toter im Funken‹ und das Gleiche noch mal im Mantelteil. Und jetzt kommt es: ›Horror-Hexenfest im Allgäu‹ in der BILD.«

Jo erschauderte in dem XL-T-Shirt, das ihr als Nachthemd diente. Nun überschlug sich die Stimme des Stadtoberhaupts. »Kennerknecht? Hören Sie mir zu?«

Jo schluckte. »Selbstverständlich, ich bin ebenso fassungslos wie Sie es sind ...«

»Ich bin nicht fassungslos, ich bin auf Hundertachtzig. Wie konnten Sie Journalisten zu einem Mord führen?«

Jos Magen verkrampfte sich. »Das ist jetzt nicht ganz fair, wir haben einen Funken besucht, einen Funken, an dem sich wohl ein Mord ereignet hat. Das hätte sich ja wohl keiner in seinen kühnsten Träumen denken können. Ich ...«

»Sie hätten die Leute abschirmen müssen, Sie hätten das wissen müssen!« Die Stimme des Bürgermeisters überschlug sich.

»Ja, und ich hätte unsere Mediengäste niederschlagen, ihre Blöcke zerfetzen und die Filme aus den Kameras reißen können. Und dann hätte ich eine weltweite Nachrichtensperre verhängt und die Armee um Unterstützung gebeten«, sprudelte es einfach aus Jos verkrampfter Magengrube.

Am anderen Ende der Leitung hörte man jemanden Luft einziehen, nicht einatmen, nein einziehen wie ein extrastarker Blättersauger.

Jo zitterte, als sie weitersprach: »Außerdem habe ich niemanden hinführen müssen. Die Polizei hat mit Sicherheit so gegen einundzwanzig Uhr einen ersten Pressebericht rausgegeben, und den hat die AZ ja wohl verarbeitet. Und ...«

Der Bürgermeister fuhr ihr erneut mit Donnerstimme ins Wort. »Nichts ›und‹! Der Bericht hat sicher nicht beinhaltet, dass die Hexenverbrennung noch lange nicht der Vergangenheit angehört. Das steht in der BILD. Und der Bildmensch, der war doch in Ihrer Gruppe?«

»Es war niemand von der BILD dabei, Sie kennen doch die Teilnehmerliste. Ich nehme an ...«

»Sie haben nichts anzunehmen!« Und bevor Jo noch irgendwas sagen konnte, kam der finale Brüller: »Um neun sind Sie hier.«

Langsam sank Jos Kopf auf ihren Küchentisch, und sie begann zu weinen. Tränen wie der Sprühregen am Funkenabend. Es verging einige Zeit, bis Moebius kam. Der Kater sprang auf den Tisch, leckte ihr einige Tränen von den Wangen und legte sich auf ihren Arm. Lange saßen sie so, bis ein vorwitziger Sonnenstrahl einen flüchtigen Besuch abstattete. Moebius stimmte ein leises Schnurren an, anders als er sonst zu brummen pflegte. Leise und monoton. Dann schlief er ein. Es war grabesstill. Jo saß einfach da – lange Minuten. Ein vorbeifahrender Lkw kam Jo wie ein Verrat an der kurzen Stille vor. Vorsichtig hob sie den Kater hoch und stellte ihn auf den Boden.

»Danke, Moebius.«

Jo sah auf die Uhr. Es war kurz nach acht. Sie griff zum Telefon und rief Patti an, die ziemlich verheult klang.

»Der Bürgermeister hat mich …«

»… wild beschimpft. Ich weiß. Ein Choleriker, dessen Wut sich schwache Ziele aussucht. Ich weiß, und ich sage jetzt nicht: Denk dir nichts! Wir denken uns beide schon das Richtige.«

»Er hat mich um neun zu sich zitiert.« Patti begann zu weinen. »Es ist alles so schrecklich.«

»Ja, und jetzt sage ich dir, was du tust. Was haben unsere Journalisten heute auf dem Programm?«

Patti schniefte. »Ausgiebiges Frühstück mit Produkten lokaler Direktvermarkter, zehn Uhr Schneeschuhwanderung durch den Naturlehrpfad nach Diepolz. Besichtigung des Museumsbaus und der Sennerei. Rücktransfer. Mittagessen im Bergstätter Hof, ab vierzehn Uhr dreißig individuelle Wellness-Anwendungen. Siebzehn Uhr Aperitif, Pressegespräch und Abendessen im Strandcafé in Bühl.«

»Gut. Du fährst jetzt ins Hotel und frühstückst mit denen. Du erzählst das, was du weißt. Wir gehen offensiv mit der Sache um. Es wurde eine Leiche gefunden. Sie lag im Funken. Wie sie da reingekommen ist, weiß keiner. Wie der Mann oder die Frau heißt, wissen wir nicht. Statt Schneeschuhwandern geht ihr eben ganz normal zu Fuß. Im Museum werden die netten Museumsladys sein. Und der Käser in der Sennerei ist ja sowieso ein Juwel. Der hält dir die Leute schon bei Laune. Und sonst kannst du ja die Donghli-Geschichte erzählen.«

Die verschniefte Patti musste lachen. »Ja, und dann schreiben alle über Donghli.«

»Wie du ja weißt, brauchen Schreiberlinge gute Einstiege. So wie Donghli.«

Vor Eröffnung des Museums hatte es sich nämlich ergeben, dass für die Deko zum Thema »Bäuerlicher Flachsanbau« Flachspflanzen benötigt wurden. Keine echten natürlich, sondern künstliche. Der Museumskonservator hatte auch flugs eine Adresse im ehemaligen Osten aufgetan, spezialisiert auf Kunstblumen. Aber eine einzige Pflanze war schon richtig teuer gewesen. Und da war er dem Internet verfallen, und seine Recherche hatte ergeben: Donghli in Hongkong fälschte alle Pflanzen des Erdenrunds, und das kostete einige Cents. Mit Donghli war eifrig gemailt worden, und Donghli hatte wegen der Zeitverschiebung auch gern nachts um drei angerufen. Alles war paletti im Allgäu-Hongkonger-Flachs-Kulturaustausch. Und »by the way« hatte Donghli dann mal nach der Menge gefragt. Der Konservator hatte eine Zahl von einigen Quadratmetern gemailt. Tja, und da war Donghli tief bestürzt gewesen. Die lieferten nämlich nur schiffscontainerweise! Jo und der Konservator hätten ja jedem Haus in und um Immenstadt einige Flachspflanzen aufs Auge gedrückt. Man hätte das Stadtwappen in »Die Flachs-Metropole am Alpsee« ändern können. Aber so innovativ wollte man denn doch nicht sein. Der Donghli-Deal war gestorben!

Jo musste lächeln, kurz nur, aber immerhin. Der Felsbrocken auf ihrer Seele hatte nur noch die Größe eines Bachkiesels.

»Also, Patti, du machst das schon. Viel Glück!«

»Dir auch, du wirst es nötiger brauchen«, stöhnte Patti.

Jo sah aus dem Fenster. Die Sonne stand am Himmel, über Nacht hatte es aufgeklart. Erste Föhnwolken zogen über die Berge. Sie zogen schnell nordwärts, so als spielten sie Fangen.

»Hmm, mega viel Glück. Ihr könnt mich ja dann trösten. Du ziehst das Programm durch wie geplant, ich bin zum Abendessen da.«

»Aber der Bürgermeister ...«, warf Patti ein.

»Das nehme ich auf meine Kappe. Noch bin ich deine Vorgesetzte.«

Das »noch« hing unheilvoll in der Luft. Jos Kopf fühlte sich an, als wäre er mit Watte gefüllt. Sie schöpfte kaltes Wasser in ihr Gesicht, ihre Augenringe schimmerten bläulich. Sie war wächsern-blass. Als sie vor die Tür trat, rang sie unwillkürlich nach Luft, aber die Luft hatte keine Substanz, man konnte sie nicht richtig einatmen. Sie versuchte noch mal, tief durchzuatmen, so wie es eigentlich nur im Winter möglich ist, wenn die Kälte die Luft gleichsam fühlbar macht. Aber das war kein Winter! Das war die Wucht des Föhns. Binnen Minuten begann Jos Herz zu rasen, und zu all der Wut und dem Kummer kam eine mahlende Unruhe. Es war, als wäre die Atmosphäre geladen mit aggressiven Teilchen, die durch jede Pore drangen und den Körper bleiern machten. Jo fuhr durch Zaumberg, es war neun Uhr am Morgen und fünfzehn Grad. Plusgrade wohlgemerkt! Der Wind rüttelte an Jos Wagen. Der Jeep schien die CW-Werte eines Reihenhauses zu haben.

Im Bürgermeisteramt eilten Menschen auf den Gängen umher, Telefone schellten lauter und fordernder als sonst, ungewohnte und ungebührliche Hektik in diesem Hort der beamteten Gelassenheit. Die Sekretärin des Bürgermeisters rollte statt einer Begrüßung nur mit den Augen. Sie hob lasch die Hand, und Jo nickte ihr zu. Jos Augenlider waren schwer vom Weinen und schwer von der Müdigkeit. Sie bekam die Bildzeitung in die Hände. Das konnte nur auf dem Mist des Investigators gewachsen sein! Sie hätte es wissen müssen. Der Mann großer Worte konnte sich auch ganz kurz fassen. Einer, der sonst das Wort »Boulevard« gleichsetzte mit Pest und Cholera, hatte am Abend noch bei den BILD-Kollegen angerufen. Die hatten ihm mit Sicherheit ein brillantes Infohonorar bezahlt. Und für ihn hatten sie tatsächlich Flüsse umgelenkt. Sein Artikel stand dick auf der Eins, und dazu gab es ein Foto, das irgendeinen Funken zeigte. Das Perfide war die Hexenpuppe. Sie sah aus wie ein echter Mensch, bei genauem Hinsehen entpuppte sie sich als Schaufensterpuppe. Eine Fotomontage? Jo wurde übel, für einen Moment hatte sie das Gefühl, zur Toilette rennen zu müssen.

Ein Gefühl, das sich verstärkte, als sie in den großen Sitzungssaal blickte. Der Bürgermeister, Mister-180-Volt, sah aus, als stünde sein Kreislaufkollaps knapp bevor. Er redete auf einen lokalen Kultursponsor ein, einen Rotary-Vorsitzenden, der sein Fachwissen immer zu den unpassendsten Momenten und

Zeitpunkten einzubringen wusste. Der Rotarier fand immer Gehör, weil er zur rechten Zeit sein Portemonnaie fand. Einige Stadträte hatten sich eingefunden, die ein bisschen wirkten, als hätte man sie direkt aus dem Bett in einen Orientierungslauf gejagt, und als wüssten sie nicht Bescheid über den Zweck ihrer Anwesenheit.

Gerade als Jo sich aufraffen wollte hineinzugehen, tippte es ihr auf die Schulter. Der Stadtkämmerer, der auch mit Tourismusfragen befasst war, sah Jo mit ehrlichem Mitgefühl an.

»Was für a gschpässige Sach. Ma hert, du bisch dabeigschtanda?«

Jo sah ihn dankbar an. Er war ein Mensch inmitten der Zombies! »Ja, ich, ich …«

Der Kämmerer nickte verständnisvoll: »Mei, was für a Gschicht für Eckarts.« Er wohnte wie Jo auch im Bergstättgebiet und war betroffen. »Mei, wenn i mir vorschtell, des wär bei unserem Funken in Knottenried passiert.« In dem Moment erspähte Mister-180-Volt die beiden und brüllte sie an, einzutreten.

Die Beschimpfungen waren die gleichen wie am Telefon. Jo versuchte, ihren Standpunkt klarzumachen, und der Kämmerer bemühte sich immer wieder, konstruktive Ansätze zu finden. Dafür packte er sein bestes Hochdeutsch aus.

»Wir müssen ein Krisenszenario entwickeln! Was sagen wir, wenn Gäste ihren Aufenthalt stornieren wollen? Was sagen wir der Presse? Wer ist überhaupt befugt, Auskunft zu geben?«

Für so viel Struktur war der Bürgermeister nicht bereit. Er tobte weiter. Schließlich erhob sich Jo. »Wie Sie ja alle wissen, öffnen wir in der Nebensaison um zehn Uhr, und da Frau Lohmaier mit der Mediengruppe unterwegs ist, werde ich das Büro öffnen.«

Und bevor die Äderchen an der Schläfe des Bürgermeisters zu platzen drohten, war Jo auch schon draußen.

Als sie ihr Büro in Immenstadt betrat, läutete das Telefon Sturm. Sie ließ den Anrufbeantworter anspringen, es wurde aufgelegt. Drei Minuten später läutete es erneut, Jo atmete tief durch und nahm ab.

»Wer war denn die Leiche im Funken, gnä' Frau?«, fragte eine Stimme am anderen Ende der Leitung.

Jo zuckte zusammen wie unter einem Schlag und war auf einmal hellwach.

»Sie waren dabei, Gnädigste!« Die Stimme klang wienerisch, schleimig, anbiedernd.

»Ich wüsste nicht, was Sie das angeht, und außerdem weiß ich es nicht.« Der Blick aufs Display besagte, dass die Nummer aus München kam. Aber auch so hätte Jo sofort gewusst, dass es sich um die BILD-München handeln musste.

Jetzt schlug der Anrufer eine Verschwörerstimme an. »Aber Teuerste, wir unter Kollegen müssen doch zusammenhalten. Und das sind wir doch, quasi.«

»Aha, und als Quasi-Kollegin empfehle ich Ihnen, sich an die Polizei zu wenden!«

Jo knallte den Hörer auf die Konsole. Ekelhafter Widerling. Und einmal mehr an diesem Morgen war die kaum unterdrückte Übelkeit wieder da. Jos Puls begann zu rasen, sie verkrampfte den Nacken und wusste, dass das nur der Anfang war.

Sie griff zum Hörer und rief Gerhard auf seinem privaten Handy an. Gottlob ging er ausnahmsweise mal dran.

»Hi Gerhard, nur ganz kurz. Ich nehme stark an, ihr wisst, wer der Tote ist. Und sollte er Angehörige haben, solltest du diese dringend aus der Schusslinie bringen. Die Witwenschüttler sind bereits unterwegs.«

»Du klingst nicht gut, Mädel?« Gerhards Feststellung war eine Frage.

Jo gab ihm eine Zusammenfassung ihres Morgens und erzählte vom Telefonat mit der BILD.

»Das war zu erwarten. Hier rennen uns die Medien auch die Bude ein. Wir haben schon eine Sonderleitung geschaltet. Die Abwimmlungs-Line, sagt mein Pressesprecher.«

»Gebt ihr denn keine PK?«, wollte Jo wissen.

»Doch, morgen, wenn wir das Ergebnis der Obduktion haben. Aber bis dahin ist der Name tabu, wobei ich mir da keine Illusionen mache. Die Explosiv-Leute sind im Anrollen, und die kriegen den Namen. Übrigens, die Angehörigen sind schon weg. Sie waren genau genommen und Gott sei Dank auf Reisen. Da bleiben sie erst mal. Aber trotzdem danke. Servus, ich muss – und halt die Ohren steif. Des wert scho.«

Ach Gerhard! Jo war sich nicht sicher, ob sein Optimismus gespielt war. Aber eigentlich wusste sie, dass Gerhard nie spielte. Er ruhte so sehr in sich, dass er nie mit dem Schicksal hadern musste. Und so war es auch immer gewesen, wenn Gerhard die Finger im Spiel gehabt hatte. Wenn Gerhard ihr ein Autoradio eingebaut hatte, war zwar plötzlich das Schiebedach aufgegangen, aber Gerhard hatte das nach zwei Stunden »trial and error« und drei Bieren beheben können. Wenn sie mit Gerhard im Auto gesessen hatte, die Tankanzeige bedrohlich geblinkt hatte, und das Auto gerade begonnen hatte, so ganz ohne Futter zu stottern, war genau in dem Moment eine Tankstelle hinter der Kurve aufgetaucht. Der Wagen war just neben der Tanksäule abgestorben. Ach, Gerhard, dein Glück müsste man haben, dachte Jo. Aber war das Glück oder die Magie des Optimismus?

Jo starrte auf ein Plakat an der Wand, das Kinder im Bergbauernmuseum zeigte, wie sie an der Klangstation spielten, braune Schumpa im Hintergrund. Der Untertitel lautete: »Harmonisches Miteinander«. Was für ein Hohn, dachte Jo. Da half auch Gerhards Think-Pink-Haltung nicht mehr.

Kurz vor zwölf ging die Tür auf. Marcel Maurer, wie immer schwarz gekleidet und in Fragezeichen-Haltung, stand im Büro.

»Mensch …« Mehr sagte er nicht.

Jo stand auf und umarmte ihn, lange standen sie so da.

»Danke, dass du Patti da raushalten konntest«, murmelte Marcel in Jos Schulter. Endlich mal kein weiterer Tropfen im Meer der Floskeln und Phrasen.

Jo schob ihn vorsichtig weg. »Danke, du weißt, was mir das bedeutet. Gerade heute.« Sie erzählte vom Bürgermeister. »Es tut gut, dass du da bist.«

Marcel nickte.

»Ich weiß, dass Patti momentan etwas angespannt ist«, sagte Jo. Und sie dachte bei sich: Ich weiß auch, dass sie schwanger ist, obwohl ihr beide das vor mir geheim halten wollt. Sie hätte Marcel gern versichert, dass sie sich darüber freute, aber dafür war jetzt nicht der Zeitpunkt.

Marcel hatte schwarze Schatten unter den Augen und zupfte nervös an seinen Fingern.

»Ich komme gerade aus Eckarts, da ist die Hölle los. Übertragungswagen von SAT und RTL stehen da oben. Diese Aasgeier sind beim Klinkenputzen und gehen schon von Haus zu Haus.«

Jo lachte bitter. »Was hast du erwartet? Ich hatte heute auch schon das Vergnügen mit der BILD. Bewährtes Schema: Überraschungsangriff, dann kollegiales Gesülze, dann Drohung – allerdings habe ich vorher aufgelegt.«

»Das machen die immer so. Das war mit der BSE-Krise genauso. Bei uns haben sie auch angerufen, auf der Kollegenschiene ...«

»Und?«, fragte Jo.

»Wir haben sie abblitzen lassen, aber du weißt, wie das läuft. Die telefonieren systematisch das Telefonbuch durch, und jetzt ist der Name eben doch raus«, sagte Marcel resigniert.

»Was?«

»Ja, ich habe das auch nur aus dem Rössle. Diese Typen hätten einen von den Feuerwehrleuten gestern Abend aufgegriffen und dem so zugesetzt und schließlich genug Kohle versprochen, dass er wohl gesagt haben muss, er meinte, er könnte sich vorstellen, dass es sich um X handle.«

»Und du weißt den Namen auch?« Jo schaute ihn erstaunt an.

»Ja, wenn die Info denn stimmt. Aber wir machen das nicht mit. Wir warten die offizielle PK ab. Das ist so widerlich, diese Hexenjagd, so unfair!«

»Als wenn das Leben je fair gewesen wäre.«

Als Marcel gegangen war, war das Büro leer und kalt. Die Anrufe nahm der AB entgegen und erläuterte, von netter Volksmusik untermalt, dass die Büro-Feen nach der Mittagspause erst um fünfzehn Uhr wieder ganz für den Gast da seien. Der Blick in den Spiegel erzählte Jo weniger von einer Fee, als von einer knorzigen, faltigen Hexe. Ließ sie die Funkenhexe denn nie los? Sie hängte das Schild »Heute Nachmittag geschlossen« raus und fuhr nach Hause. Sie musste sich unbedingt mal zivilisieren und in eine nette, alerte und enthusiastische Tourismusdirektorin verwandeln.

Der Wind hatte zugenommen. Riesige Bäume neigten sich extrem tief, so als würden sie einen Diener machen vor einer gewaltigen Macht. Es war etwas Gewaltiges, Bedrohliches, ein Föhnsturm, wie Jo noch nie einen erlebt hatte. Das war nicht mehr dieser warme Fallwind, der die Berge so neckisch näher rückte, der mit scharfen Konturen das Bild vom weißblauen Bayern zeichnete. Das waren nicht diese fasrigen Zirruswolken, gerade so als hätte ein Aquarell-Himmelsmaler weiße Farben auf dem Blau aufgetragen und verwischt. Solch ein Föhntag war das nicht – das hier war ein Inferno. RSA meldete gesperrte Straßen wegen umgestürzter Bäume, und im Fünfzehn-Minuten-Rhythmus kamen neue Hiobsbotschaften dazu: ein abgedecktes Dach bei einem Bauernhof in Seifen, eine Seilbahn, die eine Stunde lang am Seil ausgeschwungen hatte.

Die Tiger waren zu Hause, auch sie hassten Wind. Mümmel – Diva und Sensibelchen zugleich – hatte noch kullerigere Kulleraugen als sonst, Moebius ein ganz spitzes Gesicht. Sie waren in Alarmbereitschaft. Einstein hatte es vorgezogen, unter der Couch zu kauern. In einer angespannten Entenhaltung, die bei Katzen nichts Gutes verhieß.

Dank Augenfaltenpads und einer kalten Dusche – der Wasserboiler streikte wie so oft – schaffte es Jo, wieder menschlich zu wirken. Ihre Augen waren größer als sonst, sie sah jung aus und sehr verletzlich. Als sie wieder in ihren Jeep stieg, schlug ihr die Wattewand erneut entgegen. Je mehr Luft sie einsog, desto weniger konnte sie atmen. Sie spürte diese extreme Spannung in der Atmosphäre körperlich, als ob das Blut zu kochen beginne. Die Fahrt nach Bühl war wie eine Fahrt auf einem bockenden Rodeo-Pferd. Der See war aufgepeitscht, Gischt sprühte über den Steg. Eigentlich war die Stimmung spektakulär und von einer merkwürdigen Schönheit, einer gefährlichen Schönheit!

Jo parkte neben dem Kiosk. Das Strandcafé war eigentlich mehr ein Sommer-Biergarten-Juwel, aber dankenswerteise hatte das junge »Strandcafé-Triumvirat« für die PK aufgemacht. Eine Böe schlug Jo die Autotür aus der Hand, ein Gartenzelt flog vorbei. Wie ein riesiger Drache stieg es himmelwärts.

Patti und die Truppe waren schon da – oder besser ein Teil der Truppe. Das TV-Team war abgereist, der Investigator auch. Die anderen hatten einen leckeren Aperitif aus Schilchersekt in der Hand. Die kulinarische Trickkiste der jungen Leute hatte mal wieder nicht versagt. Überhaupt vermittelte die Truppe, dass ihr der Funkenmord ziemlich egal war. Jo folgte zerstreut den Gesprächen, ließ launige Bemerkungen fallen, flirtete ein wenig und gab der Schupfnudel in allem Recht. Alexandra freute sich über Donghli, und Jens hatte sich, anstatt in Wellness-Anwendungen zu schwelgen, ein Mountainbike ausgeliehen und war eine Tour über die Siedelalpe nach Missen und weiter zur Thaler Höhe gefahren.

Er war begeistert. »Tolles Bike-Terrain, was brauchen wir da den Winter!«

Er zwinkerte Jo zu und legte ihr die Hand auf den Arm. Zufällig – und zufällig nahm er sie nicht mehr weg.

Jo trank ihren zweiten Aperitif, und weil sie nichts gegessen hatte heute, war alles auf einmal schwebend leicht. Die PK lief irgendwie an ihr vorbei, dabei redete sie in einer Tour, fand wunderbare Antworten auf weniger wunderbare Fragen. Nach dem dritten Aperitif war das Leben leicht und wie ein

Spiel – und Funkenhexen und Funkentote weit weg. Nach dem Essen nahm Patti Jo unauffällig zur Seite.

»Ich fahr dein Auto zum Bergstätter Hof rauf. Keine Widerrede!«

Ihre Chefin wollte gar nicht widersprechen. Sie stieg mit den Journalisten in den Bus, erzählte Geschichten und gab Kostproben des Allgäuer Dialekts. Die Herzen flogen ihr zu.

Im Bergstätter Hof wurde das Restaurant okkupiert. Und wer saß da zu Jos großer Überraschung? Jos Freundin Andrea, eine alte Schul- und Studienfreundin, die seit Ewigkeiten in Berlin lebte und als Soziologin und Psychotherapeutin arbeitete. Andrea saß mit lässig überschlagenen Beinen an der Bar und passte überhaupt nicht in das Allgäuer Ambiente. Sie trug eine knallenge schwarze Lederhose und dazu ein khakifarbenes kurzes Lederjäckchen. Wenn andere Frauen so etwas trugen, sahen sie billig aus. Andrea nicht. Sie hatte Klasse. Sie war fast ein Meter achtzig groß, sehr schlank und das Schlimmste für Jo: Andrea aß nicht, sie fraß. Fettes, Süßes, Alkohol – sie nahm nie zu. Ihre wilden Naturlocken waren momentan schwarz, aber ihre Haarfarbe änderte Andrea schneller, als ein Gewitter aufzog. Und sie trug immer ziemlich schräge Brillen. Das hatte sie eingeführt, lange bevor Anastasia mit Brillenfimmel in der Musikbranche Furore gemacht hatte. Bei anderen Frauen hätte das exaltiert gewirkt, bei Andrea unterstrich es nur ihre klugen und wachen Augen.

»Was machst du denn hier?« Jo hatte für den Moment völlig ihre Journalisten vergessen.

»Ich bin hier auf 'nem Workshop, und da höre ich, dass du hier auch zugange bist. Eine Überraschung, wa?«, berlinerte Andrea. Dann wandte sie sich der Gruppe zu.

»Ich hoffe sehr, ich störe nicht. Aber diese Dame«, sie deutete auf Jo, »kenne ich seit der fünften Klasse. Sie war so ein grauenhaftes Pferdemädchen, und im Winter fuhr sie Ski. Beides Dinge, die ich gehasst habe. Aber wir sind trotzdem Freundinnen geworden. Und ich sagen Ihnen eins: Eine bessere und leidenschaftlichere Kennerin des Allgäus werden Sie nicht finden!«

Andrea brachte das so charmant rüber, dass alle zustimmend nickten und sich bemüßigt fühlten, Jo Komplimente zu machen.

Jo wurde rot und murmelte: »Du solltest im Marketing arbeiten.«

Barhocker wurden gerückt, und Jo hatte Zeit, Andreas Blick zu folgen. Der ging über die Gruppe und blieb an Jens hängen. Sie sah ihn an und dann Jo und runzelte unmerklich die Stirn. Auch die Praktikantin hatte aufgehört, das Mäuschen zu spielen, und schien Jens im Visier zu haben. Sie erklärte gerade, dass sie immer so Pech bei Männern habe und nun wirklich einen suche, der was darstelle und Geld habe. Unter einem Ressortleiter mache sie es nicht mehr.

Andrea schickte Jo noch einen warnenden Blick hinüber. Der Abend entglitt. Es war wie im Schullandheim, nur dass die Teilnehmer dieses Ausflugs etwas älter waren und auf etwas anderem Niveau spielten. Aber es war wie Flaschendrehen mit anderen Mitteln. Schließlich ging die Praktikantin zu Bett, die Schupfnudel schlief im Sitzen ein und begann zu schnarchen. Als Alexandra und Andrea sich auch verabschiedeten, war es auf einmal so still und zugleich so hell in dem noch immer komplett beleuchteten Speisesaal – unpassend hell für diese Stille. Es war, als wäre der dritte Vorhang gefallen, der Schlussapplaus endlich abgeflaut. Jo und Jens waren allein in ihrem Theater, mit der Stille, dem Licht und dem letzten Vorhang.

»Jetzt hab ich deine Verehrerin verjagt«, sagte Jo wenig überzeugend.

Jens lächelte, und viele nette Fältchen umspielten seine blauen Augen. »Ja, und das war purer Zufall, gell?«

Jo schwieg.

Jens erhob sich von seinem Stuhl und sagte nur knapp: »Zimmer vierzehn«. Langsam ging er ab, durch das noch immer gleißende Licht dieser Bühne.

Jo legte einen Zettel hinter die Theke, der ungefähr bescheinigte, wie viele Brände sie gehabt hatten und wie viel Bier. Sie löschte das Licht, und mit der Dunkelheit kamen die Dämonen zurück. Als sie vor der Vierzehn stand, war die Tür nur angelehnt.

»Ich hatte Angst, du würdest nicht kommen«, sagte Jens und nahm sie in den Arm.

»Ich habe zu viel getrunken«, sagte Jo, »ich habe …«

Jo stand vor ihm und fühlte auf einmal gar nichts mehr. Jens küsste sie vorsichtig auf die Stirn und sah sie ernst an. So als hätte er sie eingeweiht in ein Geheimnis. In seinem Zimmer war es warm wie in einer angenehmen Höhle, die man nach langer Wanderung endlich erreicht hat. Er zog sie in einer Art und Weise aus, die gar nicht fordernd war, nichts verlangte, sondern so sein musste. Es war ein Schwebezustand, völlig losgelöst vom Leben da draußen. Eine Nacht, in der sie nicht eine Millisekunde an irgendetwas anderes gedacht hatte.

Jo erwachte früh vom Bellen eines Hundes auf einem der umliegenden Bauernhöfe. Es dämmerte, jene Zeit, zu der Kater Moebius schnurrend seiner Begeisterung für den neuen Tag Ausdruck zu verleihen pflegte. Aber heute lag da ein Mann und das ganz ruhig. Jens war braun gebrannt, weil er erst kürzlich auf einer Tauch-Pressereise in Ägypten gewesen war. Er schien kaum zu atmen. Er lag da, nackt und irgendwie verletzlich, und auf einmal überfiel Jo eine Welle unkontrollierter Zärtlichkeit, die sie in ihrer Heftigkeit überraschte und verwirrte. Sie hatte das Gefühl, ihm unbedingt sagen zu müssen, dass es schön gewesen sei. Aber hätte sie ihn wecken sollen? Sie bemerkte plötzlich, wie abhängig sie von Sprache war, wie sie an Unausgesprochenem immer wieder zu ersticken drohte.

Sie zog sich leise an, das Bücken kam gar nicht gut, und schlich durch den Gang. Oder besser: Sie versuchte es, denn der Boden knarzte verräterisch. Die Eingangstür war versperrt. Jo erinnerte sich an eine zweite Tür zur Terrasse. Die war offen. Sie schlüpfte hinaus. Der Wind war abgeflaut. Ihr Herz klopfte wie eine Kreiselpumpe. Sie fuhr die Kurven nach Diepolz hinüber, parkte an der Kirche und ging langsam und schwer atmend den steilen Weg zur Höfelealpe hinauf. Dort lehnte sie sich an die Brüstung der Terrasse. Es war unendlich still. Das Licht kam langsam hinter den anthrazitfarbenen Bergen hervor, sie standen Spalier – die Ammergauer bis hinüber zum Schweizer Säntis. Jo ging langsam wieder hinunter und war beruhigt und besänftigt.

Als sie ihr Häuschen betrat, lag Moebius regungslos in Jos Bett. Ohne Frauchen hatte er auch keine Lust, den Tag zu begrüßen. Die beiden Katzenladys waren wohl beim Frühsport, aber Jos Kaninchen Frau Hrdlicka war hochaktiv. Sie hatte nämlich seit einigen Tagen eine Kumpeline. Frei nach dem österreichischen Kultfilm »Indien« hieß diese Frau Bösl. Vormals hatte sie Mucki geheißen und in Einzelhaft in einem Käfig gesessen. Nun führte Frau Hrdlicka sie in die opulente Welt eines freilaufenden Karnickels ein. Und Bösl hatte schnell begriffen: Sie nagte an einem Rattan-Stuhlbein, dass die Fasern flogen. Egal – Jo kroch ins Bett, ein bisschen Schlaf sollte noch drin sein, bevor sie die Journalisten verabschieden musste. Sie dachte an Jens, bevor sie einschlief. Sie hatte Bedenken, dass sie ihm zu viel Macht über sich eingeräumt hatte.

Jos Wecker schepperte penetrant um acht. Jos erste Empfindungen waren Herzrasen, Kopfschmerzen und Übelkeit. Kater pur! Sie fühlte sich zu schwach, um überhaupt einen Cappuccino zu machen, außerdem verursachte ihr der Gedanke an warme Milch Würgereize. Sie duschte minutenlang und fuhr zum Bergstätter Hof.

Die Journalisten saßen noch beim Frühstück, das Buffet konnte sich sehen lassen. Jo wurde wieder übel. Sie bestellte sich einen Schwarztee. Wenn Jo Tee trank, war sie entweder sehr krank oder sehr verkatert. Oder beides! Jens saß auch vor einem Tee und nagte lustlos an einer Breze. Alle wirkten angeschlagen, die Gespräche waren so zäh wie Plastilin. Als alle auf ihr Zimmer zum Packen gingen, war die Leere wie ein schwarzer Schlund, der sich immer mehr weitete. Jo merkte, wie es ihr die Füße wegzog. Kurz bevor sie stürzte, kam die Hotelchefin und verwickelte Jo in ein Gespräch.

Die Journalisten tauchten wieder im Foyer auf. Jo begann Hände zu schütteln und zu versichern, wie sehr sie sich gefreut habe. Der Bus fuhr vor. Dann kam Jens und hob seine Sporttasche ins Gepäckfach. Er schien einsteigen zu wollen. Jos Blick durchbohrte seinen Rücken, erdolchte ihn gleichsam, und tatsächlich drehte er sich um. Jo machte einen Schritt auf ihn zu, Jens ging ebenfalls in ihre Richtung. Noch zwei, und Jens drückte seine Wange rasch links, rechts auf ihre Wange.

»Schön, dass du da warst, solltest du noch 'ne Info brauchen, ich bin jederzeit erreichbar.« Jo schluckte schwer.

»Ja, äh, danke für alles.« Dann stieg er in den Bus.

Jo umarmte Alexandra, und das Fahrzeug fuhr an. Winken an den Fenstern, Jens hatte lasch die Hand gehoben. Sie wollte losrennen, sich vor den Bus werfen, vielleicht einen Schlagbaum herbeizaubern, Jens anflehen zu bleiben – doch das Gefährt entschwand langsam durch eine Kurve. Jo war so hilflos in ihrer Sprachlosigkeit. Kann man an Hilflosigkeit sterben, so wie an einer unheilbaren Krankheit?, fragte sie sich gequält.

»Anstrengend diesmal, hmm? Die Stimmung war emotional ziemlich aufgeladen. Na ja, kein Wunder bei dieser grauenvollen Geschichte mit der Funkenleiche.«

Die Hotel-Chefin war neben Jo getreten. Jo war sich nicht sicher, wie sie das mit den Emotionen gemeint hatte. Sie war alarmiert, bezog das Gesagte auf sich. Das Herzrasen setzte wieder ein.

»Es wird Ärger geben«, mutmaßte die Chefin, »ich rechne mit Gäste-Stornos.«

Jo atmete hörbar durch.

Die Chefin nickte ihr aufmunternd zu: »Das wird schon werden. Der Mensch, vor allem der Urlaubsmensch, vergisst schnell.«

Das mochte sein, dachte Jo, aber wie schnell würde sie Jens vergessen können?

3. Gerhards Montag begann ebenfalls turbulent. »Den Schlüssel zu einem Mord musst du in vierundzwanzig Stunden finden«, hatte ihm vor Jahren mal ein alter Kriminologen-Hase gesagt. »Sonst wird es mühsam.« Und Gerhard argwöhnte, dass er die Karte mit »mühsam« gezogen hatte. Sein erster Gang führte ihn zur Funkenwache, zu jenen drei Jungen, die den Funken schließlich fast vierundzwanzig Stunden lang bewacht hatten.

Die drei Jungen hatten nichts gesehen und nichts gehört. Zwei von ihnen, die minderjährig waren, erschienen in Begleitung der Eltern. Sie waren alle drei betroffen und höchst unsicher. Gerhard gab den guten Bullen, redete ihnen zu und zeigte Verständnis.

»Wenn ihr irgendwas gesehen habt, auch wenn es euch noch so unwichtig vorkommt, dann erzählt es mir.«

Die Antwort war Schweigen.

Gerhard versuchte es weiter. »Vielleicht fühlt ihr euch jemandem verpflichtet, wollt jemanden nicht reinreiten. Heh, Jungs, das verstehe ich, aber es geht hier um Mord. Ihr müsst reden, wenn ihr etwas gesehen habt.«

Schweigen.

Eine der Mütter verlor völlig die Fassung und schrie hysterisch:

»Wenn mein Sohn etwas gesehen hätte, würde er es sagen. Jetzt seien Sie doch nicht so penetrant.«

Und ehe Gerhard noch etwas erwidern konnte, sagte ein Junge namens Benedikt mit sehr klarer vernünftiger Stimme: »Mama, lass gut sein. Der Herr Kommissar hat doch Recht. Wir hätten doch was merken müssen!« Und zu Gerhard gewandt fuhr er fort: »Wir hätten etwas merken müssen, aber das war eine ganz normale Funkenwache. Höchstens unnormal, weil es so geregnet hat.«

Der Zweite, ein gewisser Florian, ein kleiner, kräftiger Kerl, nahm sich das alles so zu Herzen, dass er einen Weinkrampf bekam und immer wieder schluchzte:

»Da ist einer tot, und wir sind schuld.«

Gerhard konnte ihn mühsam beruhigen, und schließlich musste das Verhör abgebrochen werden.

Arme Kerle, dachte Gerhard. Wie oft hatte er den Funken bewacht! Da wurde gesoffen, schlüpfrige Witze wurden erzählt und Männlichkeit versprüht, obgleich man jung genug gewesen war, noch Angst im Dunklen zu haben. Wenn er sich vorstellte, dass zu seiner Zeit eine Leiche aus einem Funken gezogen worden wäre, den er bewacht hätte, das hätte er sich nie verziehen. Das taten die Jungen wohl auch nicht. Zumindest die beiden Jüngeren. Der Ältere, Quirin Seegmüller, erschien ihm rätselhaft. Da Quirin volljährig war, hatte er ihn gebeten, noch dazubleiben, als die anderen beiden tief verstört gegangen waren. Aber auch Quirin versicherte, nichts gesehen zu haben. Er antwortete unwirsch und gerade das Nötigste, bis Gerhard, der wirklich vorgehabt hatte, die Jungen mit Samthandschuhen anzufassen, ärgerlich wurde.

»Quirin, bitte, reiß dich zusammen und beantworte meine Fragen.«

Und da kam von Quirin der merkwürdige Satz: »Welches der Worte du sprichst, du dankst dem Verderben.«

Als ob das Gerhard irgendwas erklärt hätte, als ob das für Gerhard ausgereicht hätte als Begründung für das folgende Schweigen! So sprach kein normaler 21-jähriger vom Land. Gerhard versuchte es erneut.

»Quirin, wenn du irgendwie Hilfe brauchst ...?« Er brach ab. Der Junge brachte ihn aus dem Konzept. »Deine Kumpels haben sich das sehr zu Herzen genommen, sie machen sich Vorwürfe. Das müsst ihr aber nicht.«

Quirin nickte. »Wer bin ich, dass ich die Empfindungen meiner Freunde kommentiere. Jeder fühlt anders, jeder bewertet anders.«

Und wieder sagte er das so, als wäre damit alles erledigt. Er schien nicht sonderlich verunsichert zu sein.

»Kann ich dann gehen?«, wollte er wissen, und Gerhard konnte nur nicken.

Als Quirin gegangen war, riss Gerhard das Fenster auf. Er brauchte Luft. Zum Atmen und Nachdenken. Die Funkenwache hatte nichts gesehen. Sie waren seine Hoffnungsträger gewesen, denn andere Augenzeugen aufzutun, war überaus unrealistisch. Gerhard war Realist. In dieser Nacht hätte man keinen Hund vor die Tür gesetzt. Es hatte derart geschüttet.

Gerhard hatte keine fünf Minuten am Fenster gestanden, als der Polizei-Pressesprecher in sein Büro kam.

»Das ist ein Tollhaus. Wir kriegen Anrufe aus ganz Deutschland und aus Österreich. Da hat so ein Journalist von der Kronenzeitung nun gemutmaßt, das Ganze hätte etwas mit einer okkulten Todessekte zu tun. Herr Weinzirl«, er klang flehentlich, »haben Sie irgendeinen Hinweis auf so etwas?«

Gerhard starrte ihn an. »Todessekte? Ich bitte Sie, das ist doch Nonsens! Und Ihnen muss ich das nicht erzählen. Wir haben die Leiche vor etwas mehr als zwölf Stunden entdeckt.

Es hat geregnet. Hunderte von Leuten sind da rumgetrampelt. Die Spurensicherung hat nichts anzubieten. Was soll ich da schon an konkreten Spuren haben?«

Als der Pressesprecher gegangen war – Gerhards Briefing war, die Journalisten bis zur Pressekonferenz zu vertrösten –, sank Gerhard auf seinen knarzigen Bürostuhl. Gut die Hälfte seiner vierundzwanzig Stunden war um. Er traf sein Team zu einem kurzen Meeting, und das Wenige, was die Mitarbeiter bisher über den Toten in Erfahrung hatten bringen können, verhieß ihm einen langwierigen Fall. Die Ermittlergruppe war ziemlich ratlos, und Evi Straßgütl, eine engagierte junge Frau in seinem Team, brachte es auf den Punkt: »Wieso haben die denn so einen ermordet?«

Das fragte sich Gerhard auch, als er zu seiner Wohnung unter der Burghalde heimfuhr. So einer! So ein netter Mann von nebenan.

Als Jo ins Büro kam, sah die Umgebung des Faxes aus, als hätte es Papier-Brechdurchfall: Stornos von Gästen, die nicht im Funken landen wollten. Auf dem AB war zweimal der Bürgermeister, der sie für den Untergang des Tourismus' in der Region verantwortlich machte.

Jo starrte aus dem Fenster. Dann stand sie auf und ging in den Nebenraum, schaute sich um, nestelte an ein paar Papierstapeln, lief zurück, schenkte sich einen Kaffee ein und ließ die Tasse neben der Maschine stehen. Gedankenverloren füllte sie Milch in eine andere Tasse und nahm diese mit zu ihrem Tisch. Jo trank, schüttelte verblüfft den Kopf und stand wieder auf, um die Kaffeetasse zu holen. Sie ging zurück zu ihrem Computer und schaltete ihn versehentlich aus. »Scheiße«, sagte sie leise und stieß mit dem Arm an einen ihrer legendären Papierstapel, und dank mangelhafter Bausubstanz und Statik stürzte alles in den Papierkorb. Als Jo sich anschickte, die Papiere aufzuklauben, verhedderte sie sich im Bürostuhl, der gegen den Tisch fuhr und die Kaffeetasse erbeben ließ. Das Beben war so stark, dass sich der Kaffee über die Tastatur ergoss.

»Scheiße«, sagte Jo nun lauter, »jetzt reiß dich doch mal zusammen!«

»Das hätte ich dir auch empfohlen«, kam es von der Tür. Andrea lehnte im Türrahmen und grinste. »Schön, jemanden mit so viel Körperbeherrschung wie dich beobachten zu dürfen.«

»Na, du hast mir gerade noch gefehlt. Tauchst einfach im Bergstätter Hof auf und jetzt hier. Ja, habt ihr denn kein Telefon in Berlin?«

»Komm, jetzt spiel nicht die beleidigte Leberwurst. Ich hatte mich ganz kurzfristig für den Workshop entschieden. Erst als sich noch einige andere Termine im Allgäu ergeben haben, bin ich losgefahren. Ich wollte dich überraschen. Dass du natürlich Schreiberlinge in meinem Seminarhotel unterbringst … Und dann auch noch solche!«

Andrea hatte sich während des Redens aus einem Kaschmir-Schal geschält und stand jetzt in einem Cordkostüm vor Jo. Sie sah wieder mal ungeheuer gut aus. Wie sie das mit ihrem nicht gerade üppigen Gehalt schaffte, war Jo rätselhaft, aber Andrea besaß so was wie den untrüglichen Modeinstinkt. An ihr wirkte auch ein Rupfensack edel.

»Was heißt da ›auch noch solche‹?« Jo hatte beschlossen, noch ein bisschen rumzugranteln.

Andrea lächelte über den Rand einer bronzefarbenen Brillenfassung hinweg.

»Mit solchen Männern! Mit solchen Hamburger Schwaben oder schwäbischen Hamburgern.«

Jo starrte Andrea an. »Was für ein Mann, wieso Schwabe? Red doch keinen Schmarrn. Ich bin einfach fertig, ist ja auch kein Wunder. Weißt du, was hier los ist? Jetzt bin ich die Reisejournalisten los, und minütlich geht das Telefon. Wir haben auf Anrufbeantworter gestellt, weil dauernd neue Medienleute vom Ritualmord im Funkenfeuer berichten wollen. Mein Bürgermeister läuft Amok, beruflich bin ich wahrscheinlich in einigen Tagen mausetot. Ich drehe langsam durch.«

»Ja, das sehe ich, aber der Grund deines Durchdrehens hat zwei Gründe. Presse- und Obrigkeitsterror und Jens. Ich bin doch nicht blind!«

»Also bitte, er ist ein Journalist. Es gibt die eiserne Regel: Lass dich nie mit einem deiner Gäste ein«, erwiderte Jo.

»O ja, und du bist ja immer und vor allem ein Mensch, der sich an Regeln hält. Du bist wie ein Trotzkind, das immer das Gegenteil von dem tut, was erfahrene Zeitgenossen, Vernunft oder Moral dir raten. Jo, ich kenne dich!«

»Ha, wenn Du mich kennst, dann weißt du aber, dass ich niemals mit einem Schwaben …«

»Mmm, ich kenne eine deiner launigen Lieblingsgeschichten aus Italien. Damals, als wir beide in der Surfschule gejobbt haben und dieser waschbrett-bäuchige, bronzefarben gebräunte Lockenkopf dich angeschmachtet hat. Und du retour. Und wie er sich dann ein Herz gefasst hat und ein »Woisch, Meisle« in bitterstem Schwäbisch herausgeschmettert hat. Wir wissen beide, dass du behauptet hast, dass er sogar den eingesprungenen Rittberger und die Todesspirale im Bett hätte veranstalten können, aber du nie mit einem Mann mit so einem Dialekt hättest schlafen können. Aber diesmal ist es anders!«

»Was ist anders? Schwabe ist Schwabe!«, rief Jo.

»Aber dieser schwäbelt nur ganz moderat, schließlich lebt

er in Hamburg. Und außerdem bist selbst du inzwischen in der Lage, eine gewisse Toleranz walten zu lassen. Und zudem war die Luft gestern zwischen euch elektrisch geladen. Ein ganzes Eisstadion hätte man damit in gleißendes Licht tauchen könnte.«

»Wie kommst du darauf?«

»Wie ich drauf komme? Weil ich das spüre. Weil du gestern an der Bar immer so dagestanden hast, dass du immer ganz zufällig Körperkontakt hattest. Weil du seinen Blick gesucht hast und er deinen«, sagte Andrea fest.

»Ja, weil er inmitten dieser anderen Nasen ein Lichtblick war. Verstehst du gar nicht, wie ich mich fühle inmitten dieses Wahnsinns? Ich bin so schuldig an all dem, als hätte ich den Toten persönlich in das Feuer verfrachtet. Ich habe den Arm gesehen. Es war wie in einem Horrorfilm. Nur leider sehr real.«

Andrea sah sie an und kam näher. Sie nahm Jo in den Arm, die zu weinen begann. Tonlos erst, dann immer lauter. Eine Tränen-Flutwelle schwappte über Andreas Schulter, und mit der Flut war ein wenig Last von Jos Herz gewichen.

Andrea reichte ihr Taschentücher. »Geht's?«

»Es wird müssen. Aber ich war noch selten in solch einer katastrophalen beruflichen Situation. Der Bürgermeister kann mich jederzeit abschießen. Da hab ich einfach gestern zu viel getrunken, deshalb bin ich so fahrig.«

»Ja, du hast viel zu viel getrunken. Aber auch auf die Gefahr hin, dass du mich penetrant findest, du hast Trost gesucht. Ist ja auch okay. Aber der Tröster war schlecht ausgesucht.« Andrea klang richtig düster.

»Was redest du für einen Blödsinn? Ich brauch keinen Tröster«, verteidigte sich Jo.

Andrea sah sie spöttisch an.

»O doch, und der Tröster war die Marke ›großer Junge‹. Und natürlich blond. Grauenhaft!«, kam es von Andrea, deren Männer immer Asiaten, Afrikaner oder zumindest Südspanier sein mussten.

Jo atmete tief durch. »Also gut, okay, da ist was zwischen uns. Das war immer schon so. Es war von Anfang an eine große Vertrautheit zwischen uns, und was ich momentan inmitten des Chaos brauche, ist wirklich Vertrauen.«

»Vertrauen, sehr schön, und was ist mit erotischem Flackern? Jo, es geht um dich. Ich mache mir Sorgen um dich. Und bitte, gern weniger bildhaft: Habt ihr oder habt ihr nicht?«, fragte Andrea in dem ihr eigenen Pragmatismus.

»Jetzt sei halt nicht so direkt!«

»Habt ihr?« Andrea konnte penetrant sein.

»Ja, verdammt noch mal, und es war schön. Sehr schön sogar. Und romantisch. Und ehrlich. Und – geil, jawohl«, sagte Jo trotzig.

»Na, wunderbar! Dann kann ich mich ja schon mal drauf einstellen, dass ich jetzt wieder nachts um vier deine Verzweiflungsanrufe bekomme. Wirst du denn nie schlauer? Himmel!« Andrea fuchtelte pathetisch mit ihrer Brille in der Luft umher.

»Doch! Das hab ich im Griff. Ich verliebe mich nicht in ihn. Jens auch nicht in mich«, versuchte es Jo weiter mit Trotzstimme und wusste, dass sie log. »Außerdem wollte ich ihn nur von dieser Praktikanten-Maus befreien. Er mag diese Anmache gar nicht. Aber klar, das passiert. Er sieht ja auch süß aus.« Jo drehte an ihrem Ring.

»Johanna, er ist ein Mann Mitte vierzig! Da sieht man nicht süß aus, höchstens interessant oder noch ganz passabel oder nicht ganz neuwertig.« Andrea wurde langsam sauer.

»Aber er kriegt so süße Sommersprossen, wenn ...«

»... ja, wenn die Sonne scheint. Gott sei Dank hat es bis heute beständig geregnet, sonst knallst du mir noch völlig durch in deinem Jensle-Wahn! Sei doch mal realistisch. Wie soll das weitergehen, er ist doch jetzt schon wieder in Hamburgle, oderle?«

Jo schwieg.

»Na, super, du legst dich für ihn ins Zeug, und er hat wahrscheinlich nicht mal Wiedersehen gesagt.«

»Hat er wohl! Jetzt sei doch nicht so!«

»Bitte Johanna, nun erzählst du mir gleich noch die alte Leier, dass ihr gute Freunde seid, sozusagen Seelenverwandte, und ihr problemlos miteinander ins Bett gehen könnt, weil ihr ja so was von drüber steht.«

»Aber wenn es doch stimmt!«, begehrte Jo weiter auf.

»Aber wenn es doch ...«, äffte Andrea sie nach, »die älteste Wahrheit der Menschheit ist, dass Männer und Frauen nicht befreundet sein können, es sei denn, er ist schwul oder sie lesbisch oder einer von beiden hässlich wie die Nacht schwarz. Ihr seid aber beide nicht sonderlich hässlich.«

»Danke, sehr schmeichelhaft«, sagte Jo mit einem missmutigen Blick in Richtung Spiegel.

»Mensch, gerade du solltest wissen, dass es eben nicht gelingt, die Ebenen zu wechseln. Denke an deinen olympischen Lover. An dieses entwürdigende Versteckspiel. So was wolltest du niemals wieder erleben.«

»Aber, Andrea, das kann man doch nicht vergleichen. Martl war ein narzisstisches Arschloch, Jens ist ein extrem netter Kerl.«

»Hah! Und wie ich dich Ausbund an Geduld kenne, wirst du damit leicht zufrieden sein. Weißt du, was du tun wirst: Du wirst plötzlich Termine in Hamburgle haben oder gerade mal auf der Durchreise sein. Sensationeller Plan! In spätestens einem halben Jahr bist du emotional komplett im Eimerle, ungefähr so wie bei Martele.«

»Aber er ist nicht so ein Arschloch-Typ wie Martl.« Jo spürte, dass ihre Argumente nicht die besten waren.

»Umso schlimmer! Bei Martl ging es nur um Sex. Und das konnte ich ja bis zu einem bestimmten Punkt auch begreifen. Begnadeter Skifahrerkörper und so! Hübsche Muskeln und wenig Hirn. Aber selbst so einem Neandertaler wolltest du Kumpel sein.«

Jo seufzte tief. »Und was soll ich jetzt machen?«

»Das fragst du doch nicht ernsthaft? Tabula rasa, extrem viel rasa, aber genau das wirst du eh nicht tun!« Andrea klang resigniert.

»Doch, das werde ich tun, weil hier der Wahnsinn über uns zusammenklappt. Eckarts ist immer noch zugeparkt von Übertragungswagen. RTL und SAT 1 haben noch immer endlose Kabelmeter verlegt. Wir ertrinken in Stornos, ich stehe vor einer Armee von erbosten Hoteliers und Gastwirten. Was soll ich da an einen Jens denken?«

Andrea runzelte die Stirn, wollte noch was sagen, aber dann kam Patti herein. Sie sah grünlich aus.

»Patti, geh bitte gleich wieder heim. Du luagsch aus wie's Kätzle am Bauch, dät mei Oma saga«, sagte Jo.

Patti versuchte sich an einer Entgegnung, aber sie brachte kein Wort heraus, weil sie zum Klo stürmte.

Andrea runzelte noch immer die Stirn. »Dieses breite Allgäuerisch steht dir, es macht dich so volkstümlich. Oder soll ich volksdümmlich sagen? In Wirklichkeit aber übertünchst du mit dieser Witzelei eine tiefe innere Verletzung. Ist Patti schwanger?«

»Wenn ich einen Analytiker brauche, suche ich mir einen. Du reichst mir als Freundin!«

»Dann verhalte dich auch nicht wie eine Patientin«, legte Andrea nach. »Also, ist sie schwanger?«,

»Ich nehme mal an«, sagte Jo, »und ich freu mich für sie. Worüber ich mich weniger freue, ist die Tatsache, dass ich meine beste Mitarbeiterin verliere.«

Das schien Andrea nicht zu glauben, aber ihre Erwiderung wurde gestoppt, weil Patti retour kam.

»Ich hab mir den Magen verdorben. Dieses dauernde Essen mit den Journalisten macht einen ja fertig.«

»Geh heim, du siehst wirklich aus wie ausgekotzt, und deine Augenringe würden jedem Gothic-Anhänger zur Ehre gereichen!«

Andrea bot sich an, Patti heimzufahren, und Jo war froh, beide los zu sein. Sie wollte weder an Martl, Marcel oder Jens erinnert werden. Und ganz Unrecht hatte Jo nicht, als sie sich verteidigt hatte. Sie ertrank wirklich in Arbeit. Der Nachbericht der Pressereise war zu schreiben. Stammgäste mussten persönlich angerufen und beruhigt werden. Der Berg der Stornos und Panikbriefe und der E-Mails wurde immer höher. Ohne Patti war das Titanenarbeit und würde sich in die Nacht hineinziehen. Viele der Gäste würden erst am Abend erreichbar sein. Jo rief im »Lotus« an und bestellte eine Pekingsuppe und ein Gemüsegericht aus dem Thai-Wok. Gut, dass es in Immenstadt das »Lotus« gab. Das würde die lange Nacht der geschliffenen Rede und Überredungskünste erträglicher machen.

Gerhard war nach einem frustrierenden Arbeitstag nach Hause gefahren und fläzte sich vor den Fernseher. Die Fensterläden klapperten. Der Wind drückte vom Dach her durch den Kamin in den dänischen Bullerofen. Ein merkwürdiges Stöhnen entfuhr dem Ofen von Zeit zu Zeit. Es klang wie ein Schlossgespenst, das um Erlösung fleht. Voll düsterer Vorahnungen hatte Gerhard den Fernseher eingeschaltet, und noch vor einem Werbeblock kündigte eine Blondine mit Flüsterstimme den Top-Act des Tages an: eine grausam entstellte Leiche in einem Holzhaufen, auf dem die Allgäuer noch heute Hexen verbrennen. Cut – und Werbung.

Gerhard gab seine Lümmelposition auf dem Bett, das ihm auch als Couch, Kleiderablage und Esstisch diente, abrupt auf und rutschte auf die Kante. Er neigte nicht zu Gewalttätigkeiten, aber in diesem Moment hätte er gern mit einer Armbrust um sich geschossen. »Grausam entstellt in einem Holzhaufen, auf dem die Allgäuer noch heute Hexen verbrennen.« Die Leiche war völlig intakt gewesen, und dann noch offen auf Hexenverbrennung hinzudeuten! – so was war doch kriminell!

Nach der Werbung, von der ihm vor allem ein Spot über einen neuen Wellness-Joghurt mit irgendwelchen sich drehenden und trudelnden Säuren und Enzymen in Erinnerung geblieben war, blickte er in die Visage eines schick geföhnten Jünglings. Der Typ lächelte ihm aus dem Fernseher zu, sein modischer Fön-Haarschnitt wippte nur leicht, obgleich rundum das Föhn-Inferno tobte. Er gab sich die Attitüde von äußerster Besorgnis, als die Kamera auf die Kirche von Eckarts schwenkte, hinein in die Allgäuer Alpen und dann auf den halb abgebrannten Funken. Er begann, einigermaßen seriös, das musste Gerhard zugeben, den Brauch des Funkens zu erläutern.

Neben ihm standen zwei Männer. Der Kiechle Bauer und sein Sohn, FK und KK genannt, die auf einem Einzelhof kurz vor Adelharz lebten. Der Alte war jemand, der die Schindeln an seinem Hof noch selbst anfertigte und sofort eine defekte ersetzte. Die beiden Männer stellten ein mahnendes Beispiel dafür dar, dass fünfhundert Jahre bäuerlicher Inzucht nicht fehlgegangen waren. Beide sahen so aus, dass das Allgäuer Wort »leicht preschthaft« zutraf. Sie waren nicht gerade nobelpreisverdächtig schlau. Aber sie besaßen viel Geschick bei der Aufzucht des Jungviehs, konnten Warzen wegbeten und Wasseradern aufspüren, und sie waren absolut harmlos. Der Sohn war ohne Mutter aufgewachsen, und über diesen jungen Kiechle hatte Gerhards Mutter mal den legendären Satz gesagt: »Der Bua isch aufgwachsa wie a Schumpa. In dr Fria hot man austrieba, am Obend reigholt. Mehr Erziehung hots it geaba.« Und diese beiden standen nun mit ebenso verwirrten Haarschöpfen wie Gesichtern vor der Kamera.

»Herr Klaus Kiechle«, der Reporter wandte sich an den Jüngeren, »Sie waren gestern bei der Feuerwehr dabei, als der Tote aus dem Funken gezogen wurde. Und Sie wissen, wer das war!«

KK starrte in die Kamera wie ein Jungrind, das vom Blitz überrascht wird.

»Ja, den hon i kennt«, stieß er hervor, und FK sah stolz zu ihm hinüber. So viel redete sein Sohn sonst nie am Stück. Der Reporter hatte ein kurzes Panik-Flackern in den Augen. Gerhard musste grinsen.

»Herr Franz Kiechle, wie Ihr Sohn wissen auch Sie, wer der arme Mann war?« FK nickte.

»Den Namen wüssten wir gerne, das muss doch furchtbar für Sie gewesen sein«, versuchte es der Reporter erneut.

»Na, für is war des it furchtbar, aber für dean!«, sagte FK. Jetzt musste Gerhard laut herauslachen, vor allem, als eine hochdeutsche Unterzeile eingeblendet wurde.

»Ja, richtig, für diesen bedauernswerten Toten, der wie hieß?« Der Reporter verlor zusehends an Fassung.

»Ah so, der Name? Des isch der Adi gwä«, sagte FK sehr langsam.

»Der Adi und weiter?«

»Feneberg.« KK und FK sahen so stolz aus, als hätte ihnen jemand gerade eben doch den Nobelpreis verliehen, und der Reporter wandte sich ganz schnell von den beiden ab.

»Wir wollten natürlich wissen, wer war Adi Feneberg, und wir stehen genau vor seinem Haus.« Die Kamera fing ein ziemlich gewöhnliches Haus ein, ein Haus, wie es Leute bauen, die gut situiert sind, aber nicht reich. Der Reporter begann, um das Haus zu stapfen, und dabei entfaltete der Bau seinen ganzen Charme. Die Häuser in der Kirchbühlstraße blickten weit übers Illertal und hinein in die Allgäuer Alpen. Die Kamera zoomte die Berge heran, und der Reporter sagte mit staatstragender Stimme: »Und hier, hier soll so etwas Grauenvolles passiert sein!« Angesichts der Herumstiefelei dachte Gerhard an Hausfriedensbruch.

Als der Reporter die Runde beendet hatte, stand er wieder vor der Gartentür.

»Frau Feneberg ist leider nicht anzutreffen, aber hier haben wir eine Nachbarin der Fenebergs, die tief betroffen ist.«

Eine Frau in Leggings und langer Wolljacke kam ins Bild. Die Kamera schwenkte in die Straße, das Gästehaus war zu sehen. Dann fing die Kamera wieder die Frau ein.

Sie stammelte: »Der Adi war a kreizguater Ma.« Sie begann zu schluchzen.

»Und wer könnte dem Herrn Feneberg denn nach dem Leben getrachtet haben?«, fragte der Reporter.

»Kuiner, kuiner duat so eabbas.«

Die Untertitel liefen weiter mit.

»Mehr vom bestialischen Funkenmord im Hexenkessel Allgäu morgen«, schmetterte der Reporter und gab zurück ins Studio, wo das Blondie flüsterte: »Ist das nicht furchtbar?« Cut – und Werbung. Tchibo kündigte eine neue Welt an, jede Woche neu.

Erbärmlich! Es war so erbärmlich! Kaum hatte Gerhard weitergezappt, läutete das Telefon. Es war der Staatsanwalt, der seine Wut nur mühsam unterdrücken konnte.

»Da werden wir uns morgen bei der Pressekonferenz sehr bedeckt halten müssen, sehr! Und warm anziehen.«

»Keine Sorge, mit diesem Pack, werde ich fertig«, sagte Gerhard kämpferisch.

»Sie wissen ja, Herr Weinzirl: Wo ein Trog ist, da sammeln sich die Säue!«, rief der Staatsanwalt.

Gerhard musste grinsen. Ein wunderbarer Satz, der es auf den Punkt brachte.

»O ja, und morgen werden verdammt viele Säue da sein!«

4. Nachdem er in der Nacht von wirren Träumen gebeutelt worden war, erwachte Gerhard schweißgebadet um sechs und beschloss, sich die Wut von der Seele zu joggen. Egal, ob es noch dunkel war. Nach einer Stunde an der Iller war ihm wohler. Er trabte in die Bäckerstraße, schüttete beim »Wipper« nicht weniger als vier Tassen schwarzen Kaffee in sich hinein und gönnte sich einen Florentiner, der jetzt zwischen seinen Zähnen klebte. So etwas aß er sonst nie, aber Süßes half, laut Jo, Schlachten zu schlagen. Und Schlachten standen an – an mehreren Fronten. Ob Jo den Fernsehbeitrag gesehen hatte?

Gerhard war durch einen Hintereingang kurz nach acht ins Präsidium gekommen. Für zehn Uhr war die Pressekonferenz anberaumt, das Gebäude erschien aber jetzt schon wie belagert. Der Parkplatz war voller Autos, überall hatten sich Kamerateams aufgebaut.

Gerhard nahm sich zunächst den Obduktionsbericht vor, und was er da las, gefiel ihm nicht, gefiel ihm gar nicht! Der Staatsanwalt kam herein, stellte Gerhard einen Becher mit Kaffee vor die Nase und sank auf einen Stuhl, der bedenklich schwankte.

»Sie haben den Bericht gelesen?«, fragte er.

»Ja, und das trägt überhaupt nicht dazu bei, meine Laune zu heben. Ich hätte mir eine saubere Schussverletzung gewünscht. Oder vielleicht Würgemale, irgendwas in der Art. Aber das?«, stöhnte Gerhard.

»Ja, das hätte ich mir auch gewünscht! Ich wollte nur noch mal Ihr d'accord einholen: kein Wort an die Presse«, mahnte der Staatsanwalt.

Gerhard grunzte unwillig. »Ich rede nicht mit Hyänen. Und wie Sie ja wissen: Wer Aas frisst, soll auch Abfall bekommen.«

Als sie den Konferenzraum durch eine Seitentür betraten, befanden sie sich mitten in einem Inferno. Kamerateams hatten ihr Equipment rücksichtslos vor dem Podium aufgebaut, Gerhard stolperte über ein Kabel. Er blickte in eine Armada von Kameraaugen. Mikros waren installiert, bunte Ballons, die ihn aggressiv bedrängten. Die Lokaljournalisten wie Marcel oder der reizende kleine Mann vom Kreisboten waren Treibgut in der Masse der Kollegen, wurden abgetrieben und irgendwo an eine Wand gequetscht.

Der ermittelnde Staatsanwalt, der Pressesprecher und Gerhard saßen noch nicht richtig, als die Fragesalven losbrachen. Die Donnerstimme des Staatsanwalts fuhr dazwischen wie beim Jüngsten Gericht.

»Ich bitte Sie dringend alle, Platz zu nehmen. Bevor hier keine Ruhe einkehrt, werden wir nicht beginnen.«

Der Tumult legte sich. Gerhard ließ den Blick – soweit das über das Kamera-Arsenal hinweg möglich war – schweifen. Viele junge Frauen waren da. Alle sehr fesch, sehr taff, mit sehr kurzen Röcken, untergewichtig, hochmodisch und hochaggressiv. Ein Typ Frau, den Gerhard nun gar nicht schätzte. Für seinen Geschmack hatte eine lieber ein paar Kilo zu viel als zu wenig.

Der Pressesprecher gab eine kurze Einleitung, kam aber nicht weit, weil eine dieser Damen, ganz passend in ein militärisch-martialisches Tarnlook-Kostümchen in Größe xs gewandet, hochschnellte und schrie: »Ersparen Sie uns das Gelaber. Spielen Sie nicht mit unserer Zeit. Der Mann heißt Adi Feneberg, das haben wir gestern schon recherchiert.«

»Und uns allen einen Bärendienst erwiesen!«, donnerte der Staatsanwalt. »Wir haben Gründe, weswegen wir Namen verschweigen, verschweigen müssen. Sie erschweren unsere Ermittlungen.«

»Die Öffentlichkeit hat ein Recht, davon zu erfahren«, blökte ein anderer weiblicher Hungerhaken mit Augen von so viel Kajal umrandet, dass sie aussah wie aus der Addams Family.

Hah! Als ob es euch um die Menschen ginge, dachte Gerhard und atmete tief durch. Der Staatsanwalt stellte ihn als den ermittelnden Beamten vor.

»Wie Sie ja bereits dank Ihrer rührigen Kollegen wissen, handelt es sich bei dem Toten um Adi Feneberg, sechzig Jahre alt, von Beruf Braumeister bei Hündle Bräu in Knechtenhofen bei Oberstaufen«, sagte er. »Er ist verheiratet, hat keine Kinder. Über den Tathergang können wir bis dato nichts sagen. Wir konnten aber bisher keinerlei Anzeichen für irgendwelche Verwicklungen außerhalb der Normalität feststellen. Keine Vorstrafen, keine Drogen, keine Beziehungen zu kriminellen Kreisen. Wir –«

»Keine Mafia, was? Die war doch in Kempten mal sehr aktiv?«, brüllte jemand.

Gerhard ließ sich nicht aus der Ruhe bringen und schaute treuherzig wie mindestens 1001 Dalmatiner. »Der Obduktionsbericht ist leider wenig aussagekräftig. Es ist keinerlei Fremdeinwirkung festzustellen.« Er beugte sich über den Bericht und zitierte: »… sind lediglich minimale Irritationen am Handgelenk festzustellen.«

»Es hat ihn also jemand gezerrt?«, kam es von den Hinterbänken.

»Auch das lässt sich laut der Pathologie nicht mit Sicherheit sagen, es könnte sich auch um ein sehr straffes Uhrenband gehandelt haben.«

Der Lärm schwoll wieder an. »Sie verarschen uns doch. Und wo ist die Uhr?«

Gerhard zuckte die Achseln.

»War er denn bereits tot, als er in den Funken verbracht wurde?«, schrie das Tarnkostümchen. Auf diese Frage hatte Gerhard gewartet und gleichzeitig inbrünstig gehofft, sie käme nicht. Ein Raunen ging durch die Menge.

»Ja, davon ist auszugehen«, sagte Gerhard.

»Er wurde also sozusagen in einem Funken entsorgt, um ein Verbrechen zu verbergen?«, fragte jemand.

»Momentan sieht es so aus«, Gerhard blieb nonchalant.

»Und der Todeszeitpunkt?«, fragte nun Marcel Maurer.

»Auch der lässt sich nicht genau bestimmen. Irgendwann Sonntag im Laufe des Tages.«

»Und wie ist er da reingekommen? Geflogen? Diffundiert? Da war es doch hell. Da waren doch Leute unterwegs. Sie wollen uns doch für dumm verkaufen.« Das Tarnkostümchen hatte wieder das Wort ergriffen.

Gerhard behielt seinen treudoofen, aber konzentrierten Blick bei. »Wir würden Ihnen gern mehr sagen, aber mehr haben wir nicht. Und es wird die nächsten Tage unsere Aufgabe sein, Motive zu finden und den Tathergang zu rekonstruieren.«

»Ist Ihnen etwas von Feinden bekannt?«, wollte einer wissen.

Und das Tarnkostüm schrillte: »Ja genau, das sollten Sie mal schleunigst herausfinden, oder müssen wieder wir Ihre Arbeit machen?«

Und ehe Gerhard etwas sagen konnte, erhob sich der Staatsanwalt und stützte sich zwischen den Mikros auf. »Sie sagen es trefflich, gnädige Frau, genau das werden wir herausfinden. Wir danken für Ihr Interesse, für weitere allfällige Fragen wenden Sie sich bitte an unseren Pressesprecher.« Und wie ein Rammbock dirigierte er die anderen vom Podium durch die Seitentür ins Off.

Der Staatsanwalt ließ mit einem »Pfft« die Luft ab, wie ein Luftballon, dessen Knoten aufgegangen war. »Ob die Journalisten Ihnen das abgenommen haben mit dem Obduktionsbericht?«

Gerhard blieb ruckartig stehen. »Ich glaube schon, die halten mich für einen Bauerndeppen.« Er sagte das ganz ohne Zynismus.

Der Staatsanwalt sah ihn erstaunt an. »Das mag von Vorteil sein. Scheußliche Sache, trotzdem!«

Gerhard war nach der PK in sein Büro gegangen und hatte sich eine Stunde »BITTE NICHT STÖREN« ausbedungen. Er hatte ein Hotelschild mit dieser Aufschrift rausgehängt, eins, das er vor rund zwanzig Jahren mal in Rimini geklaut hatte. Es kam selten vor, dass er sich solche Auszeiten nahm, eigentlich stand seine Bürotür immer allen offen. Aber im Moment wollte er sich von allen Außenreizen abschotten. Wieder und wieder las er den Obduktionsbericht, der überaus beängstigend war. Er hasste dieses Medizinerdeutsch, es kostete ihn immer einige Mühe, überhaupt zu verstehen, um was es ging. Doch in dem Fall hatte er es begriffen, und er ließ diese irre Geschichte noch mal Revue passieren: Adi Feneberg war mit Rohypnol betäubt worden, ein Medikament, das je nach Dosierung einige Stunden bis hin zu einem Tag anhalten konnte. Er war betäubt, aber durchaus lebendig in den Funken verfrachtet worden. Eigentlich hätte er wieder aufwachen müssen. Eigentlich! Adi Feneberg aber hatte eine Krankheit gehabt, die sich Myasthenia gravis nannte, eine Muskelerkrankung. Der Hausarzt hatte Gerhard bestätigt, dass Adi relativ symptomfrei gewesen war. Die Krankheit hatte sich bei ihm nur darin gezeigt, dass er Probleme mit den Augenmuskeln, hängenden Augenlidern und einer abendlichen Kauschwäche hatte. Er kam dank seiner Medikamente gut zurecht. Wenn man aber solche Medikamente einnahm, gab es eine Reihe von Mitteln, die kontraindiziert waren. Rohypnol gehörte dazu. Bei Adi Feneberg hatte die Atemmuskulatur ausgesetzt, es war Atemstillstand eingetreten. Leider gehörte Rohypnol nicht mal in den Giftschrank. In jeder Klinik, bei vielen Ärzten stand es im ganz normalen Medikamentenschrank.

Gerhard war aufgestanden und ging in seinem kleinen Büro auf und ab. Er redete mit seinen Uli-Stein-Kameraden.

»Das Medikament hat ihn also getötet, laut Pathologie wäre ein Gesunder durchaus wieder aufgewacht. Und, was sagt ihr nun dazu? Er hatte nämlich eine gute Chance, lebend aus dem Haufen rauszukommen. Er hätte schreien können, zumal, was die Spurensicherung rekonstruieren konnte, er nicht allzu tief drin war im Funkeninneren. Vielleicht wäre er aber auch verbrannt, während um ihn herum johlende Menschen Glühwein und Bier getrunken und Funkakiechla gegessen hätten.«

Die Figuren wippten und sagten nichts. Gerhard war so ungemütlich zumute wie selten. Er spürte mit jeder Sekunde mehr, dass dieser Fall anders war als alles bisher Dagewesene. Er hatte sich wieder gesetzt, die Arme im Nacken verschränkt, in Gedanken versunken.

An der Tür klopfte es vorsichtig, obwohl das Schild noch draußen hing.

»Herein!«

Gerhard blieb sitzen und sah zur Tür. Evi Straßgütl streckte den blonden Kopf herein.

»Entschuldige, ich wusste nicht, ob ich stören darf.«

»Komm rein, meine Klausur bringt mir sowieso keinerlei sinnvolle Gedanken.«

Evi trat ein und lehnte sich an den Schreibtisch.

»Ich habe endlich mit Adi Fenebergs Frau telefonieren können. Sie ist immer noch bei ihrer Schwester in Berlin, steht noch unter Schock und konnte wenig sagen. Es ist aber absolut sicher, dass sie zur Tatzeit am Sonntag mit der Schwester noch in einem Wellness-Hotel in Bad Homburg war. Das haben mir mehrere Hotelangestellte bestätigt. Sie kommt als Täterin definitiv nicht in Frage. Keine Chance!«

Leider, dachte Gerhard, wo doch die Ehefrau in TV-Serien immer eine so dankbare Täterin war. Aber die Ehe schien in Ordnung gewesen zu sein. Egal, wen sie bisher befragt hatten – Frau, Schwester, Nachbarn – sie alle hatten betont, wie integer Adi Feneberg gewesen sei. Eine Geliebte? Der Adi? Niemals!

»Wir waren an Adis Arbeitsplatz und im Sportverein – Adi Feneberg hatte ja die Eishockey-Jugend in Kempten trainiert –, und auch dort haben wir nur Lobeshymnen auf Adi gehört. Warte mal, ich zitiere, aus Markus' Protokoll: Adi war ein Vorbild für die Jugend. Er war ein Mann mit unverrückbarer Moral.«

Gerhard hielt die Arme im Nacken verschränkt und sagte mehr zur Decke als zu Evi: »Wer bringt so einen Mann um? Ich kann nirgends auch nur ein Zipfelchen erhaschen, an dem ich mal behutsam ziehen könnte. Das macht mich wahnsinnig. Keine Motive, keine Feinde!«

Auch Evi war gedrückter Stimmung.

»Wer so wenig Feinde hat, der ist ja nicht aus dieser Welt.« Sie schüttelte genervt den Kopf.

»Ich habe gerade noch mal die Protokolle der Funkenwache-Vernehmung gelesen«, sagte Gerhard, »ob ich was übersehen habe. Aber da ist null. Die Jungs sind wie die drei Affen, du weißt schon! Außer, dass mich dieser Quirin ziemlich genervt hat, auch da kein Ergebnis.«

Gerhard las Evi vorsichtshalber die Protokolle vor, und sie nickte.

»Ich sag dir dazu gleich was.«

Fünfzehn Minuten später kam sie herein und hatte zumindest ein dünnes Lächeln auf den Lippen.

»Dieser ›Verderben‹-Satz ist von Paul Celan.«

»Und? Wer ist Paul Celan?«, fragte Gerhard ungeduldig.

»Ein Dichter, oder besser ein Lyriker.«

»Und was will mir dieser verquaste Blödsinn sagen?«, schimpfte Gerhard, der Gedichtinterpretationen schon im Deutschunterricht gehasst hatte.

»Da musst du Herrn Celan fragen. Aber der ist tot.« Evi grinste und fuhr fort: »Aber ich kann dir sagen, dass Quirin im Schultheater sehr engagiert ist. Und dann ist da auch noch eine Sandra dabei. Quirin ist mit ihr befreundet. Und diese Sandra ist wiederum die Reitbeteiligung von deiner Johanna Kennerknecht. Das heißt, sie reitet bei deiner Frau Doktor. Vielleicht kannst du da was draus machen?«

Gerhard sah sie überrascht an. »Wie hast du das denn rausgefunden, Bella?«

Evi lächelte. »Die Erklärung dauert länger als die Suche.

Nicht alle Menschen haben ein so gestörtes Verhältnis zu Computern wie du. Google und Wikipedia heißen die guten Geister der Moderne!«

Und schon war sie weg! Evi war gut, eine richtig gute Arbeiterin. Eigentlich sah sie mit ihrer feingliedrigen Gestalt und den naturblonden halblangen Haaren auch sehr hübsch aus, dachte Gerhard und grinste. Aber an dieser resoluten jungen Dame sollten sich andere die Zähne ausbeißen. Er dachte über den Theater-Quirin nach. Das hatte ihm gerade noch gefehlt. Das war so einer, der wahrscheinlich auch in Strumpfhosen wie ein Storch Ballett tanzte. Schwanensee oder so! Aber Gerhard hatte eine Idee, diese Sandra betreffend.

5. Jo war erst um zwei Uhr ins Bett gekommen. Sie hatte mit Engelszungen geredet und mindestens fünfundzwanzig Übernachtungen gerettet. Die Leute waren zumeist recht nett gewesen, und unisono hatten sie erklärt: »Aber das kam im Fernsehen ganz anders rüber.« O ja, Jo hätte den Investigator, Mister TE VAU und alle anderen Fernsehleute am liebsten nachträglich in die Hölle verfrachtet. Oder in den Funken. Als ihr Handy um elf Uhr am Mittwochmorgen läutete, saß sie zu Hause vor einem Cappuccino.

Es war Gerhard.

»Hast du Zeit? Ich lade dich zum Mittagessen ein. Ins Burgcafé. Ich hoffe, da treffen wir keine Medienleute.«

»Gute Idee, ich hoffe wir treffen da auch keine lokalen Touristiker. Und keine Gäste. Überhaupt niemanden. Ich hasse Bürgermeister, Hoteliers und Touristen! Bis dann, ich sehe dich dort.« Jo war froh über eine Ablenkung.

Als sie losfuhr, waren die Berge, die der Föhn so nahe und so markant gezeichnet hatte, längst von ihr abgerückt. Der Föhn hatte nämlich aufgegeben, dunkle Wolken überschoben sich gegenseitig, ab und zu fiel ein merkwürdig zu einem Dreieck aufgefasertes Licht in dünnen Strahlen in den Niedersonthofner See. Es sah aus, als würde ein Ufo landen. Es war kälter geworden. Als Jo die kurze Stichstraße zum Burgcafé hinauffuhr, war ihr auf einmal heiterer zumute. Solange es noch solche Plätze gab, war noch nicht alles verloren. Die kleine Burgruine klebte am Hang, das Café kauerte darunter, in der Luft hingen alle Gerüche der Landwirtschaft und ein verführerischer Duft von Röstzwiebeln.

Gerhard war schon da, und auch er sah nicht sonderlich gesund aus. Sie bestellten beide Kässpatzen mit extra viel Zwiebeln. Kohlehydrate für gepeinigte Seelen.

»Spätzle machen schließlich glücklich«, sagte Jo mit einem Lächeln.

Gerhard hatte einen Packen Zeitungen dabei, und ganze Dritte Seiten, Brennpunkte, Themen der Woche waren Adi Feneberg gewidmet. Nach der österreichischen Kronenzeitung hatten nun auch andere über schwarze Messen und Okkultismus spekuliert. So was verkaufte sich! In der Allgäuer Zeitung und der sz waren jede Menge Menschen aus Adis Umfeld zu Wort gekommen. Nur seine Frau nicht. Die war auf Anraten von Gerhard in der Berliner Versenkung geblieben. Aber alle Interviewpartner verwiesen auf Adis hervorragenden und hilfsbereiten Charakter.

Jo schüttelte ungläubig den Kopf. »Der Mann geht mir langsam auf die Nerven. Alle liebten Adi, ja? Hast du die Todesanzeigen gesehen in der Allgäuer Zeitung? Eine ganze Seite: Die Eishockeyabteilung ist untröstlich, seine Frau mit Schwester ist sowieso mehr als untröstlich. Der Mann ist eine Art Vater Theresus, ein Heiliger der Jugendarbeit. So gut kann ein Mensch doch nicht sein. Kanntest du den eigentlich, deine Eltern wohnen schließlich in Eckarts?«

»Ja, vom Sehen, das war so ein zäher, sportlicher Typ. Hat immer sehr nett gegrüßt. Du müsstest seine Frau kennen. Die hat mal in Immenstadt in der Buchhandlung gearbeitet, unweit von deinem Büro«, sagte Gerhard.

»Ach, die nette Frau mit dem Schweizer Akzent?«

»Ja, sie ist gebürtige Schweizerin, kommt, glaub ich, aus einem rätischsprachigen Tal in Graubünden.«

»Mensch, die Arme.«

»Ja, und sie ist definitiv unverdächtig.«

»Aber so einen perfekten Mann kann es nicht geben«, überlegte Jo erneut. »Sogar sein Arbeitgeber ist so was von untröstlich, steht in der AZ. Was hat er denn gemacht bei Hündle Bräu?«

»Er war Braumeister, Mensch, du weinseliges Geschöpf! Der Schöpfer eines edlen Gerstensaftes, einfach überirdischen Weißbiers, perlend, prickelnd, herb und doch so süß wie der Kuss einer schönen Frau.« Gerhard machte eine pathetische Bewegung, passend zu seinen exaltierten Sätzen. So sprach er normalerweise nicht.

»Du klingst wie eine Werbebroschüre, woher so viel Poesie?« Jo verdrehte die Augen.

»Das war auch aus der Werbebroschüre der Brauerei, gefolgt vom Slogan: Hündle Bräu, bierig, bergig, bärig!«

»Echt bärig! Zu Hilfe, was für ein Schmarrn! Und hat dieser bärige Mensch denn auch am Arbeitsplatz keinerlei Probleme gehabt?«, fragte Jo.

»Markus und Evi haben die gesamte Belegschaft befragt ...« Jo unterbrach ihn.

»Die armen Angestellten! Sind sie heuer schon zu Hause?«, lästerte sie, denn Markus Holzapfel war nicht gerade für seine Vitesse und seinen Esprit bekannt.

Als Jo letztes Jahr die Leiche des Bauunternehmers Rümmele im Gunzesrieder Tal entdeckt hatte, war es Markus gelungen, mit seiner Befragungstechnik das halbe Tal in die Vorhölle des Wahnsinns zu treiben. Markus musste sich im Team immer mit »Ösi-Power« verulken lassen.

Gerhard grinste.

»Ja, der gute Markus. Evi hat halt die doppelte Anzahl Leute befragt. Markus weniger, die aber akkurat. Nö, aber um auf das Ergebnis zurückzukommen: Alle waren nur voll des Lobes, und, wie du sagst, untröstlich. Er sei ein wahnsinnig netter Kollege gewesen: witzig, immer gut aufgelegt, habe auch mal Hand in anderen Abteilungen angelegt, sogar Bierkisten hochgehievt, weil einer der Fahrer wohl Probleme mit der Hüfte hatte, aber die Frührente irgendwie nicht durchkriegte. Und auch die Chef-Sekretärin und eine Aushilfe im Büro haben ihn gemocht. Er sei immer mal vorbeigekommen, sei umgänglich gewesen. Er habe der Aushilfs-Buchhalterin, die als allein erziehende Mutter und wegen eines säumigen Alimente-Zahlers wohl wenig Kohle hatte, Ski für ihre kleine Tochter gebracht. Er habe der Chef-Sekretärin immer dieses rote Bitterino-Gesöff aus Italien mitgebracht, weil er ein Bergfreund gewesen und oft mit seinen Kumpanen in Südtirol rumgekraxelt sei. Alles in allem eben das, was man einen Pfundskerl nennt. Und immer wurde er zitiert. ›Für alles gibt es eine Lösung, jeder kann sein Leben im Griff haben, wenn er sich nur anstrengt.‹ Er habe immer so viel Bodenhaftung ausgestrahlt.«

Jo sah ihn zweifelnd an. »Na ja, irgendwas hatte er nicht so recht im Griff, sonst wäre er jetzt nicht tot.«

Gerhard runzelte die Stirn. »Wie es scheint, war er jedenfalls ein durch und durch integrer Mensch.«

»Und wenn sie nicht gestorben sind! Das ist Grimm und Andersen zusammen. Er muss einfach irgendeine Leiche im Keller haben. Und wenn es eine sehr alte ist. Eine, die schon die Würmer gefressen haben oder von mir aus eine Mumie!« Auch wenn sie das nicht zugab, aber irgendwie war sie wütend auf diesen Adi, der ihr Leben so durcheinandergebracht hatte. »Der kann einfach nicht nur Mahatma Feneberg sein!« Jo redete sich in Rage.

»Dass du seit dem letzten Jahr immer noch so scharf auf Leichen bist!«, hielt Gerhard dagegen.

»Komm, das ist jetzt nicht witzig! Aber für jeden Mord gibt es ein Motiv, oder?«

»Schlaumeierin, natürlich, aber es gibt tausend andere Varianten. Er hat etwas beobachtet und musste dran glauben. Er hat keine Mumien im Keller, aber andere haben die, und er hat das gewusst. Er hat versucht, irgendwo bei einem Streit als Schlichter aufzutreten …«

Jo fuhr wieder dazwischen: »… und ist in den Funken gefallen. Na prächtig, bärig geradezu! Habt ihr überhaupt mal über den Fundort nachgedacht? Das ist doch kein Zufall, wer bitte verstaut eine Leiche in einem Funken?« Ihr kriminalistischer Spürsinn war angestachelt.

»Jo, wir langweiligen Gesetzeshüter mögen ja nicht so ein studiertes Köpfchen haben wie du, aber wir sind auch nicht blöd. Der Funken wird von der Dorfjugend aufgeschichtet. Eine Leiche kommt beim Aufschichten mit rein, oder jemand stopft sie später in den Haufen. Beim Aufschichten waren am Samstag rund fünfzehn Leute dabei. Dann war die Funkenwache präsent, und am Sonntag waren ab zehn Uhr vormittags ständig Leute da. Die Dorfjugend hat die Bar aufgebaut, jemand hat den Klowagen gebracht. Es müsste schon ein ungeheures Komplott sein, wenn diese Leute den Mord an Adi geplant hätten.«

»Unwahrscheinlich, oder?« Jo klang enttäuscht.

»Sehr unwahrscheinlich, auch wenn man nichts ausschließen darf. Noch unwahrscheinlicher, weil das Zeitraster nicht stimmt.« Das kam nun eher zögerlich.

»Wie? Zeitraster?«

»Nun, mir liegt der Bericht aus der Pathologie vor.« Gerhard klang immer noch sehr unsicher.

»Jetzt drucks nicht so herum. Natürlich liegt dir ein Bericht vor. Was ist mit der Zeit, Todeszeit nehme ich an? In allen Zeitungen ist das wilde Spekulieren darüber ausgebrochen, wie der Mann drei oder vier Stunden vor dem Anzünden in den Funken kam.«

»In der Zeitung, Jo, eben!« Gerhards Satz blieb in der Luft hängen, schwebte über den dampfenden Kässpatzn.

»Das heißt, ihr habt gelogen?«

Gerhard lächelte sibyllinisch. »Nun, nicht richtig gelogen. Wir haben die Geschichte etwas geklittert. Hier und da etwas verschwiegen, etwas verbogen, ums Eck gedacht und geredet, wie man es von uns Trotteln erwartet hat. Das ist nur gerecht. Journalisten benutzen Sprache auch als Waffe.«

»Jetzt rede endlich Klartext!«, forderte Jo.

»Nun, es ist ein winziges Detail, das das Ganze noch unerfreulicher macht. Wir haben das bei der Pressekonferenz verschwiegen und werden das auch auf alle Fälle weiterhin tun. Ich warne dich, wenn ein Wort durchsickert…«

»Gerhard, weißt du, was ich für ein Theater mit den Medien am Hals habe? Ich bin verschwiegen wie ein Funkengrab!«, rief Jo.

»Sehr makaber, Lady.« Gerhard sah missbilligend in sein Weißbier und fuhr fort: »Als jemand Adi im Funken verstaut hat, wie du das so lapidar formuliert hast, war er noch nicht tot!«

»Wie bitte, er lebte noch? Man wollte ihn bei lebendigem Leib verbrennen?« Jos Stimme war plötzlich sehr leise.

»Nun, die Sache ist ziemlich perfide«, murmelte Gerhard und gab den Bericht aus der »Patho« wieder.

»Gerhard, das ist ja grauenhaft, welches kranke Gehirn denkt sich so was aus?«

»Tja, das ist eine gute Frage! Und noch besser ist die Frage, ob jemand wusste, dass er diese Cho-lin-es-ter-ase-hem-mer«, Gerhard verhedderte sich an dem Begriff, »eingenommen hat.«

Jo starrte Gerhard an. »Aber das ist ja Wahnsinn. Entweder jemand wusste von seiner Muskelkrankheit und wollte ihn töten, oder aber jemand wusste es nicht und hat dieses russische Roulette mit ihm gespielt. Wobei ich an die zweite Variante gar nicht denken will!«

Gerhard nickte düster. »Ja, es gibt natürlich auch noch Variante drei. Jemand kannte sich mit der Wirkung von Rohypnol nicht so gut aus und dachte, es ist so was wie Zyankali, das sicher tötet. Von all meinen Hypothesen aber tendiere ich leider momentan eher zu zwei. Drei ist möglich, aber wer mit Rohypnol rumexperimentiert, weiß eigentlich, wie es wirkt. Und dann sind wir wieder bei zwei. Der Hausarzt sagte nämlich, dass Adi diese Krankheit weitgehend verschwiegen hat, selbst seine Frau wusste nichts davon. Der Mörder ist also von einem gesunden Menschen ausgegangen, und der wäre aufgewacht.«

»Und wenn es doch jemand war, der Adi sehr gut kannte? Eine Geliebte vielleicht? Vielleicht hat die von der Krankheit gewusst. Geliebte wissen ja immer mehr als die Ehefrauen«, gab Jo zu bedenken.

»Eine Geliebte ist nicht in Sicht. Dazu kommt, dass Adi Feneberg ja so ein begeisterter Sportler war und ehrgeizig dazu. Der Hausarzt meint, das sollte wohl auf keinen Fall rauskommen.«

Jo überlegte. »Ja, aber dann wisst ihr doch, wann er in den Funken gelegt wurde.«

»Eben nicht genau! Das Rohypnol wirkt je nach Dosierung bis zu vierundzwanzig Stunden, der Pathologe tendiert zur Ansicht, es sei gegen fünf Uhr morgens verabreicht worden – plus oder minus ein, zwei Stunden«, sagte Gerhard. »Im Bericht stand, dass man aufgrund der Abbauprodukte im Blut die Dosierung berechnen kann. Da aber jede Leber eine andere Enzymausstattung besitzt und das Medikament sehr individuell verstoffwechselt wird, können die Leichenschnetzler nur eine Zeitspanne, keinen Zeitpunkt angeben. Aufgewacht wäre er dann – bei der angewendeten Dosis – zwischen fünf und sieben am Abend. Noch vor dem Anzünden.«

»Aber es war jedenfalls nicht untertags«, rief Jo triumphierend. »Dann müsst ihr doch nur noch rausfinden, wer in der Nacht und den frühen Morgenstunden am Funken war.«

»Sehr schlau, danke für den Hinweis. Und nun fragen wir uns, und ich frage dich: Wie konnte das unbemerkt bleiben? Denn die Funkenwache – und das waren drei Jungs – war die ganze Nacht da. Was also würde Fräulein Akademikerin folgern?«

»Dass es diese Jungs waren? Aber das ist doch Wahnsinn? Warum sollten die diesen Adi töten? Gibt es denn ein Motiv?«

»Nein, eben nicht. Alle drei haben nichts gesehen, gehört, gerochen, geschmeckt. Ich habe den Eltern dringend geraten, die Kids unter Hausarrest zu stellen, denn die Presse wird auch recherchieren und eben diese Burschen aufsuchen wollen. Wir fahren schon verstärkt Streife vor den Elternhäusern.«

»Gut so. Aber hast du Grund anzuzweifeln, was die Jungs sagen?« Jo war immer noch erschüttert.

»Nein, aber vor allem einer, dieser Quirin Seegmüller, ist mir irgendwie unheimlich. Außerdem ist er im Gegensatz zu den anderen volljährig und lässt sich nicht zu Hause kasernieren. Mir wird himmelangst, wenn ich daran denke, was passiert, wenn die Presse den in die Finger kriegt. Momentan haben wir einen kleinen Vorsprung, und nun kommt's: Ich verneige mich ehrfürchtig vor deiner Kunst und bitte dich, mit ihm zu reden. Ich krieg kein Wort aus ihm raus, er hasst Bullen. Er hasst die Globalisierung, er hasst die Regenwald-Abholzer, er hasst das Establishment. Er hasst die USA, er hasst alles Militärische. Klarer gesagt, er ist ein ganz normaler Einundzwanzigjähriger und sehr clever, und außerdem zitiert er Gedichte. Paul Celan heißt der Futzi!«

»Heh, Commissario, keinen Sinn für die Weltliteratur? Du Banause, und dann bittest du auch noch mich? Soll ich den Tag mit Rotstift eintragen?« Jos lockerer Ton kam dennoch verkrampft rüber.

»Jo, lass uns ausnahmsweise mal alles Geplänkel vergessen. Ich bitte dich. Ende!«

»Entschuldige und natürlich, ich versuche es. Ich frage mich nur, wie ich das anstellen soll. Ich kenne den Typen doch gar nicht.«

»Nein, aber du kennst Sandra«, sagte Gerhard ganz einfach.

»Sandra? Welche Sandra?«, fragte Jo überrascht.

»Na, eins von deinen Reitgirlies, Reitbeteiligung, oder wie das heißt. Und wie meine Supermitarbeiterin Evi recherchiert hat, holt Quirin sie öfter mal Mittwochnachmittag gegen drei vom Reiten ab. Sie ist mit ihm in der Theatergruppe und so 'nem LK-Deutsch-Workshop. Die sind da wohl sehr engagiert zusammen mit diesem Celan.« Gerhard verzog das Gesicht.

»Echt, das wusste ich gar nicht. Den hab ich noch nie am Stall gesehen.« Jo wurde zusehends vom Jagdeifer gepackt.

»Oder du hast ihn einfach nicht wahrgenommen. Auch bei deinem starken Hang zu jugendlichen Lovern: Der ist wahrscheinlich selbst dir zu jung. Außerdem entspricht er mit seinem blutleeren Aussehen und dem Ziegenbärtchen nicht ganz deinem Ideal vom blonden Recken.«

»Idiot!«, maulte Jo und dachte an Jens. Der war nun eindeutig älter als sie, kein Recke, aber immerhin blond.

Jo registrierte einen schnippenden Finger vor ihrem Gesicht. »Hallo, Erde an Jo, würdest du bitte weiter an unserem Gespräch teilnehmen?«

Jo schrak zusammen und war auch schon auf dem Absatz. »Nein, ich nehme nicht mehr teil, ich fahr in den Stall und schau mal, was sich machen lässt. Zahlst du, ich habe eh bald keinen Job mehr.«

Gerhard schüttelte lächelnd den Kopf und suchte nach seinem Geldbeutel. Jo winkte ihm zu und sauste zum Parkplatz. Im Rückspiegel sah sie noch, wie Gerhard am Parkplatz ankam. Da rieb sich gerade ein fuchsfarbenes Shetlandpony an seinem VW-Bus und verlor Büschel von Winterfell. Ein Esel kommentierte das Tun mit einem Geschrei, das klang, als ob man auf einer Gießkanne trompeten würde. Die beiden Kumpels waren wohl ausgebrochen und bewegten sich nur äußerst ungnädig zur Seite, als Gerhard langsam anfuhr.

Es hätte mit Sicherheit kürzere Fahrstrecken hinüber nach Gunzesried gegeben, aber Jo fuhr über Rauhenzell und Ettensberg. Und wie jedes Mal war diese Landschaft wie eine Heilung. Mit jeder Kurve gab es neue Ausblicke, mit jeder Senke und jedem kleinen Buckel kam Abwechslung in die Optik. Es ist Luxus, hier zu wohnen, dachte Jo. Man musste sich das mal ab und zu vorsagen! In Reute nahm ihr ein Niederländer die Vorfahrt, sie hatte zu tun, einem Unfall zu entgehen. Sie war einfach extrem unkonzentriert und in Gedanken versunken. Das Bild des Armes ging ihr nicht aus dem Kopf und der Wahnsinn, dass dieser Adi Feneberg noch gelebt hatte. Sie rief sich zur Räson und fuhr langsamer durch die Kurven. »Lifte außer Betrieb« besagte ein Schild. Es war eine Schande! Aber auch die neuen Schneekanonen nutzten nichts, wenn es sogar nachts Plusgrade hatte.

Als sie an ihrem Stall am Ortsrand von Gunzesried ankam, war Sandra gerade dabei, Jos Island-Stute Fenja auf einer Wiese um kleine Pylone zu reiten. Die Stute hatte für den Tag eindeutig etwas anders geplant. Fjord-Wallach Falco zu verprügeln beispielsweise oder ihrem Fohlen das Fell zu kraulen. Vielleicht auch lange Galoppaden mit einigen Freudensprüngen, aber doch keine Arbeit auf einem Viereck! Ziemlich zickig versuchte sie immer wieder, wenigstens Gras zu erhaschen.

Jo winkte Sandra zu. »Heh, vorwärts-abwärts macht sie besonders gut, wie man sieht.«

Sandra schnitt eine Grimasse und kämpfte weiter. Jo lehnte sich an den Zaun, wo Quirin bereits stand. Sie hatte ihn zwar nur am Funken kurz gesehen, aber sie erkannte ihn sofort. Er war wirklich ungeheuer dünn. Ein Typ wie Hannawald, die Jeans umschlabberte ihn, und das war nicht mal eine dieser Arsch-hängt-kurz-vor-dem-Grundeis-Hosen! Schweigend sahen sie zu, wie Sandra sich nun redlich abmühte, die Stute rückwärts durch ein Stangen-L zu manövrieren.

»Hi! Quirin, glaub ich?«, fragte Jo schließlich.

»Hi! Ach, Sie sind die Frau, wegen der Sandra immer den diskreten Duft der Pferde in mein Auto entlässt.« Er sprach sehr hochdeutsch, fand Jo.

Jo lachte und war erst mal zufrieden. Na, er konnte immerhin sprechen. »Ja, schade für dich. Wir haben uns doch beim Funken gesehen? Aber halt, müsste ich nicht ›Sie‹ sagen?«

Quirin winkte ab. »›Du‹ ist okay und ja, wir haben uns beim Funken gesehen.« Er schaute unbeteiligt weg und Sandra hinterher.

Der Knabe tat so, als hätte er sich schon immer brennend für Pferde interessiert. Jo mahnte sich, ihre Neugier zu zügeln. Weiter ging's im Plauderton.

»Schöne Scheiße, wie konnte das mit Adi Feneberg passieren? Ihr wart doch die ganze Zeit da? Das muss ja unangenehm für euch sein.«

Quirin betrachtete sie mit einer Mischung aus Verachtung und Interesse. Jo rang nach Luft, die immer noch keinen rechten Geschmack hatte, wenn sie auch zunehmend kälter wurde. Dann fröstelte sie. Sie hatte Mühe, seinem Blick standzuhalten.

Quirin sah sie weiter unverwandt an. »Bemühen Sie sich nicht. Ich weiß, dass Sie diesen Weinzirl-Bullen kennen. Im Prinzip ein ganz guter Typ, wenn er was Anständiges gelernt hätte.«

»Ich wollte dir nicht zu nahetreten.« Jo fand sich extrem dämlich. Wieso brachte sie ein dünner Jüngling so aus dem Konzept?

»Oh, wer mir nahetritt, das bestimme ich. Seien Sie unbesorgt, auch was die Presse betrifft, falls die mir zu nahetritt. Ich bin doch nicht blöde. Aber da Sie ja sicherlich mit diesem Weinzirl konferieren: Okay, erzählen Sie das ruhig weiter. Ich war bekifft, okay? Voll bis oben! Die anderen auch, aber glauben Sie, das konnten wir an dem Abend und bei den Verhören den Bullen erzählen? Die Eltern der anderen Jungs saßen dabei, meine Kumpels sind beide noch keine achtzehn. Da legt man

Wert auf die Anwesenheit der Erziehungsberechtigten. Und was glauben Sie, hätten die dann über ihre Erziehungskompetenz erfahren? Durchgefallen bei der PISA-Studie für Eltern.«

So wie er sprach, hätte er wirklich auf einer Bühne stehen können. Jo dämmerte, wieso Gerhard der Junge unheimlich war. Für Gerhards geradlinige Denke sprach Quirin zu fein ziseliert, er war zu unmännlich. Wenn er Skitouren-Geher gewesen wäre oder Fußballer, das hätte Gerhard gefallen. Aber ein Kulturfreak, das war für Gerhard eine echte Heimsuchung!

Jo sah Quirin mit zunehmendem Interesse an und verkniff sich jeden Kommentar über Eltern. Was sollte sie auch eine Lanze für irgendwelche Eltern brechen? Sie verzog leicht die Mundwinkel.

»Ihr kifft? Ist das nicht eigentlich eine Droge für Mama und Papa, also sozusagen für meine methusalemische Generation?«

Quirin sah sie spöttisch an. »Klar, ich hatte mehrfach das Vergnügen, den Weißt-du-noch-Telefonaten meiner Mutter zu lauschen. Sie kicherte dann immer höchst albern in ihrem Bekennertum und legte Pink Floyd auf. Und dann kam jedes Mal der Satz, dass sie im Drogenrausch immer die Heizung ganz laut gehört hätte. Als wäre das das elementarste Erlebnis ihrer Jugend gewesen! Drogen verstärken die Sinne, bei meiner Mutter war da wohl außer dem Gehörsinn wenig, was verstärkt werden konnte.«

Jo verzog die Mundwinkel. »Komm, sei nicht so ätzend. Es stimmt doch auch, die Vergnügungen sind vor fünfundzwanzig Jahren banaler gewesen. Gönn deiner Mutter doch das harmlose Vergnügen dieser ganzen Kifferei. Dope war zum Entspannen da, die Musik zum sanften Entschweben. Heute hauen euch aggressive Beats in die letzte Hirnwindung.

Du, auf die Gefahr, dass ich jetzt wie deine Großmutter klinge, die Bildschnitte der Musikvideos machen mich schwindlig. Eure Drogen dienen dem Wachbleiben, Ecstasy, um den Schlaf zu überlisten. Das ist doch pervers, oder?«

»Es ist pervers«, sagte Quirin. »Wir haben alle Herz-Rhythmus-Störungen. Unsere Herzen sind aus dem Takt. Und deshalb bin ich auch auf die Drogen meiner Oma umgestiegen.«

Was für ein Knabe! »Was aber als Funkenwache ziemlich blöd war!«, sagte Jo. »Du warst ja wohl in todesähnlichem Schlaf oder in Trance. Sonst müsstet ihr doch was gesehen oder gehört haben.«

»Haben wir aber nicht, wir waren voll am Chillen. Unter einer Plane. Wir haben keinen gesehen. Wir hatten von Anfang an keine Angst, dass jemand kommen und den Funken anzünden würde. Es hatte in der Nacht zu regnen begonnen. Kein Mensch hätte diesen Funken entfacht, keiner von den Jungs aus den Nachbarorten wäre gekommen. Die sind in sicheren Tennen und Stadeln gesessen und haben literweise Bier und Obstler gekippt. Ich war da bewusst ganz unbewusst. Zumal ich gefroren hatte. Ich friere häufig. Erzählen Sie das ruhig diesem Weinzirl. Ich hätte es ihm eh erzählt, aber nicht vor den Eltern der anderen.«

Jo war beunruhigt. Dieser Quirin war ein seltsamer junger Mann. Er hatte Leistungskurs Deutsch und gehörte, wie sie erfahren hatte, der Theatergruppe an. Es ging etwas Beunruhigendes von ihm aus, wenn er sprach. Jo musste zugeben, dass sie einen Jungen, der fünfzehn Jahre jünger war als sie – Himmel, waren es wirklich fünfzehn? –, nicht mehr verstand. Oder eben doch? Jo überlegte: Sie war mit einundzwanzig weniger schlampig mit den Worten gewesen als jetzt. Sie hatte Großes gewollt, und dazu gehörten große Worte.

Jo löste sich von ihrem Unbehagen und half Sandra, die verschwitzte Stute abzusatteln und ihr eine Abschwitzdecke überzuwerfen. Fenja legte Jo den Kopf auf die Schulter und schloss die Augen. Das war ein Ausdruck des Vertrauens und eine Anklage: Siehst du, wie erschöpft ich bin!

»Sie ist eine Schauspielerin.« Sandra lachte.

»Klar! Und eine Zicke und Diva und die meiste Zeit ein absolut geländesicheres, verlässliches Pferd, eine echte Lebensversicherung. So, wie wir Frauen eben sind«, grinste Jo.

Sandra nickte, und Quirin bedachte Jo mit einem merkwürdigen Blick. Sie alle schwiegen, als die Stute auf den Paddock hinausdonnerte, von Müdigkeit keine Spur, wild umsprungen von ihrem Fohlen. Beide quietschten und begannen sich simultan zu wälzen. Was für ein Pferdeleben!

Erst als Jo zum Auto ging, spürte sie, dass es dramatisch kälter geworden war. Bestimmt ein Temperatursturz von zwanzig Grad. Es dürfte ungefähr fünf Grad minus sein, dachte Jo und streckte in einem plötzlichen Glücksgefühl die Arme weit aus. Ostwind war aufgekommen, die Luft roch endlich wieder nach Winter. Jo konnte den trockenen Schnee riechen, der sich irgendwo in Sibirien aufgemacht hatte. Da, wo die Jakuten kleine zähe Ponys zogen, wo Rentiernomaden lebten und wo fünfunddreißig Grad Minus bereits frühlingshaft waren. Dieser Schnee war über die Weiten Finnlands gestoben und würde bald da sein. Schnee – die Heilung aller Leiden!

Als sie um halb vier in ihrem Büro ankam, war ihr plötzlich heiter zumute. Sie schickte Patti, deren Gesichtsfarbe immer noch grünlich war, erneut heim und hatte freie Fahrt, Gerhard anzurufen.

»Na, so fröhlich, hast du meinen Mörder überführt?«, fragte Gerhard, der gar nicht fröhlich klang.

»Nein, aber Quirin war es nicht.« Sie gab das Gespräch wieder. »Und auch wenn du jetzt lachst. Ich weiß auf einmal, dass wir es herausfinden werden. Es wird kalt. Es wird schneien. Kälte ist gut, Kälte ist Klarheit, Bakterien und Beschönigungen kommen darin um.«

Gerhard grunzte. »Aha, Fräulein Kennerknechts Gespür für Schnee! Deine Schnee-Seligkeit in allen Ehren. Aber wir müssen etwas handfester arbeiten.«

»Ja, ich weiß: Wie pflegst du zu sagen? Polizeiarbeit ist wie ein Puzzle. Geduld ist alles und Zähigkeit. Ja, mein zäher Bulle, und an welcher zähen Masse klebt ihr so?«

»Rohypnol«, stöhnte Gerhard. »Wo kam es her? Krankenhäuser, Apotheken, Ärzte – das ist ein Fass ohne Boden.«

»Und geht's voran?«

»Zäh eben!«

»Und die Feinde von Adi?«, wollte Jo wissen.

»Keine in Sicht. Es ist ebenfalls zäh und echt zum Kotzen!«

6.

Nachdem Jo bis neunzehn Uhr in ihrem Büro Zahlen gewälzt hatte – das, was sie am meisten an ihrem Job hasste –, löschte sie schließlich das Licht. Als sie die Autoscheinwerfer anmachte, fielen die ersten Flocken. In Zaumberg waren es schon Wattebäusche, und wenig später war die Straße bereits von einem feinen weißen Film überdeckt. Jo scheute sich fast, Reifenspuren in das Weiß zu ziehen. Sie stoppte hinter Luitharz und stieg aus. Mit weit ausgebreiteten Armen lief sie ein Stück, drehte sich immer schneller und warf den Kopf in den Nacken. Schnee auf unserer Haut, dachte Jo. Komisch, was einem so einfällt! Aus ihrem Autoradio drangen die Weather Girls »It's raining men«. Jo begann mit einem Veitstanz oder auch Freestyle-Aerobic, und hätte sie jemand gesehen, hätte er wohl schleunigst die Herren mit den Zwangsjacken gerufen. Aber da war niemand. Das Gefühl des Vormittags war wieder da, ein Gefühl der Sicherheit, der Gewissheit, anwesend zu sein. Im eigenen Körper, im Herzen, im Winter der Klarheit!

Es war fast eine halbe Stunde vergangen, als Jo völlig durchnässt in ihr Auto stieg. Inzwischen trieb der Ostwind den Schnee vor sich her, die Holzzäune waren zugeweht, der Holzstapel am Hof ihrer Nachbarn versunken. Die Straße war verschwunden, der kleine Bach schon lange. Alles, was einst getrennt war, war verbunden, verbunden zu einer weißen Ebene, auf die unaufhörlich weiter Schnee sank. Es ist eine Frage des Charakters, wie man diese Schneewüste empfindet, dachte Jo.

Als weit, offen und verführerisch, als komponiere die Schneesymphonie alles neu! Oder aber man empfindet sich als Gefangener der Weite und verharrt lieber, bevor man seine Schritte auf trügerischen Untergrund lenkt. Aber trügerische Fährten, unsicheres Terrain oder Fünfzig-Fünfzig-Chancen hatte Jo nie gescheut.

Als sie vor ihrem Haus ankam, stand da ein Volvo mit Berliner Kennzeichen. Andrea! Kaum mehr sichtbare Fußstapfen führten zur Eingangstür, die bereits bis auf ein Viertel zugeweht war. Mit einem Ruck riss Jo die Tür auf, und von drinnen kam ein »Huhu!«. Andrea saß am Küchentisch, flankiert von Frau Mümmelmaier und Herrn Moebius.

»Hi! Ich war so frei zur Freude deiner Tiger, Cappuccino zu machen und einen Grappa dazu zu nehmen.«

Angesichts der halbvollen Flasche Poli Riserva war »nehmen« ein Hilfsausdruck.

»Du meinst wohl inhalieren?«, lachte Jo, »außerdem trinken die Tiger keinen Grappa.«

»Nein, aber exzessiv den Milchschaum vom Cappuccino. Ich musste ihnen schon zweimal welchen machen und selbst alternativ Grappa trinken. Vom Cappuccino haben die mir fast nichts abgegeben. Ich bin aber auch schon eine Stunde hier, bloß gut, dass dein Schlüsselversteck nicht wirklich kreativ ist«, sagte Andrea.

»Nun komm aber«, maulte Jo, »den Schlüssel in die Halsschleife der Terrakotta-Katze vor der Tür zu knoten, ist schon kreativ.«

»Nicht, wenn man ein Leben führt, bei dem sich alles um diese Felldeppen dreht. Apropos, du hast mir verschwiegen, dass du noch mehr von diesen Mördertieren hast.« Andrea verdrehte die Augen.

Als Jo sie fragend ansah, fügte sie hinzu: »Na, als ich hier reinkam, sprang mir etwas Gewaltiges in die Kniekehle. Ich klappte nach vorne und dachte schon, es gäbe wieder Luchse im Allgäu.«

»Ach so, das ist der Old Earl Grey. Ein alter stattlicher Kater, der meine Diva Mümmelmaier verehrt und zudem hier Essen aufnimmt. Der gibt immer etwas kräftiger Köpfchen. Der gehört mir aber nicht, das ist nur so ein gelegentlicher Mitesser«, sagte Jo.

»Und was ist das?« Andrea zeigte zum Dielenboden.

Jo blickte sich um. Eine weiße Pfote schoss aus einem Teppichknäuel heraus und hieb nach einem Weinkorken. »Ach, das ist Fräulein Einstein, die gehört mir neuerdings tatsächlich. Sie ist sozusagen ein Tierschutzprojekt. Als allein erziehende, halbverhungerte Mutter wurde sie in einem Heustadel gefunden. Die Jungen hat so 'ne Tierhilfe an gute Plätze vermittelt, aber keiner wollte die junge, gefallene Mutter.«

»Ach ne, und da hat dein großes Tierfreunde-Herz-ich-adoptiere-alles-was-schmutzt natürlich Kapriolen geschlagen.« Andrea kräuselte die Nase.

»Einstein schmutzt nicht!«, begehrte Jo auf. »Ich hab auch eine neue Karnickeldame, damit du es nur weißt, die schmutzt auch nicht. Die folgt lediglich ihrem ihrer Gattung seit Jahrhunderten innewohnenden Nagereflex, und was Einstein betrifft: Sie ist lediglich ein Teppichluder.«

»Ein was? Ich kenne ein Boxenluder!« Andrea lachte laut heraus.

»Na ja, wie du siehst: Jeder Versuch, einen Fleckerlteppich akkurat auszulegen, scheitert an diesem Tier. Sie stürzt sich auf die Fransen, und dann bekämpft sie den Teppich mit Hinterpfotentrommelwirbel, bis nur noch ein Knäuel übrig ist. Das ist der Sieg für Einstein, und dann packt sie den nächsten. Das Haus ist voll von Stolperfallen, seit sie da ist!«

»Ha, dein Haus ist auch sonst voll von Stolperfallen, und ich wüsste nicht, dass du jemals einen Teppich akkurat verlegt hast!«

»Ruhe jetzt, oder ich strafe dich mit ewigem Grappa-Entzug!«

Andrea hielt ihr kommentarlos das Glas hin und gleich noch ein zweites. Die beiden stießen an, tranken und schwiegen. Sie blickten aus dem Fenster, der Schnee sank unaufhörlich nieder.

Andrea durchbrach die Stille. »Ich weiß gar nicht, was du an diesem weißen Zeug findest.«

»Schnee deckt allen Rost zu, altes Gerümpel, abgeblätterte Farben. Schnee ist großzügig. Schnee weist den Menschen in seine Schranken. Plötzlich ist die Allmacht der röhrenden Autobahn-Killer-BMWs gebrochen, auf einmal zählen Stöckelschuhe nicht mehr. Schnee ist nichts für Weicheier, Warmduscher, Festgeldanleger. Schnee ist schön, aber auch gefährlich. Schnee ergibt putzige Schneemänner genauso wie Lawinen. Schnee macht auch das sichtbar, was einer gern verborgen hätte: Spuren im Schnee beispielsweise. Deine Spuren im Schnee waren noch undeutlich zu sehen.«

Andrea sah Jo überrascht an. »Du bist echt ein Fräulein Smilla für Arme!«

»Ja, so was Ähnliches hat Gerhard heute auch schon gesagt. Spürt ihr das nicht? Schnee ist großartig. Wenn Schnee liegt, werden die Nächte heller, vieles wird klarer!«

Andrea hingegen sprach nach all dem Grappa zunehmend unklarer, lallte irgendwas von wegen »ich hab Urlaub« und sank auf Jos Couch. Gott sei Dank, dachte Jo, die überhaupt keine Lust auf eine neue Jens-Standpauke hatte. Stattdessen schickte sie ihm eine E-Mail.

»Hi, alter Schwede, äh Schwabe! Kaum seid ihr weg, schneit es wie verrückt. Hoffe, du kommst diese Saison noch mal für 'ne Skitouren-Geschichte vorbei? Sehen wir uns nächsten Sonntag auf der ITB? Liebe Grüße, Jo«.

Na, das war doch unverfänglich? Jos Herz klopfte. Und was, wenn er nicht antwortete?

Als Jo um acht aufwachte, war Andrea weg. Respekt, nach all dem Grappa! Aber Andi – Jo lächelte innerlich, denn Andrea hasste die Verniedlichung – hatte merkwürdige Resistenzen gegen Schnaps aller Art. Ein Zettel lag auf dem Tisch. »Hallo Süße, ich musste weg, zum Orthopäden.« Na, der würde angesichts der Fahne begeistert sein, aber sich auch geehrt fühlen. Denn das war Andreas Luxus: von Berlin nach Immenstadt zum Orthopäden. »In Berlin gibt's keine guten, zu weit von den hals- und beinbrecherischen Bergen entfernt!«, pflegte die Frau zu sagen, die sonst Bergverächterin war. Und so ging sie zu einem Spezl aus jenen Zeiten, als die sogenannte Kemptner Szene lange Nächte in der Diskothek Pegasus verbracht hatte. Andis Arzt war damals ein engagierter Pegasus-Gänger gewesen – zudem ein durchtrainierter Handballer und dementsprechend attraktiv. Heute war er ein Knochen-Sehnen-Bänder-Doktor und immer noch schön, bloß mit weniger Haaren.

Draußen war inzwischen tiefer Winter. Noch immer legten sich dicke weiße Flocken über die Welt. Sie wirbelten auf und bildeten Kreisel. Sie tanzten Veitstänze, denn es wehte zudem ein kräftiger Wind.

Drüben, bei Nachbarin Resi Geschwendtner, versuchte ein älterer Mann, seinen Bierwagen zu entladen. Er rutschte weg, kam wieder hoch, und so wie er ging, hatte er eindeutig Probleme mit seiner Hüfte. Scheiß Wetter, wenn man Rheuma oder so was hat, dachte Jo. Die Plane des Lkw flatterte: Hündle Bräu, bärig – der Rest der Schrift war unlesbar im Faltengeflatter.

Plötzlich war Jo hellwach. Hündle Bräu! Wie war das gewesen mit Adi und dem Bierwagenfahrer mit Hüftproblemen? Sie riss die Haustür auf.

»Die sind im Skiurlaub«, schrie sie gegen den Sturm an.

»Was isch?« kam es zurück.

»Die Gschwendtners sind nicht da!«

»It do?«

»Ja genau! Warten Sie, ich hab 'nen Schlüssel. Da können Sie die Kästen zumindest reinstellen.«

»Des wär komod!«, rief er, und Jo warf einen Anorak über, schlüpfte in ihre Kamik Kanadaboots und rannte durch den Sturm.

Der Mann hielt rechts zwei Kästen Bier und links einen Kasten Wasser. Das Gesicht war verzerrt.

»Mensch, Sie sollten vielleicht nicht alles auf einmal tragen. Sie haben doch Schmerzen, oder?« Jo nahm ihm das Wasser ab.

»Ja mei, Freilein. Heit zdag hot ma kuin Beifahrer mehr. Do ladet ma sell, do fahrt ma allui, do schleift ma alls allui. Ra-ti-o-na-li-sierung! Und nochhert pressierts halt allat.«

»Haben Sie keinen Sackkarren oder so was?«, wollte Jo wissen.

»Hon i scho, aber luagets sell. Im Tiefschnee hilft der ratzibutz gar nix und meischtens bäppet die Heiser bled am Hang und dann hend dia Leit au no steile Kellertreppa.«

Ja, wie bei den Gschwendtners. Jo sah den Fahrer genauer

an. Er grinste, und jetzt fiel Jo auf, dass er einen kleinen Ohrring trug. Kess für einen Mann um die sechzig!

»Das ist aber auch ein Scheiß Wetter, wenn man Bier ausfahren muss!«

»Mei des huret scho arg. Zerscht wars so bachele warm und jetzt des. Des haut doch jeden um. I hon zwei künschtliche Hüftglenker, des isch bei so am Wettrumschwung a Hurascheißdreck. Mei, Entschuldigung …«

Jo lachte. »Passt schon so. Aber sagen Sie, können Sie denn nicht in Frührente gehen?

»Mei, wenn des so uifach wär, Freilein …?«

»Johanna, Johanna Kennerknecht«, ergänzte Jo.

»Ah, dir sind dia Föhl, dia wo allat Leicha findet, oder? D Frau Gschwendtner hot mir des vom Rümmele verzehlet.«

Jo schluckte. »Na ja, nun. Ich such mir das nicht so aus mit den Leichen. Aber wollen Sie vielleicht einen Kaffee?«

Er schaute etwas sparsam, schien verunsichert. Jo versuchte es erneut. »Meget dir an Kaffee?«

Und plötzlich strahlte er. »Dir kennet ja schwätza wie mir. I bi dr Guggemoos Sepp.«

»I bi d'Johanna oder Jo, und wia gsagt: Wie isch es mit Kaffee?«

»Sauguat, bei deam Wetter komm i mit dem Lkw eh it auf Stoffels nauf.«

Sie gingen zu Jos Haus hinüber. In der Küche beäugte Sepp interessiert Jos Espressomaschine.

»Espresso oder Cappuccino?«, fragte Jo.

»An Exschpresso mag i, zum wach werden. I hon scho um sechse in dr Fria agfanga. Bei dem Schnee verhocksch ja wia nix. Alls dauret länger, aber andrerseits musch aufpassa wie a Häftlämachr, dass dr nix eigfriert. S Spezi oder s Wasser. I hon scho Käschta ins Führerhaus nei gstellt. Und was muinscht: Dia junga Kollega, dia sind it so zimperlich. Dia bringet s gfrorene Spezi zruck, und des verkauft ma nochhert wiedr.«

»Naja, das scheint überall so zu sein, dass die Arbeitsmoral nachlässt.« Jo zuckte mit den Schultern.

»Ja, und bei is isches halt dr Junior. Beim Senior hätts des it geah. Beim Senior, wenn do amol in am Kaschta Bier a Fläscha bloß halbvoll gwä isch, nochhert hot er d Leit glei zwei nuie Fläscha brocht. Dr Junior, deam isch des wurscht. Dabei sott der aufpassa: In deane Getränkemärkt isch alls billiger, wer will denn heit no an Heimservice?«

»Na ja, alte Leute, Leute ohne Auto?« Jo sah ihn fragend an.

»Ja, und für dia bin i a Art Seelendoktor. Aber des isch em Junior wurscht. Aber wellawäg, i duas gern und i blib, solang i ka. Do kasch bei de Leit neiluaga, in dene ihra Heiser. Do kiagscht viel mit. Grad in dr letschta Zit. I weis it, dia Welt isch doch komplett hindrfir.«

»Hindrfir« – ein einziges prägnantes Wort, für das man in der Hochsprache viele Umschreibungen suchen musste: »aus den Fugen«, »verkehrt«, »umgedreht«. Wo die Hochsprache in Umschreibungen und Nebensätzen um Bedeutung ringt, ist der Dialekt weit überlegen, dachte Jo.

»Die Welt ist krank, da hast du schon Recht.« Jo überlegte.

Sepp war jetzt in Fahrt. »Do bauet junge Leit in Seifa mitta nei ins Überschwemmungsgebiet. Friner hot a Bau austrocknen miassa übern Winter, so war des. Heit gibts froschtschutzsichere Mörtl, des isch doch verruckt, oder? Warum hend dia Leit so wenig Zit? Und nochhert wundret ma sich, dass im erschten Jahr alls schimmlet. Und im zweita, do kommts Wasser aus der Iller, und nochhert schimmlet alls erscht reacht! Do hon i Kundschaft, dia gehnen kaputt, vors Heisle fertig isch.«

Jo sah ihn an. Ein einfacher Mann, der es schaffte, Wahrheiten auf den Punkt zu bringen, in einer Klarheit, die sie so oft vermisste in ihren Werbebroschüren, bei ihren Journalisten, ja in ihren eigenen Gedanken und Sätzen. »Tja, Menschenverstand ist eine vom Aussterben bedrohte Eigenschaft«, sagte Jo und spürte schon beim Reden, dass sie sich meistens hinter Ironie versteckte.

Sepp rührte im Espresso und lächelte. »I hon it amol a Realschual und Englisch ka i au it! Aber i hon allat higluaget und nagloset.«

Jo nickte. »Na, wenigstens sind wir hier am Land, da haben die Leute vielleicht ihre fünf Sinne besser beieinand?« Sie merkte, dass das wie der Ausdruck einer Hoffnung klang, weniger wie tiefe Überzeugung.

Sepp lächelte erneut, und wenn das bei einem Bierfahrer nicht wirklich ein völlig haarsträubender Vergleich gewesen wäre, hätte Jo gesagt: Geheimnisvoll wie Mona Lisa.

»Gell, dir sind im Tourismus? Dir leabet davon, dass es bei uns scheene Baurahef git und Baura, dia no so schaffet, dass es ausluaget wia a heile Welt? Aber Freilein Jo, des isch doch au längscht vorbei. Do nimmsch jetzt wieder a Kundschaft vo mir. A Waldbauer, der auf alls schimpft, was ausländisch isch. Der hot friner die Reps gwählt, der Depp, der! Aber der selbige hot a riesige Maschinenhalle baut. Und weisch wia? Mit Holz aus Tschechien, weil des gschnitta agliefret billiger isch, als wenn er sein eigenen Wald zämet schneidet. Des Holz verkauft er als Brennholz an Kemptner mit dänische und schwedische Öfle. Verstohsch? Die Welt isch scho lang verdräht! Und dia selba Baura ganget auf a Demo, dass Kunda bei Ihne kaufa sollet und it beim Aldi. Des isch doch alls bloß a Geschwätz mit der heila Welt. Dia git's it.«

Jo konnte nur verblüfft nicken.

Sepps blaue Augen glühten, als er fortfuhr: »Und weisch, do kauf i manchmal lieber beim Aldi. Du glaubsch gar it, was i alls eassa muaß. Do schenket mir Leit Käs und Wurscht und Eier und Guazla. Do hon i a Frau, des dätsch it glauba. Dia hot so a schlammpigs Häs a! Und in deam Haus luagets aus wie im Saustall. Do graustes mir zum Nahocka! Und dia schenkt mir allat an selbergmachta Presssack. Und was glaubsch? Dean frisst it amol mei Hund!«

Jo lachte heraus und blickte sich leicht betreten in ihrer Küche um. »Na ja, ich bin auch nicht gerade überaus ordentlich.«

Er lachte gutmütig. »Mei Freilein Jo, des isch a Krankenhauskuch gegen des, was i so kenn.«

»Zumindest musst du keine Angst haben, dass ich dir was zum Essen mitgebe. Ich bin jetzt nicht gerade eine begnadete Hausfrau.« Jo grinste.

»Aber d Exschpresso isch so guat wie bei dr Luisa in Lignano. Fascht besser, und do fahr i zweimal im Jahr hi!«, beteuerte Sepp und fuhr fort: »Mei, i find des guat, wenn junge Fraua an Beruf hend, an Ma findschst allat. Und wenn der nochhert amol abhaut oder verreckt, nochhert hosch no eabbas eigens.«

Er war erfrischend direkt dieser Sepp!, dachte Jo. Und erfrischend modern!

Sein Blick verfinsterte sich. »Mei, do nimmsch jetzt a Weib wia dia vom Adi. Der Ma tot und des au no so furchtbar und d Frau war allat bloß für ihn do. Und Kind hot se kuine. Und Verwandtschaft hot se au kuine. Frau Feneberg isch aus der Schweiz, Kawenk hot se sich gschrieba, und es gibt bloß no a Schwester in Berlin, dia au a Witwe isch.«

Jo stand auf und setzte ihre Kaffeemaschine nochmals in Gang. Sie redete mehr zur Maschine als zu Sepp.

»Ich war in Eckarts beim Funken. Ich hab den Arm gesehen. Es war grauenhaft. Ich kannte Adi Feneberg nicht, aber was man hört, war er ein ganz ein netter Kerl.«

»Der Adi war a Seele von am Ma.«

»Hattet ihr denn viel miteinander zu tun?«, fragte Jo, die mal wieder mit der Tür ins Haus fiel.

Sepp schien das nicht zu bemerken. »Weisch, mir waret ja dia Ältere beim Hündle. Und dr Adi, der hot mir oft beim Lada gholfa weaga meinr Hüfte. Der war ja no beianand wia a Jungr. Der isch no Skitoura ganga, der war ja no narrisch guat! Bilder hot der zeiget von dr Ot Rut in Frankreich, mi leckscht am Fidla!«

»Aber so ein Mann liegt doch nicht im Funken?« Jo gab ihrer Stimme einen entrüsteten Unterton, als sie sich wieder an den Tisch setzte.

»Na! Do hosch scho reacht. Kuiner verschlupft sich uifach im Funka!«

»Und ermordet wird er doch auch nicht, oder?«, fragte Jo.

»Na, des sott it passiera!«

»Aber es ist passiert, und ich frage mich, ob Adi, obwohl er auf den ersten Blick so beliebt war, eben doch Feinde hatte.« Jo schaute Sepp ganz harmlos an.

»Mei, dr Adi sott kuine Feind hon.« Sepp drehte an seinem Ohrring und sah zu Boden.

»Sott? Hatte er denn trotzdem welche?«

»Mei, it direkt an Feind. Er war halt für uin it so uifach. So rum wird a Schuh draus.«

»Für einen?« Jo hielt es nur mühsam auf ihrem Stuhl.

»Ja, für dean nuia Chef halt. Der Junior. Der wollt lauter so nuimodisch Zuig, und mit dem Adi wär des nia ganga. Der Adi hot mit dem alten Senior alls aufbaut.«

Jo starrte ihn an: »Willst du sagen, dass der Junior den Adi umgebracht haben könnte?«

»Na, des will i gwieß it saga, aber mit dem Junior isch it guat Kirscha easse, wenn ma it seiner Meinung isch.« Der Sepp verdrehte die Augen.

»Und der Adi war anderer Meinung?«

»Ja, scho. Dem Junga sei Duranand, den kasch ja it mega. Und scho gar it, wenn uiner a Braumeischter isch. Uiner, dem wo das Reinheitsgebot so viel wert isch wia a Glaubensbekenntnis.«

»Das versteh ich jetzt nicht so ganz. Das bayerische Reinheitsgebot ist doch eine Bastion, wollte der Junior denn daran rütteln?«, fragte Jo.

»Mei, do war eabbas im Busch. I war amol no länger im Lager, und do hond dia zwei gschrien. Der Adi, dass er nia so a Pissbria macht, und der Jung, dass er Adi dann halt naushaut. Und der Adi hat richtig laut bläret. Aber it lang. Nochhert war er wieder ruhig und hot gseit, dass dr Junior aufpassa soll, dass er kui böse Überraschung erlebt. Weil, es gäb längscht a Lösung für des Problem.«

»Wann war das?«, fragte Jo aufgeregt.

»Mei, vor a baar Däg, glaub i.« Sepp zuckte mit den Schultern.

Jo zögerte, bis sie schließlich sagte: »Sepp, es ist ja so: Ich musste mich in den letzten Tagen viel mit Journalisten rumplagen ...«

»Ja, des isch ja so a Scheißdreck, den sie im Fernsehen zeiget!«, unterbrach sie der Sepp.

Jo nickte. »O ja, ein riesiger Berg Scheiße! Aber wegen der Presse hab ich die Zeitungen verfolgt, und ich hab, na ja, einen Draht zur Polizei, und nirgends war die Rede davon, dass Adi irgendwelche Feinde gehabt hätte. Ich glaube, auch die Polizei tappt da völlig im Dunkeln. Hat man dich denn nie befragt?«

»Na, mi it. Do waret scho Polizischta beim Hündle doba, aber i war scho dussa, wo dia kumma sind. Vo mir hot kuiner eabbas wissa wella.«

»Du, Sepp, ich glaube, du solltest das der Polizei erzählen. Ein Freud von mir ist zufällig der ermittelnde Kommissar«, begann Jo vorsichtig.

»Zufällig, häh!« Sepp zwinkerte ihr zu. »A Freind, häh? Frau Gschwendter hot mir scho verzehlet, dass du bei der Rümmele-Gschicht mitdua hosch.«

Die gute Resi Geschwendter. Sie wusste immer über alles und jeden Bescheid. Welche Autos wann bei Jo gestanden hatten, wie lange Licht gebrannt hatte. Wie oft hatte die Gschwendtnerin dann lächelnd gefragt: Heit Nacht hend dir aber lang geschafftet, gell? Sie selber schien nie zu schlafen. Aber Jo war darüber gottfroh. Sie fühlte sich nicht bespitzelt, sondern bewacht und umsorgt.

Sepp fuhr fort: »I weiß scho, dass di so eabbas interessiert. Und dein Freind kenn i au. Des isch dr Bua vom Weinzirl in Eckarts. Do liefer i au. Und was soll i dem jetzt verzehla?«

Jo war völlig platt. »Na ja, dass Adi vielleicht doch einen Feind gehabt hat.«

»So? Mei, des ka i scho verzehla. Aber weisch, i mach alls Schritt für Schritt. I sag allat: Über a Brucka goht ma, wenn ma davor steht.«

»Tja, aber irgendwie hab ich dich jetzt vor die Brücke geführt.«

Sepp strahlte. »Ja, nochhert geh i au numm. Aber jetzt schaff i zerscht weiter, und du ruafsch den Gerhard an und sagsch ihm, dass i so um viere wieder im Lager bi. I sott halt a Dienschthändi hon. Aber des hon i flacka lassen. Des neimodisch Glump mag i sowieso it. So, aber jetzt muass i!«

Er stand auf und ging hinaus in den kalten Winter. Als er leicht hinkend durch den Schnee stapfte, drehte er sich noch mal um. Jo winkte ihm nach und bewunderte dann, wie er den Getränke-Lkw sanft zurücksetzte und um eine enge Kurve manövrierte. Bei so einem sollten die niederländischen Wohnwagenbesitzer mal einen Winterfahrkurs machen, dachte Jo. Sie griff zum Telefon und gab Gerhard einen kurzen Bericht des Gesprächs. Sie hörte Rascheln und Scharren am anderen Ende der Leitung und wusste, dass Gerhard im Raum herumtigerte.

»Und wieso erzählt er dir so was so einfach? Soll ich dir einen Job bei der Kripo anbieten, bei deinem Talent?«

»Gern, sehr gern, ich habe Journalisten nämlich gestrichen satt! Hier stelle ich ganz einfache Fragen, und ich bekomme einfache Antworten. Ich gebe immer auch was von mir selbst preis. Es muss wirken wie ein Gespräch, nicht wie ein Verhör. Das funktioniert im wahren Leben, aber nicht bei der Journaille!«, rief Jo.

Gerhard klang nicht so ganz überzeugt. »Wenn diese Rezeptur wirklich funktioniert, hast du den Job. Aber ...«

»Ich habe heute noch was gelernt«, unterbrach ihn seine Kollegin in spe, »über die Brücke gehst du erst, wenn du davor stehst. Das müsste dir doch liegen. Du bist doch auch so ein Schau-mer-mal-Typ. So wie ich. Tot-Planen, tausend Bedenken und Ängste äußern und in Agonie verharren, das mögen wir doch beide nicht. Ich habe heute zum ersten Mal so ein treffendes Bild dafür gehört.«

Gerhard grunzte. »Ein Philosoph, dein Sepp! Aber danke! Das ist endlich mal eine Spur.«

Beschwingt fuhr Jo ins Büro, nicht ohne Gerhard natürlich mehrfach zu ermahnen, sie sofort anzurufen, wenn er mit Sepp gesprochen hatte.

Gerhard hingegen war weniger beschwingt. Wie konnte es sein, dass dieser philosophische Bierfahrer von seinen Leuten nicht befragt worden war? Er ging über den Gang in das Büro von Markus und Evi und baute sich vor dem Tisch von Markus Holzapfel auf.

»Markus, ich hätte gern die Protokolle der Befragungen im Hündle Bräu.« Schwupps, ein Griff, und schon förderte Markus sie zutage. Langsam war er ja, schwer von Begriff auch, aber ordentlich in der Ablage.

Gerhard nahm den Packen mit und blätterte ihn durch: Alles schien zu stimmen, vier Bierfahrer gab's bei Hündle. Vier waren befragt worden.

Mit den Unterlagen ging er zurück in sein Büro, wählte die Hündle-Nummer und hatte die Chef-Sekretärin am Apparat.

»Frau Endrass, arbeitet bei ihnen ein gewisser Sepp, ein Bierfahrer?«

»Sepp Guggemoos, natürlich. Wieso?«, fragte die Büroperle.

»War Herr Guggemoos da, als meine Leute in Ihrem Betrieb waren?«

»Ja, natürlich.« Die Dame klang verwirrt.

»Liebe Frau Endrass, auch auf die Gefahr hin, dass ich jetzt etwas begriffsstutzig wirke, mir liegen hier Protokolle von Befragungen von vier Fahrern vor: Bechteler, Nägele, Settele, Schmidt. Sie haben genau vier Fahrer, müsste da Herr Guggemoos nicht auch auftauchen?«

Kurze Zeit war es still, dann kam ein trockenes Lachen.

»Wir haben vier Stammfahrer, Schmidt ist eine Aushilfe für die February-Peak-Season – so nennt der Chef die Faschingszeit. Wir nennen ihn den Mäschkerle-Schmidt, der halt immer an Fasching aushilft.«

»Danke, Frau Endrass, und wenn Sepp Guggemoos kommt, bitte sagen Sie ihm, dass er auf jeden Fall auf mich warten soll.«

Dieser Holzapfel! Drei wertvolle Tage verloren! Gerhard war nahe daran, in seine Uli-Stein-Kreaturen zu beißen und im zweiten Impuls Markus Holzapfel zu erwürgen. Beides unterließ er. Er rief Markus erst nach einer halben Stunde zu sich. Sein Zorn war einer Eisesstimme und einer Ruhe gewichen, bei der es unter der Oberfläche noch kräftig brodelte. Als Markus Gerhards Büro wieder verließ, war der junge Polizeimeister fünffach gefaltet, aber noch am Leben. Und er war auf unbestimmte Zeit zu Recherche-Aufgaben im Büro verdonnert. Nach der Herkunft des Rohypnol zu forschen beispielsweise.

Um drei verließ Gerhard zusammen mit Evi Straßgütl das Präsidium. Der Schneefall hatte zugenommen. Nach den Schneewirbeln des Vormittags sanken nun dicke Flocken geradlinig zu Boden. Die ersten Auffahrunfälle kamen über Funk.

»Wenn Allgäuer schon nicht im Schnee fahren können, wer dann? Es geht dahin mit der Welt«, murmelte Gerhard.

Evi schaute ihren Vorgesetzten vorsichtig von der Seite an. Solch negative und wenig konkrete Äußerungen waren gar nicht seine Art. Das mit Markus hatte ihn mitgenommen. Gerhard hasste es, seine Mitarbeiter reglementieren zu müssen. Schweigend fuhren sie durch den Schnee. Der Schneefall wurde immer dichter. Immenstadts Fassaden wirkten verwischt, und am Alpsee hingen die Wolken so tief, dass sie in Hochreute und Trieblings auf den Häusern aufzusitzen schienen. Bei Hündle Bräu in Knechtenhofen war ein Schneepflug eifrig am Werk. Hündle Bräu war ein Traditionsunternehmen, 1890 gegründet und nun in vierter Generation in der Hand der Familie Haggenmüller. Die Gebäude waren alt, aber sie sahen so aus, als hätte man sie beständig renoviert. An einem Lkw war ein älterer Mann gerade dabei, die Plane festzuzurren.

»Herr Guggemoos?«, fragte Gerhard.

Sepp drehte sich um. »So, so, dr Gerhard vom Weinzirl dienet. So.« Aus blauen Augen sah er Gerhard abwartend an.

»Ja, i bi dr Gerhard, griaß di nochhert. Das ist Evi, meine Mitarbeiterin«, stellte er Evi Straßgütl vor.

»So a junge Föhl und scho bei de Kriminaler! Ganget mir nei?« Galant öffnete Sepp die Tür. Evi schien über die ganze Duzerei leicht irritiert zu sein, aber Gerhard raunte ihr zu: »Besser so.«

Sie setzten sich ins Brotzeitstüble, wo einige Brösel auf den Resopaltischen herumlungerten. Auf der Küchenzeile standen gebrauchte Biergläser, ein Kreuz zierte die Wand und natürlich die Werbeposter von Hündle Bräu: Bierig, bergig, bärig.

»Was trinket dir?«, fragte Adi. »Wia isch des mit dem ›I bin im Dienscht‹? Sagsch des jetzt so wia der Derrick?«

Gerhard lachte. »Nein, keine Sorge! Was hältst du von einem Russ? Das ist vertretbar, oder Evi, cara Bella?« Gerhard bedachte Evi gerne mit italienischen Kosewörten. Das war ein Spiel zwischen den beiden, weil Evi seit Monaten eigentlich Italienisch lernen wollte, aber wegen ihrer Dienstzeiten dauernd den Volkshochschulkurs verpasste.

»Für mich ein Spezi, aber meinen Segen für das Russ habt ihr.« Evi lächelte. Na, das ging doch mit dem Duzen.

»Bisch a brave Föhl!«, meinte der Sepp und schenkte ein.

»Sepp, du weißt, warum ich hier bin?«, begann Gerhard, nachdem er einen gehörigen Zug von seinem Russ genommen hatte.

»Woll!«

Und ohne weitere Aufforderung erzählte Sepp von einem Spätnachmittag am Mittwoch vor dem Funkenmord. Vom Gebrüll, dass der Adi keine solche »Pissbria« machen würde, vom angedrohten Rausschmiss und davon, dass der Adi gesagt habe, dass der Chef noch eine arge Überraschung »verläbt«, und dass es längst eine Lösung gäbe.

Eine Überraschung »verläbte« der Chef, als Gerhard und Evi in sein Büro stiefelten. Das Büro von Frau Endrass war in dunklem Holz gehalten, das Besprechungszimmer nebenan, zu dem die Tür offen stand, ebenfalls. Die dunkle Täfelung sah aus wie in einem Bahnhof zu Zeiten der »Lokalbahn« von Ludwig Thoma. Alles war ein wenig vernachlässigt, aber nur in dem Maß, dass es die Historie untermalte. Auf den Gängen wucherten Pflanzen vor halb hoher Täfelung, das Licht war milde. Als Gerhard die Tür zum Chef-Büro aufriss, hatte er sekundenlang das Gefühl, mitten in den Dreh zu einem Werbefilm hineinzustolpern. Es war gleißend hell. Der Raum war riesig und komplett weiß gestrichen. Leuchtobjekte bestrahlten einen glänzend anthrazitfarbenen Roll-Aktenschrank und eine schneeweiße Ledercouch, vor der auf einem Granittisch ein Vasenobjekt mit einer Lilie stand, daneben lagen einige Kataloge. Mitten im Raum schwebte ein Schreibtisch aus Glas und Chrom über dem Boden, ja er schien tatsächlich keine Bodenhaftung zu haben.

Genau wie der jüngste Spross der Brauerdynastie. Ludwig Haggenmüller war in den Dreißigern und passte mit seinem

Outfit zu einer Bierbrauerei wie ein Love-Parade-Anhänger zu einer Trachtengruppe. Er trug ein gecrashtes Batikhemd – ziemlich luftig für diese Jahreszeit – zu einer schwarzen Jeans in Dirtwash-Optik. Sein Haar war auf etwa zwei Millimeter gekürzt. Er war nicht sonderlich groß, dafür leicht untersetzt und hatte typische Wohlstandsbäckchen.

»Platzen Sie immer so herein?«, rief er statt einer Begrüßung. Seine Stimme war überraschend angenehm. Eine Frauen-Einlull-Stimme, dachte Gerhard und sah zu Evi hinüber. Die zeigte aber keine Regung.

»Grüß Gott, ja verzeihen Sie den Überfall, aber wir ermitteln in einem Mordfall.« Gerhard hatte wieder den entwaffnenden Bauerndeppen-Blick aufgesetzt.

Und wirklich, der junge Haggenmüller wurde sanfter.

»Ja, sicher, der arme Herr Feneberg. Unser bester Mann! Aber ich habe bereits alles ausgesagt, was ich weiß. Ich hatte schon das Vergnügen mit ihrer Mitarbeiterin.« Er glotzte anzüglich in Evis Richtung.

Gerhard behielt seine eher gelangweilte Tonlage bei. »Seltsam, dass Sie mit Ihrem besten Mann am Mittwoch letzter Woche ziemlichen Streit hatten, weil er eine ›Pissbria‹ nicht brauen wollte.«

Haggenmüller riss die Augen auf, seine Wangen wurden rot. »Firmentratsch, wie überall!«

Völlig überraschend für Haggenmüller und auch Evi drehte Gerhard den »Volume-Regler« massiv auf.

»Verschwenden Sie jetzt nicht meine Zeit, dann verschwende ich auch nicht Ihre. Sonst lass ich mir vom Staatsanwalt einen Durchsuchungsbefehl ausstellen, und dann werden wir schnell wissen, was Sie denn so brauen wollten. Also, was hat sich da zusammengebraut?«, donnerte er los.

Haggenmüller zögerte, dann ging er zu seinem Aktenschrank, dessen Front lautlos aufglitt. Er förderte einen Aktenordner zutage, schlug ihn auf und hielt ihn Gerhard unter die Nase.

»Die ganze Aufregung ist ja lächerlich. Ich hatte vor, ein neues Produkt einzuführen. Das hatte noch nicht ganz die Zustimmung von Herrn Feneberg gefunden.«

Gerhard sah auf den Prospekt-Dummy. Eine Longneck-Flasche mit der Aufschrift »Canna-Bier«. Das Etikett hatte die Form einer stilisierten Cannabispflanze, die Farben waren wie bei einem Reggae-Konzert-Poster gehalten.

»Keine Sorge, das ist alles ganz legal. Dieser Brauhanf hat keinerlei berauschende Wirkung. Hanfblüten werden beim Brauvorgang zugesetzt, der Geschmack wird leicht modifiziert. Das ist alles. So was gibt's in der Schweiz und in Berlin längst!« Er nestelte in einigen Papieren herum. »Hier, damit jeder Zweifel ausgeräumt ist. Derartiger Hanf ist eine Spezialsorte, deren Anbau sogar gefördert wird. Und damit Sie es gleich wissen. Ihre Zeit ist mir natürlich kostbar«, er klang jetzt extrem süßlich und ätzend, »ich besitze ein Feld und werde die Ernte auf jeden Fall für mein neues Produkt verwenden.«

Canna-Bier! Gerhard war immer noch etwas neben der Spur. So was gab's doch wohl nicht! Er fasste sich.

»Herr Haggenmüller, wenn ich Sie richtig verstehe, hat das Bier keine andere Wirkung als jedes Bier. Wieso dann das Ganze?«

»Himmel, Sie klingen wie dieser Feneberg. Marketing sage ich, Zeitgeist! Wir brauchen ein neues USP, ich will mich moderner positionieren. Aber das hat einem Reaktionär wie Feneberg nicht gefallen!«

»Er scheint Sie deswegen massiv angegangen zu haben?«, fragte nun Evi.

»Ja, aber deshalb bringe ich ihn nicht um. Es gibt genug Braumeister, die auf so eine innovative Aufgabe nur gewartet haben. Alte Zöpfe wie beim Feneberg müssen weg.«

»Nun ist ja Gott sei Dank der ganze Feneberg weg, Herr Haggenmüller. Hat er Ihnen nicht auch noch gedroht, Sie würden eine böse Überraschung erleben? Und es gäbe längst eine Lösung?«, fiel Gerhard wieder ein.

»Ich bitte Sie. Den Satz mit der Lösung hab ich dreimal am Tag gehört. Er war so eine Art wandelndes Kalenderbüchlein. Einen christlich-moralischen Satz hatte der für jede Lebenslage. Hah! Da hab ich mich aber gefürchtet!« Er lachte unangenehm. »Sie wollen wissen, was für eine Überraschung der gemeint hat? Ich weiß es leider auch nicht. Vielleicht die, die ich mit einem anderen Braumeister erleben würde. Der hat sich doch für unersetzlich gehalten. Aber der Mann ist wie jeder ersetzbar! Jeder Tag ohne seinen Anblick mit diesen hängenden Augenlidern und seiner salbungsvollen Art wäre ein geschenkter Tag gewesen. Hah!«

Evi schluckte, Gerhard blickte überrascht. Haggenmüller schien seine Abneigung gegen Adi Feneberg nicht verhehlen zu wollen.

Haggenmüller erriet ihre Gedanken. »Ja, Sie hören ganz richtig. Ich mochte ihn nicht. Er war ein guter Brauer und natürlich zuverlässig, geradezu unnatürlich zuverlässig, aber für mein neues Konzept ein Mühlstein der Tradition. Ich habe ihn von meinem Vater geerbt. Leider, aber ich habe ihn nicht umgebracht.«

Gerhard blickte noch mal auf den Prospekt. »Canna-Bier – for freaks only!« Zu Hilfe, wenn das die Zukunft des Bieres war! Er konnte Adi Feneberg nur zu gut verstehen. »Pissbria« – besser konnte man es nicht sagen. Er hob den Blick und schaute unter besorgten Dackelfalten heraus.

Haggenmüllers Pausbacken loderten feuerrot. »Hah, und jetzt fragen Sie mich sicher nach einem Alibi für Samstagnacht? Ja, wo werde ich schon gewesen sein? Im Bett! Und nein, dafür gibt es keine Zeugen.«

Gerhards Dackelblick verstärkte sich. »Ähm, eigentlich wollte ich wissen, wo Sie am Sonntag waren.«

Haggenmüller schien überrascht, dann rief er fast triumphierend Frau Endrass herein.

»Liebe Frau Endrass«, so wie er das sagte, war sie wohl auch eher eine Altlast aus der Sippe der Mühlsteine. »Wo war ich am Sonntag?«

Frau Endrass musste nicht überlegen. »Wir, also Sie und ich waren hier. Wir hatten Revision und hatten eine Sonntagsschicht eingelegt, von neun bis fünf am Abend.«

Gerhard machte sich einige Notizen, bat um eine Kopie des Canna-Bier-Prospekts und stand abrupt auf.

»Danke für Ihre Kooperation!«, und weg war er. Evi hatte zu tun, hinterherzustolpern.

Evi, die sonst immer die kühle Blonde gab, war genervt. »Was soll der hektische Aufbruch? Und warum hast du ihn nicht konkreter gefragt, wo er so gegen sechs in der Frühe am Sonntag war?«

»Denk mal nach! Erstens: Der hat auch Zeitungen gelesen. Er glaubt, dass der Mordzeitpunkt untertags anzusiedeln ist. Und dafür hat er ein Alibi. Zweitens: Wieso wurde er so hektisch, als er über sein Alibi für Samstagnacht sprach? Hat der Gute etwa seit Samstagnacht Dreck am Stecken?«

Evi schaute ihren Chef an, als sähe sie ihn zum ersten Mal.

»Mensch, klar, du hast Recht. Das ist mir gar nicht aufgefallen. Für die Tatzeit hat er wirklich kein Alibi!«, rief sie triumphierend. »Aber wieso hat er von sich aus von Samstagnacht geredet?«

»Tja, bella criminalista, auf gute Fragen brauche ich gute Antworten. Ich möchte auf jeden Fall, dass du jede Minute im Leben des Ludwig-H-Punkt in der letzten Woche nachvollziehst. Vor allem Samstagnacht. Wo war er? Akribisch jede Minute! Fahrten, Fahrzeuge, Bekannte und so weiter.«

Evi nickte. »Glaubst du wirklich, er hat Adi umgebracht?«

Gerhard hatte die Lippen verformt, als würde er einen Kaugummi aufblasen. Plopp!

»Ich weiß nicht. So dämlich sein Hanfbier auch sein mag, bringt man deswegen seinen Braumeister um? Ich weiß es wirklich nicht, aber was ich weiß: Da ist was im Busch! So, Bella, und jetzt husch, ab in den Feierabend, und morgen in der Früh wirst du beginnen, im Leben des feisten Hanfbierkönigs H-Punkt zu stochern.« Er machte keinerlei Anstalten, ins Auto einzusteigen.

»Ja, dann los, fahren wir«, meinte Evi.

»Du fährst, ich hab hier noch was zu tun, ich finde schon einen Chauffeur. Abflug mit dir!«

Evi rümpfte die Nase und fuhr. Gerhard sah ihr hinterher. Sie war eine klasse Polizistin, bloß fehlte es ihr etwas an der Lockerheit. Und er wusste, dass sein Chaos-Stil die arme Evi oft vor eine harte Prüfung stellte. Gerhard schlenderte aufs Gebäude zu, und just in dem Moment kam Frau Endrass heraus.

»Liebe Frau Endrass, ich hätte zwei Bitten: Könnten Sie mich mit nach Staufen nehmen und mir womöglich auf einen Kuchen im Café Prinzess Gesellschaft leisten?«, fragte Gerhard.

»Sie wollen mich mit Kuchen bestechen?« Die Sekretärin stöhnte und klopfte auf ihre Hüften. »Ich bin in der Hinsicht leider sehr bestechlich.«

»Ich weiß, Sie teilen mein Laster, überall in den Schubladen Schokolade zu deponieren.« Gerhard zuckte entschuldigend mit den Schultern. »Ich muss berufsbedingt die Augen überall haben. Sie sind auch so eine anonyme Schokoabhängige. Und wissen Sie was? Das ist extrem ungesund: Süßes muss man lustvoll und in der Öffentlichkeit essen, und deshalb gehen wir jetzt ins Café Prinzess!«

Als Gerhard vor der opulenten Vitrine stand, sah er wirklich aus wie ein glücklicher Junge vor dem Weihnachtsbaum.

»Schwarzwälder Kirsch, ich sterbe für Schwarzwälder!«

»Ich auch! Aber ich könnte auch den Apfelkuchen mit Mandelblättchen nehmen. Oder diese göttliche Eierlikörtorte.« Frau Endrass strahlte.

Und so standen bald zwei unanständig große Stücke Schwarzwälder und Eierlikörtorte vor den beiden. Nach einigen schweigenden Bissen des totalen Genusses ließ sich Frau Endrass in den Stuhl zurücksinken.

»Und nun, Herr Weinzirl? Sosehr ich die Gesellschaft eines jungen, attraktiven Schoko-Fanatikers zu schätzen weiß. Was kann ich für Sie tun?«

»Sehen Sie, Ihr Chef hat mir nun also von seinen Hanfbier-Plänen erzählt. Und davon, dass Adi Feneberg davon wenig angetan war. Er hat auch kaum Zweifel daran gelassen, wie wenig er seinen Braumeister mochte. Aber hat er ihn deswegen umgebracht?«

»Na, Sie halten sich mit Vorreden wohl nicht auf. Und ich soll Ihnen allen Ernstes sagen, ob ich meinen Chef für einen Mörder halte? Herr Weinzirl!« Frau Endrass schien entrüstet.

»Frau Endrass!« Gerhards Lausbubenlächeln war entwaffnend, als er einen Baileys mit Sahne vor ihr abstellte.

Sie nippte, schloss die Augen, nippte erneut. »Es dürfte Ihnen nicht entgangen sein, dass meine Sympathien sich in Grenzen halten. Sepp mag ihn auch nicht besonders. Adi mag ihn, äh mochte ihn auch nicht – Gott, ich kann das alles noch gar nicht glauben. Wir sind halt die Altlasten.« Sie zuckte zusammen. »Adi wohl nicht mehr! Himmel, der Arme! Also, wir zwei Übriggebliebenen müssen halt die Jahre zur Rente noch voll machen. Vielleicht sind wir ja wirklich altmodisch und ein Klotz am Bein, aber ich bin zu müde, um mich noch begeistert in neue Abenteuer zu stürzen. Ich bin seit vierzig Jahren bei der Firma, vierzig Jahre, stellen sie sich das mal vor, seit 1963! Da war ich zwanzig Jahre jung. Der Senior hat mich damals beim Hotel Büttner abgeworben. Das war ein kleiner Skandal, und meine Eltern waren entsetzt, dass ich so eine gute Anstellung für einen Brauerei-Hallodri aufgegeben hatte. Wissen Sie, Staufen, das war damals ein verschlafener Ort, das Büttner das erste richtige Schroth-Kurhotel. Da fing die Abnehm-Hysterie gerade so an. Alles war in Staufen im Aufbruch, und von der Mondänität heutiger Tage war nichts zu spüren. Auch die Brauerei war erst im Aufbau.« Sie lächelte wehmütig.

»Aber ich dachte, sie wäre 1890 gegründet worden? So steht es doch auf den Flaschenetiketten«, fragte Gerhard und verdrehte beim letzten Bissen Schwarzwälder verzückt die Augen.

»Ja, gegründet vom Urgroßvater der heutigen Generation. Aber der Vater meines Chefs, also der Großvater vom Junior, kam erst 1951 aus der Kriegsgefangenschaft wieder und ist nie mehr richtig auf die Füße gekommen. Der Betrieb dümpelte unter einem Geschäftsführer dahin, und 1963 hat der Großvater übergeben. Der Senior, der war auch erst zwanzig, mein Jahrgang – sie müssen sich vorstellen, was das für ein Abenteuer für uns junge Leute war. Und was die Alten dazu gesagt haben. Und als er dann den Adi eingestellt hat, einen zwanzigjährigen Hänfling in kurzen Lederhosen! Die ›Kinderbrauerei‹ haben sie uns genannt.« Sie lächelte wieder dieses feine und ein wenig melancholische Lächeln.

Gerhard hatte inzwischen einen zweiten Kaffee bestellt. »Verzeihen Sie mir die Frage. Aber waren Sie in den Chef verliebt?«

Nun verstärkte sich ihr Lächeln, wurde zu einem Strahlen. »Natürlich, aber er war so verliebt in seine Bärbel, dass ich nie eine Chance hatte. Und letztlich waren wir alle verliebt in die Idee, Großes zu leisten. Es allen zu zeigen. Und das hat uns zusammengeschmiedet. Als wir die erste DLG-Auszeichnung für das Helle bekommen haben, war das auch so was, wie verliebt zu sein. Ich kann mich an meine Euphorie noch gut erinnern.«

»Das heißt, ich muss Sie auch nicht fragen, ob Sie in Adi verliebt waren?« Gerhard schenkte ihr einen wohlwollenden Blick.

»Verliebt? Und sehr spät habe ich ihn dann wegen dieser unerfüllten Liebe umgebracht? Herr Weinzirl, wenn Sie nicht meine Schokosucht derart charmant teilen würden, wäre ich jetzt fast beleidigt. Nein, den Adi habe ich nicht umgebracht und verliebt war ich in ihn nie. Er war, er war ...« Sie überlegte intensiv.

»Nicht Ihr Typ?«, fragte Gerhard.

»Das auch, rein optisch meine ich. Er war so ein sehniger

schmaler Bergfex, ich stand immer mehr auf Männer, die aussehen wie Balu der Bär.« Sie wurde ein wenig rot, als sie weitersprach. »Nein, Adi war mir zu perfekt, zu glatt. Er war unheimlich nett, ein wunderbarer Kollege, aber seine fast schon pastorale Art lag mir nicht. Seine Lieblingssätze waren: ›Es gibt für alles eine Lösung. Jeder ist seines Glückes Schmied.‹. Aber das stimmt nicht, hat nie gestimmt und wird nie stimmen. Für mich gab es beispielsweise keine Lösung, denn da war Bärbel.«

»Das mit der Lösung habe ich auch schon öfter gehört. Auch die Geschichte vom perfekten Adi. Sie meinen also, er war doch nicht so perfekt?«

Frau Endrass rang nach Worten. »Das ist jetzt wirklich schwer zu formulieren. Er war perfekt, und genau das war das Problem. Sie wissen schon, eine Moral, fest gezimmert in der Erden. Er hatte diese Geradlinigkeit, sein eigenes klares Weltbild. Für ihn hat das gepasst, aber ich kann mir gut vorstellen, dass er gerade junge Leute, die um ein Weltbild ringen, die straucheln und scheitern, genervt hat. Und bei Frauen kam er auch nicht sonderlich gut an.« Sie lachte. »Nehmen Sie mir das nicht übel, Sie sind ja auch bloß ein Mann. Aber Frauen haben mehr Gespür für Grautöne, können, ja müssen immer mehrere Dinge gleichzeitig planen und ausführen. Männer sind einfacher. Männer fanden den Adi immer vorbildhaft – klar, markig, männlich, moralisch.«

»Aber dann liegen Sie und der Junior doch gar nicht so weit auseinander, was Adi betrifft. Denn der, obgleich ein Mann, mag oder mochte seine salbungsvolle Art ja auch nicht«, meinte Gerhard lächelnd.

»Ja, aber ich zähle nicht. Ich bin auch Erbmasse vom Vater. Ich habe jeden Tag gern gearbeitet, auch wenn's drunter und drüber gegangen ist. Seit der Junior da ist, macht es keinen Spaß mehr.«

Gerhard nickte ihr verständnisvoll zu. »Neue Besen kehren gut, oder?«

»Verstehen Sie mich nicht falsch. Er ist nicht unrecht, der Junior, und er will, er muss aus dem Schatten seines Vaters heraustreten – und sei es mit Hanfbier. Aber er hat einfach eine ungute Art. Er bezieht uns Mitarbeiter nicht in Entscheidungsprozesse ein. Und er ist ungeduldig. Der Senior hat so was wohl geahnt. Endressle hat er immer gesagt, Endressle, der Bua, der macht mir den Betrieb hi. Komischerweise war er darüber gar nicht so sehr betroffen. Und kurz bevor er gestorben ist, das war im 99er Jahr, da saß er mal im Büro – todkrank damals schon – und war so richtig aufgeräumt. Endressle, hat er gesagt, jetzt hob i mit em Adi en Kup glandet.«

»Einen Kup?«, fragte Gerhard mit Unverständnis in der Stimme.

»Ja, er meinte einen Coup. Er war richtig verschmitzt. Na ja, ich sage Ihnen das jetzt einfach mal so: Ich glaube, er war auf dem Grundbuchamt.«

»Wie kommen Sie darauf? Hat er Ihnen etwas darüber erzählt?«

»Nein, aber er hat ein Papier angezündet, und das verglomm langsam im Papierkorb. Ich konnte die Kopfzeilen noch lesen. Und gegrinst hat er. Wenn ich das in den Safe lege, findet er es zu früh, hat er gesagt und weiter gegrinst.«

Gerhard schüttelte den Kopf. »Merkwürdig, aber ein guter Tipp.« Er bedankte sich überschwänglich bei Frau Endrass, beglich unter ihrem Protest die Rechnung und half ihr in den Mantel.

»Danke für den reizenden Nachmittag«, sagte sie und lächelte in einer Art, die Gerhard sagte, dass sie mal eine echte Schönheit gewesen sein musste. Na, diese Bärbel vom Senior musste ja ein Superweib gewesen sein, dass der seine Sekretärin nie als Frau wahrgenommen hatte, dachte Gerhard. Er begleitete Frau Endrass noch zu ihrem Auto, und sie fuhr winkend davon.

Gerhard schlenderte gemächlich durch Oberstaufen. Schmuck war es geworden – und teuer. Da die Schrothkurgäste schon nichts essen durften, suchten sie Befriedigung im Shopping. Die Preise hatten Münchener Theatinerstraßen-Niveau. Ein genügsamer Typ wie er war erschüttert, vor allem, als er in einem Schuhgeschäft keinen Schuh unter zweihundertfünfzig Euro entdecken konnte. Auf diesen Schock beschloss Gerhard, erst mal ein Weißbier zu trinken, nebenan in der Alt-Staufner-Einkehr. Das war halt eine Wirtschaft, die aussah wie eine Allgäuer Wirtschaft aussehen musste und Essen hatte, das ebenso opulent wie preislich vernünftig war.

Gerhard bestellte eine Schweinshaxe. Vom Nachbartisch schauten einige Touristen verschämt zu ihm herüber. Auch sie hatten Schweinshaxen gehabt. Das waren eindeutig Schrothkur-Brecher! Ich bin zwar Kriminaler, aber nicht euer Kurarzt, dachte Gerhard und schmunzelte.

Er genoss das wohlgeformte Schweinebein, die perfekt gebratene Kruste und war diesem Haggenmüller fast dankbar dafür, dass er seinetwegen mal wieder nach Oberstaufen gekommen war. Früher, als seine Oma noch im Kapfweg gelebt hatte, war er öfter hier gewesen. Die Oma, die einfach die besten Krautwickel aller Zeiten gemacht hatte! Melancholie überfiel ihn. Er zahlte und schüttelte den Vergangenheits-Blues ab. Morgen würde er mal hinter die Kulissen der Brauerei blicken und den »Kup« aufdecken.

Schließlich nahm er sich ein Taxi und machte einen Taxifahrer glücklich, der ihn bis nach Kempten zum Waisentor fuhr. Den Rest ging er zu Fuß, durch die Gassen unter der Burghalde, jener überaus charmanten Altstadtlage. Direkt am Abhang hatte er ein »Appartement mit Dachterrasse«. In Wirklichkeit war es ein Zimmer mit Küche am Gang und einer Kiesfläche über einer Garage.

Die Kiesfläche ging hangseitig in gefliese Stufen über, die er gern seine »Hängenden Gärten« nannte. Das Problem war nur, dass die Versuche, hier im Sommer Pflanzentöpfe aufzustellen, von wenig Erfolg gekrönt waren. Oder besser: Die Töpfe standen schon da, allein die Blumen waren in kürzester Zeit dürre Stecken.

Diese Wohnung hatte er seit Urzeiten, seit den Zeiten, als das Festival auf der Burghalde noch eine echte Session gewesen war. Zu einer Zeit, als die Burghalden-Konzerte sowieso das einzige Angebot für junge Leute gewesen war. Konzerte, bei denen es einfach immer geregnet hatte. Absolut verlässlich!

Als Jo nach Hause kam, stöpselte sie erst mal den Stecker für den Internetzugang ein – da war die ersehnte Mail: »Hi, Allgäuer Mädle. Hier in Hamburg schüttet es. Schnee hört sich gut an. Bis bald. Jens.«

War das jetzt gut oder schlecht? Gut: Er hatte sofort geantwortet. Schlecht: Ein bisschen mehr hätt's ja doch sein dürfen. Und während Jo diese Gedanken drehte und wendete, hatten sich auch die Tiger eingefunden. Moebius lief hurtig über die Tastatur des Laptops, Einstein jagte das Kabel des Computers, und Mümmel schärfte ihre Krallen an Jos Knie. Eindeutige Aufrufe dreier armer Kreaturen, die schon ein leichtes Hungerödem zeigten.

»Okay, Essen kommt. Ihr habt ja Recht. Immerhin hat er geantwortet. Was hätte er auch schreiben sollen. Baby, du warst toll? Das wäre ja wohl Quatsch.« Das fand Moebius auch und überquerte die Tastatur erneut.

7. Gerhard war am nächsten Morgen früh ins Büro gekommen, und da lagen bereits Stapel von Zeitungen auf seinem Tisch. Die Medien hatten sich voll auf die Okkultismus-Schiene eingeschossen. Ein Reporter der Münchner Abendzeitung hatte recherchiert, dass es erst kürzlich in Kempten und Sonthofen Fälle von schwarzen Messen auf Friedhöfen gegeben hatte. Tierkadaver waren gefunden worden und viele abgebrannte Kerzen. Nun konstruierte der Mann einen Zusammenhang und mutmaßte allen Ernstes, dass »dieser Zirkel nun etwas Größeres und Grausameres geplant hat. Ein Menschenopfer im Höllenfeuer?«

»Da schmeckt einem ja der Kaffee nicht mehr«, grummelte Gerhard in Richtung der »Steins«.

»Dir schmeckt was nicht? Das kommt aber selten vor«, kam es von der Tür, wo Evi stand und grinste. »Ich hab dir diese Appetitverderber hingelegt. Sollen wir in der Richtung mal nachforschen?«

»Ich halte das für einen ausgemachten Schmarrn. Mit Katzenkadavern schwarze Messen zu feiern ist das eine, aber einen Menschen in den Funken zu werfen ... Noch lebend? Aber wir haben sonst nicht viel. Also schau dir die Katzenkadaver mal an.«

Der Uli-Stein-Kater schaute missbilligend, Evi auch.

»Ja, ich weiß, das sind deine bedauernswerten Verwandten«, sagte Gerhard in Richtung Computer und zu Evi gewandt: »Du weißt schon, was ich meine.«

Nachdem sie gegangen war, wurde Gerhard ständig durch Meetings mit dem Pressesprecher und dem Staatsanwalt aufgehalten. So konnte er erst um halb zwölf das Büro verlassen, um zum Grundbuchamt zu fahren. Vage konnte sich Gerhard an eine Beschreibung von Volker Reiber erinnern, der letztes Jahr in der Rümmele-Mordsache recherchiert hatte. Er hatte damals mit einer Mitarbeiterin aus einer Art »Dschungelbuch-Büro« zu tun gehabt.

Als Gerhard den Raum betrat, war ihm klar, dass das die nämliche Dame sein musste. Sie wirbelte gerade mit einer Gießkanne durch den Raum und goss hundertundeinen Weihnachtsstern sowie ins Endlose rankende Wasserlilien.

Die Dame von imposanter Statur – sie war bestimmt über ein Meter achtzig groß – schob Gerhard ihren Busen wie einen Panzer entgegen.

»Sie wünschen?« Sie fragte das in einer Tonlage, die verhieß, sich besser nichts zu wünschen.

Auweh, dachte Gerhard, es war Freitag fünf vor zwölf, da macht man sich auf deutschen Behörden keine Freunde. Er zückte seinen Dienstausweis.

»Ich ermittle in der Mordsache Adi Feneberg und benötige Einsicht in die Grundbuchunterlagen der Hündle Bräu.«

Die Sachbearbeiterin wogte zu ihrem Schreibtisch, fasste in eine Ablage und hielt Gerhard einen Ordner hin.

»Junker Mann«, sie betonte das im Von-drieben-rieber-Dialekt, »junker Mann, ich lese Zeitung und habe mit Ihnen gerechnet. Donnerstag vor einer Woche war ein Herr Haggenmüller da, und der war angesichts dieser Unterlagen kurz vor dem Kollaps, so rot war der angelaufen.«

Sie schaute strafend auf die Uhr, noch strafender auf Gerhard und wandte sich wieder ihrem Stubendschungel zu. Gerhard las und dann entfuhr ihm ein »Auweh«.

Die Blumen-Brünhilde, diese mächtige Patrona Florae zuckte mit der Schulter.

»Dumm, wenn man verkaufen will!«

Gerhard starrte sie an. »Wollte er verkaufen?«

»Junker Mann, wie ich seiner geschmacklosen Fluchtirade entnehmen konnte: Ja!«

Als Gerhard um kurz nach zwölf vor die Tür trat, lehnte Jo an seinem Bus, den er mal wieder einem Dienstfahrzeug vorgezogen hatte. Jo trug einen Fleecehut mit Jeansfransen und trotzte wacker dem Flockenwirbel, der auch heute noch nicht aufgegeben hatte.

»Markus Holzapfel hat mir gesagt, dass du hier bist. Was ist seit gestern passiert? Ich konnte dich nirgendwo erreichen.«

Gerhard lachte. »Fräulein Ungeduld! Ich mache dir einen Vorschlag. Knoblauchsuppe gegen Information.«

Als sie im Rössle in Eckarts ankamen, waren Gott sei Dank gerade keine Reporter da. Gerhard studierte entspannt die Karte und rümpfte die Nase.

»Jetzt fangen die auch schon mit so 'nem Fitness-Low-Fat-Quatsch an. Er blätterte die Fitness-Seite schnell um und bestellte sich nach der Suppe einen Zander. »Mit extra viel Buttermandeln«, grinste er mit einem Blick auf Jo, die die Zander-Low-Fat-Variante bestellt hatte.

»Gefräßiger, ungesunder Idiot«, maulte Jo, die schon zunahm, wenn sie Essen nur auf einen Kilometer Entfernung anschaute, ja ans Essen dachte. »Also los, wenn du mich schon mit deinem Essverhalten nervst, erzähl jetzt endlich, was du bei Hündle erfahren hast!«

»Bärig war es!« Gerhard verschluckte sich vor Lachen an seinem AKW, dem Alt Kemptner Weißen, das so eine Art Getränke-Markenzeichen von ihm war. Jo knuffte ihn in die Seite. Also erzählte Gerhard vom Canna-Bier und nach einer langen Kunstpause vom Grundbuchamt.

»Und was stand da drin? Mensch, wenn du schon frisst wie ein Neandertaler, dann rede wenigstens wie ein Mensch aus der Neuzeit!«

Gerhard konnte sich das Grinsen abermals nicht verkneifen.

»Im Grundbuch ist ein Vorkaufsrecht für Adi Feneberg für die Brauerei eingetragen. Und das Ganze zum Preis, den die Brauerei 1963 erzielt hätte. Der Senior hatte das als ›Kup‹ bezeichnet. Cool, der Alte!«

Jo brauchte eine Weile, um das Gehörte zu verarbeiten.

»Das heißt, wenn der Junior verkaufen will, muss er die Brauerei zu einem historischen Dumpingpreis Adi Feneberg anbieten?«

»Ja, muss er, oder besser, hätte er müssen, denn nun ist Adi tot, und einmal mehr fragen wir uns: Wer hat den Gutmenschen ins Jenseits befördert? Nur diesmal fragen wir uns nicht mehr, ob er Feinde hatte. Einen hatte er auf jeden Fall!«

»Ja, wollte der Junior denn verkaufen?« Jo hatte vor lauter Aufregung ihren Tee umgeschubst.

»Das vermutet die Matrone im Pflanzendickicht, und das werde ich als Nächstes herausfinden«, sagte Gerhard, der genussvoll seine fettigen Mandelblättchen aß.

»Wer kauft denn schon Hündle Bräu? So groß ist das doch nicht? Du bist doch unser Bier-Spezialist, oder?«

»Ja, meine Liebe, das ist die Frage, und zu diesem Zwecke habe ich so meine Informanten. Die aber leider erst wieder ab

Montag zu erreichen sind. So schlau war ich auch schon und habe, kaum dem Dschungel entkommen, da angerufen. Aber, es ist Freitag. Alle sind schon im Wochenende. Und so werde ich heute noch nach dem Rohypnol forschen und morgen, man höre und staune, einfach mal frei machen.«

»Diesem kühnen Plan würde ich mich anschließen. Telefonieren wir morgen in der Früh? Vielleicht können wir ja einen halben Tag Ski fahren gehen, bevor ich abends nach Berlin fliege.«

Gerhard überlegte, wann er diesen Winter überhaupt schon mal beim Ski fahren gewesen war und fand die Idee ziemlich gut. Einfach mal frische Luft, keine Leichen. Der Gedanke baute ihn auf, zumal er wusste, dass er den restlichen Tag in Routinearbeit, die er so hasste, gefangen sein würde.

Jo erwachte am Samstagmorgen wie gerädert, obwohl sie früh ins Bett gegangen war und gut geschlafen hatte. Aber steter Raubbau an Körper, Geist und Seele rächt sich. Schließlich bin ich ja nicht mehr die Jüngste, dachte Jo. Sechsunddreißig! Sie schaute erstaunt auf die Uhr. Es war fast zehn und immer noch zappenduster. Dicker Nebel lag wie ein graues Laken über den Wiesen. Man konnte nicht mal bis zu Gschwendtners hinübersehen.

In ihren schlabberigen Bettsocken, die nur noch halb am Fuß hingen, schlurfte Jo in die Küche. Mümmel hockte auf dem Fensterbrett und starrte hinaus. Moebius starrte vom Küchentisch aus herüber, als wolle er sagen: Du hast das Wetter schlecht gemacht. Los, mach es besser! Nur Einstein war abwesend und schien dem Nebel zu trotzen. Sogar die Nagerdamen lagen platt auf dem Bauch in ihrem sonst eher verwaisten Käfig und dösten vor sich hin. Die Katzen ließen sich mit Milchschaum und einigen Knuspertaschen aufheitern, und angesichts dieses Energieschubs zogen sie nun doch hinaus in die unwirtliche Natur. Mümmel dotzte wie ein Flummi durch den Schnee – auf direktem Weg hinüber zu Gschwendtners.

Dort kaufte man extra Metzgerschinken für die Katze! Und das bei Bauersleuten, die sonst jeden Cent fünfmal umdrehen. Aber Resi sagte immer: »Diese Katze ist mein Sonnenschein, sie ist was ganz Besonderes.« Nicht dass Mümmel das nicht gewusst hätte, und huldvoll sprang dieses besondere Tier stets mit besonders schmutzigen Pfoten auf den Küchentisch. Sie zog eine niedlich-neckische Pfotenspur über die Tischdecke und legte sich dann aufs Landwirtschaftliche Wochenblatt. Ein Tier am Tisch, bei Bauersleuten, das durfte nur die besonderste aller besonderen Diven.

Nachdem der Terrortrupp abgezogen war, machte sich Jo noch einen Kaffee, einen, den sie ganz allein trinken konnte. Sie starrte vor sich hin, als das Telefon läutete. Gerhards Stimme klang auch ziemlich neblig.

»Du klingst müde«, sagte Jo.

»Ja, weil ich müde bin. Wir haben gestern ungefähr tausend Krankenhäuser und Arztpraxen gecheckt. Zudem halten uns diese Recherchen zu den schwarzen Messen in Atem. Und leider, leider muss ich dir wegen des Skifahrens absagen. Die Pflicht ruft.«

»Schade, aber das wäre sowieso etwas stressig für mich geworden. Dann helfe ich Andrea, das Haus ihrer Oma auszuräumen. Die geht nämlich ins Altersheim. Und das hat mir Andrea so nebenbei erzählt. Deshalb ist sie überhaupt im Allgäu, nicht wegen dieses Workshops.« Jo stockte. »Mensch, hab ich dir das überhaupt erzählt? Dass Andi da ist und so?«

»Nein, aber ich habe Andrea gestern Abend noch getroffen. Sie hat meinen Bus für den Umzug geholt. Hat da Fräulein Johanna mal wieder nur an sich gedacht? Und andere mit ihren Problemen gar nicht zu Wort kommen lassen? Na ja, du warst wahrscheinlich zu beschäftigt mit den Journalisten.«

Nachdem Gerhard aufgelegt hatte, hatte er ein ungutes Gefühl. Für seine Verhältnisse war er schon viel zu deutlich geworden. Er wollte ihr nicht unterstellen, eine Egoistin zu sein – höchstens eine ganz kleine ...

Gerhard schüttelte diese Gedanken ab und ging zum Kaffeeautomaten. Er gab ihm einen Handkantenschlag und trat ihn gleichzeitig in die Seite. Nur mit roher Gewalt konnte man der Maschine Kaffee entlocken und auch nur mit dieser ausgefeilten Kombination. Denn ohne den Seitenhieb kam zwar Kaffee, nur leider kein Becher. Den Kaffee in der Hand, schlurfte er durch die angenehm leisen und verwaisten Gänge in sein Büro. Die Ruhe tat gut. Dann wählte er die Nummer von Schäfflerbräu in Missen, und weil er den dortigen Braumeister als Arbeitstier kannte, wunderte er sich nicht, ihn an einem Samstag zu erreichen.

»Morgen, Gerhard hier. Wollt ihr Hündle Bräu kaufen?«

Am anderen Ende war kurz Schweigen, dann war ein trockenes Lachen zu hören: »Guata Morga Gerhard, du haltsch di au am Samschtag it lang auf, oder?«

»Nein! Also wollt ihr?« Gerhard musste ein Lachen unterdrücken und gab sich einen bewusst strengen Ton.

»Na, um Gotts Willa. Warum sottet mir?«, kam es retour.

»Weil ihr expandieren wollt. Weil damit ein Konkurrent plattgemacht werden kann. Sag du's mir.«

»Dät i ja gern saga. Aber mir sind ganz zfrieda, mit dem was mir hond. Aber du willsch so ebbas doch it zufällig wissa, oder?«

»Wie du dir bei meinem Beruf denken kannst.« Gerhard hatte Spaß an dieser minimalistischen Konversation. Er wusste genau, dass sein Gegenüber mehr wusste. Und auch in Missen saß einer wahrscheinlich grinsend auf der Schreibtischkante. Ein nettes Pingpong-Spiel am Morgen!

»Ja, denka? So fria am Morga scho?«, kam es aus Missen.

»Probiers halt mal!«

»Wenn d willsch: Also, i hon do eabbas leita ghert.«

»Und wie haben die Glocken so geklungen?« Gerhard schmunzelte vor sich hin.

»Leis, ganz leis«, war die Missener Minimalismus-Antwort.

»Aber, du hast doch ein gutes Gehör!«

»Ja, scho.«

»Und?«

»I weiß nix Gnaus, aber dass der Haggamüllar verkaufen will, des hot ma scho leita ghert.«

So, allmählich musste jetzt etwas mehr Biss in das Gespräch fand Gerhard und wurde konkreter. »Und wer kauft so eine kleine Lokalbrauerei? Löwenbräu oder Heineken oder wer?«

Wieder war ein trockenes Lachen zu hören, und auch in Missen war der Tempowechsel im Gesprächs-Pingpong spürbar. »A Großkopfeter kauft so eabbes it! Was i weis, hot Hündle so um vierzehntausend Hektoliter. Des isch für an Groaßen wie a Tropfa.«

»Und wer würde dann kaufen?«

»Wenn, das einer kaufa dät, nochhert a Nachbarbrauerei. Do isch Kundschaft in der Näh. Und nochhert muasch denka, dass dir beim Besitzerwechsel oft Kundschaft abspringt. Dreißig bis fufzig Prozent ganget. Aber wenn des a hiesiger Betreiber isch, nochhert isch es uifacher, dass ma dia Kundschaften halten ka.«

»Aha«, Gerhard machte sich Notizen, »und wenn ihr das nicht seid, wer kommt dann in Frage? Das Allgäuer Brauhaus? Oder Rettenberg?«

»Mei, froag halt amol am Grüntent. Mehr hon i aber it gseit.«

Gerhard wusste, dass jedes sonstige Insistieren zwecklos war. »Und wie läuft es sonst bei euch?«

»I ka it jomra. Grad hon i mit Jo vom Tourismusverband telefoniert. Dia isch auf dem Weg noch Berlin. Mit Missener Bier. Und sui hot gmuint, des dät it langa. Isch scho reacht, wenn dia Föhl nix mehr hoim bringt«, lachte er trocken.

»Sei froh, dass ihr der Johanna nur Bier mitgegeben habt. Wenn ihr Wein machen würdet, dann wäre sie selbst die beste Abnehmerin.«

Der Braumeister lachte. »Johanna isch scho reacht.«

Man verabschiedete sich, Gerhard mit der Versicherung, bald mal vorbeizuschauen.

»Woll. Nochhert bringsch die Johanna mit. I hon au an sauguata Obschtlar brennt«, sagte der Braumeister zum Abschluss.

Diese Aussicht war verführerisch. Gerhard legte auf, stutzte und überlegte dann: Was war verführerisch? Der Obstler oder Jo? Gerhard und Jo. Freunde hatten sie beide schon als »Hanni & Nanni« bezeichnet. Und seine Mutter, die zunehmend besorgt war über Gerhards Single-Dasein, hatte kürzlich gemeint: »Heiratsch halt die Johanna!«

Heiratete man seinen besten Kumpel? Was er für Jo empfand, war mehr als Freundschaft, aber er war nicht der Richtige. Das war zumindest seine tiefe Überzeugung! Gerhard befand, dass sie einen Liebhaber brauchte, der jene Ekstase versprach und das Kribbeln, das entsteht, wenn einer plötzlich nachts um drei mit Champagner vor der Tür steht und nichts will, als das. So einer war er nicht. Sie hätte es wahrscheinlich spannend gefunden, wenn er sie ans Bett gefesselt hätte. Hätte Gerhard das versucht, hätte er wahrscheinlich den Knoten nie mehr aufbekommen, hätte sich selbst mit festgebunden, hätte die Kerze umgeworfen und all die mühsam erzeugte, inszenierte Erregung wäre in einem Lachkrampf erstickt. Obwohl er um Jos verzwirbelte Seele wusste, machte er sich erst gar nicht die Mühe, sie zu verstehen. Er setzte auf die Erfahrung, dass Jo immer zurückkam zu ihm, dem verlässlichen Kumpel – eben weil Lachen alle Wunden heilt. »Hanni & Nanni«, na gut, das war allemal besser als Beziehungsstress, besser als viel zu große Häuser abzubezahlen und heiratswillige Frauen auf Distanz zu halten. Schließlich konnte er nicht anders.

»Du lasch di beruflich absorbiera, privat aber nia«, hatte seine Mutter kürzlich gemault. Absorbieren, ja wo hat sie das Wort denn her?, hatte Gerhard damals gedacht. Ihr war es darum gegangen, dass Gerhard nie Zeit für Familienfeiern hatte. Und sie hatte weiter geschimpft: »So findsch du nia a Frau, bloß deine Wann-Neit-Schtänds.« Was seine Mutter alles wusste! Und dann kam dieser Vorschlag, Jo zu ehelichen. »Dia schaffet ja au bloß, dann macht's ja nix.«

Das stimmte, Jo arbeitete viel, wenn man die Stunden zusammenzählen würde, die Stunden des Plauderns mit den lieben Journalisten, die langen Nächte im Dienste des Marketings. Das war bei ihm ja so ähnlich. Er beneidete Jo nicht um ihren Beruf, und nach Berlin hätte er sowieso nie einen Fuß gesetzt.

Sein Blick ging hinaus, wo sich ein dunkelblauer Himmel über den Schnee wölbte. Kalt war es geworden. Langsam wurde es Zeit, dass er mal klare Gedanken fasste. Berufliche! Er drehte sich zu seinen Plastik-Kameraden um.

»So Jungs, jetzt hab ich zwei Optionen in Rettenberg. So ein Kaff hat nämlich zwei Brauereien.« Die beiden Gesellen nickten eifrig. Das hatten sie ja längst gewusst.

»Okay, die Variante, bei der ihr mehr nickt, die nehme ich!« Das Urteil war eindeutig. Gerhard grinste.

»Gut, ihr habt es so gewollt, am Montag in der Frühe fahr ich da hin.«

8. Nach einem ruppigen Flug hatte Jo sich ein Taxi zu Andreas Wohnung mitten in Kreuzberg genommen. Andrea war im Allgäu geblieben und hatte ihr wohl zum hundertsten Mal das merkwürdige Haustürschloss erklärt, und zum hundertsten Mal stand Jo da wie eine Idiotin. Es war ein Durchsteckschloss, und das konnte nur die Erfindung eines bösartigen Geistes sein. Irgendwie musste man den Schlüssel, der gar kein richtiger Schlüssel war, ganz durch die Tür hindurchfummeln, mit akrobatischer Fingergymnastik die Tür öffnen und den Schlüssel innen irgendwie wieder rausfummeln. Nach dem fünften Anlauf klappte es, aber auch nur, weil eine Berliner Tür sich einem Allgäuer Fluch nicht widersetzen wollte: »Hurrascheißdreck, jetzt isch aber gschtuhlet!« Und Simsalabim, der Sesam öffnete sich.

Das Treppenhaus war mit Schriften bekrakelt: Neu dazugekommen war der Satz: »Will wohnen hier.« Ein Wunsch, den Jo nicht teilte, ihr erschien das nun von allen Wohnorten der am wenigsten erstrebenswerte. Aus dem dritten Stock jaulten arabische Klänge, im vierten türmten sich leere Flaschen. Im fünften grüßte ein Elchkopf an Andreas Wohnungstür und sagte laut »Böööööö«, als Jo aufschloss. Mitten im Raum stand ein Bett auf einer grünen Kunstrasenfläche, aus der Plastikblumen sprossen. Oh Andrea!

Sie überlegte kurz, ob sie sich noch ins Berliner Nachtleben stürzen sollte, und verwarf den Gedanken. Gott sei Dank hatte Andrea nicht bloß ihr Lieblingsgetränk Raki zu Hause, sondern auch einen ordentlichen Grappa. Jo setzte sich auf den Kunstrasen und zupfte an einer der Plastikblumen. Schließlich nahm sie sich ein Buch, ging ins Bett und schlief über der Lektüre ein.

Am nächsten Morgen nahm sie die U-Bahn zur Messe. Wie jedes Jahr schien das Gelände einfach grenzenlos. Wie jedes Jahr wurde gebaut, und wie jedes Jahr saß Jo im falschen Bus. Fatalerweise war es immer der, der genau die Halle, in die sie wollte, nicht ansteuerte. Jo hatte bereits Plattfüße, als sie die Bayern-Halle erreichte. Der Stand »Immenstädter Oberland« war verwaist, aber sie erspähte ein bekanntes Gesicht vom Tourismusverband Pfaffenwinkel und bekam die Auskunft, dass Patrizia schon seit zwanzig Minuten auf der Toilette sei und gar nicht gut aussähe. Wie aufs Stichwort kam eine grünliche Patti mit verheulten Augen ums Eck.

»Ich weiß schon, wie's Kätzle am Bauch«, stöhnte Patti.

Jo sah auf die Uhr. »Okay, es ist noch früh, der Hauptansturm kommt sicher erst. Wir machen hier kurz dicht und gehen irgendwohin, wo du die Füße hochlegen kannst.«

Patti nickte dankbar. »Auch wenn das jetzt blöd klingt, aber ich habe Hunger.«

Jo sah sie prüfend an. »Kotzen und essen? Nach was wäre es dir denn? Essiggurken?«

Patti zuckte zusammen, und Jo schob sie aus dem Stand. »Ich bin doch nicht blöd. Da du nicht der Typ für Bulimie bist, bist du schwanger. Also was jetzt? Gurken? Schokolade?«

»Ich hätte perverse Lust auf Bündnerfleisch. Dabei hasse ich dieses papierene Zeug sonst«, sagte Patti gedehnt.

»Wunderbar, dann gehen wir jetzt zum Stand der Schweizer. Da gibt's Bündnerfleisch, und ich krieg endlich einen Kaffee Schümli. In Andreas Wohnung gibt es nämlich keine Kaffeemaschine«, meinte Jo betont lässig.

Sie kamen nur langsam voran. Menschenmassen schoben sich durch die Gänge, blieben immer wieder abrupt stehen, um Prospekte und kleine Give-Aways abzugreifen. Patti war eh schon leidgeprüft und schüttelte den Kopf.

»Alles, was du nicht festnagelst, ist weg. Ratzfatz. Die Bücher, die wir am Stand verkaufen, werden geklaut. Du musst aufpassen wie ein Haftelmacher. Gestern bin ich einem hinterher und hab ihn daran erinnert, dass er das bezahlen müsse. Und weißt du, was der macht? Er schmeißt es mir vor die Füße und schreit: ›Dann behalten Sie doch Ihren Schrott! Zu Ihnen würd ich eh nicht in Urlaub fahren, da verbrennt man ja noch Hexen!‹«

Jo zuckte zusammen. »Ich hoffe wirklich, Gerhard findet bald mal eine Spur. Diese Funkenleiche versaut mir jeden Tag. Selbst hier.«

Unter düsteren Gedanken erreichten sie »die Schweiz« und deren Fachbesucher-Café. »Grüezi« und »Salü« tönte es aus mehreren Ecken. Mit den Schweizern pflegte Jo seit jeher einen engen Austausch. Aber so ganz ließ sich auch hier die Endzeitstimmung nicht vertreiben. Ausgerechnet eine der nettesten und kompetentesten PR-Frauen der Alpenländer, eine, die zaubern konnte, alles ermöglichte und niemals geklagt hatte über Arbeitsbelastung und ständig wechselnde, von Innovation beseelte Chefs, wollte aufhören.

»Dinosaurier-Sterben, sollen das mal die Jungen machen«, sagte sie lächelnd.

»Ohne dich ist die Schweiz plötzlich ein Land ohne Käse, Schoko und Uhren. Du bist die Schweiz!« Jo klang kläglich.

Sie zuckte die Schultern. »Jeder ist ersetzbar. Lasst uns was trinken und es positiv sehen. Ich werde die meiste Zeit des Jahres auf der Bettmeralp leben, Ski fahren, wandern und dem Aletschgletscher zusehen. Der ist zwar auch so ein glazialer Dinosaurier, der sich immer mehr zurückzieht, aber dann bin ich doch in bester Gesellschaft.« Sie schenkte Wasser und Kaffee ein. »Viva, sagt man in Bünden. Viva, meine Lieben, das Leben geht weiter.«

Als sie gegangen war und Patti still einen halben Teller Bündnerfleisch verdrückt hatte, brach Jo das Schweigen.

»Langsam nervt ihr mich. Letztes Jahr habt ihr mir verschwiegen, dass ihr baut, jetzt die Schwangerschaft. Was ist los mit euch? Weder du noch Marcel seid stumm.«

Patti druckste etwas herum. »Du hast ja Recht, aber ich dachte, das würde dir irgendwie wehtun. Und dann hat Marcels Mutter auch noch gemeint, du würdest sicher unangemessen reagieren, weil du doch eh schon solche Probleme hast und deine Katzen doch so 'ne Art Kinderersatz wären.« Nun klang auch Patti recht angriffslustig.

»Na, die Alte hat es nötig! Entschuldige, ich spreche von deiner göttlichen Schwiegermutter in spe. Verdammt noch mal: Wieso erzählt sie diesen Psychokrampf vom Kinderersatz? Wieso muss man automatisch eine emotional gestörte Tussi sein, wenn man Katzen hat? Oder eine Eso-Tante, die sich irgendwie für die dritte Reinkarnation einer Brockenhexe mit schwarzem Kater hält?«

Patrizia schnitt eine Grimasse. »Komm, lass uns mal etwas runterkommen. Marcels Ma ist manchmal etwas schwierig, aber so abwegig ist der Gedanke doch nicht.«

Jo atmete tief durch. »Okay, ganz ohne Polemik. Ein für alle Mal, mir ist das ernst. Ich mag Katzen, weil sie Katzen sind. Ich liebe Katzen, weil sie aus dem Stand zwei Meter hoch auf ein Regal springen können, weil sie schön sind und anmutig, weil sie in den unmöglichsten Positionen schlafen können und weil sie rosa Nasen haben. Ich liebe Katzen, weil sie dich lehren, dem Augenblick zu gehorchen, Katzen entscheiden jede Sekunde neu, wonach ihnen ist. Sie entscheiden das nicht nur, sie tun es auch! Ich liebe Katzen, weil sie dich Gelassenheit lehren und weil sie dir grenzenloses Vertrauen entgegenbringen. Solange du sie nicht enttäuschst! Tiere bedeuten Verantwortung, Konsequenz und klare Gedanken. Das mag bei Kindern so ähnlich sein, allerdings haben Katzen eindeutig den Vorteil, dass man sie unbeaufsichtigt zum Spielen schicken kann. Andererseits bringen sie dir dann vom Spielen halbangefressene Mäuse mit, blutige Vogelleichen oder halbe Blindschleichen. Das kommt bei Kindern eher seltener vor, das mag ein Vorteil von Kindern sein. Was ich sagen will: Der Vergleich ist absurd und unnötig!«

Patrizia lächelte. »Ich verstehe immer besser, was Marcel meint, wenn er sagt, dass du jeden in Grund und Boden redest.«

Seit Jo sich ganz ohne biestige Gedankenteufelchen wirklich darüber freuen konnte, dass ihr Ex und Patrizia ein prima Team waren, konnte sie über solche Attacken herzhaft lachen.

»Tja, meine Liebe, weil meine Argumente einfach besser sind!«

»Na ja, aber du musst doch zugeben, dass es durchgeknallte Zeitgenossen gibt, deren Wohnungskatze auf pinkfarbenen Plüschbettchen ruhen und Sheba dinieren – an ganzer Petersilie.«

»Ja, das gebe ich gern zu. Katzen gehören auf Bäume, müssen Beete umgraben und durchs hohe Gras hopsen. Isolationshaft ist katzenunwürdig. Aber auch Kinderhaltung in Hochhäusern und betonierten Hinterhöfen ist unwürdig, oder? Es gibt degenerierte Katzenhalter genauso wie degenerierte Eltern. Und seien wir mal ehrlich – auch das ist eine Parallele. Du sorgst dich um die, die du liebst. Und je mehr du sie loslässt, je mehr sie stundenlang aus deinem Gesichtsfeld verschwinden, desto mehr musst du mit deiner Sorge leben. Kinder kommen dann mit aufgeschlagenen Knien heim und Katzen mit zerbissenen Ohren.«

»Also doch der Kinderersatz?«

»Ersatz ist negativ. Es gibt viele Frauen, bei denen sich das mit dem Muttertier eben nicht ergeben hat. So, und jetzt Schluss! Du bekommst dein Kind und freust dich darüber. Vielleicht pass ich auch mal darauf auf und verzieh es. Aber erzähl du mir niemals wieder den Kinderersatz-Blödsinn. Sonst kündige ich dir!«

»Du willst Patti kündigen?«, kam es von oben, in leichtem Schwäbisch. Jo sah hoch. Da stand Jens!

Es gab Küsschen auf die Wangen, mehr Kaffee für Jo und Jens und noch mehr Bündnerfleisch für Patti, die ausnahmsweise mal wieder eine normale Farbe angenommen hatte. Das Café füllte sich, die Schweizer waren anscheinend eine gute Frühstücks-Adresse.

Elke, eine Golfjournalistin, sank auf die Bank neben Jens. Obwohl sie Jo kannte, ignorierte sie diese völlig.

»Diese Messe bringt mich um.« Graziös streckte sie das seidenbestrumpfte Bein mit den Stöckeltretern in die Luft, den Rock hochgerutscht bis zur Datumsgrenze. »Wohin geht ihr heute Abend? Also ich gehe zuerst auf das ›Get Together‹ bei den Belgiern, die haben ja so süüüüßes Bier und dann, also ich weiß nicht!« Sie ließ den Knöchel kreisen. »Jens, Herzchen, was machst du? Bei den Thailändern wird was in den Hackeschen Höfen geboten, aber Disney soll dieses Mal auch gaaaanz toll sein. Und die Cathay Pacific, die soll ja was ganz Exklusives im Funkturm planen. Jens, Herzchen, da müssen wir hin.«

Es war sonnenklar, dass Elke keine Einladung für die Cathay hatte. Aber Jens hatte eine und zuckte mit den Schultern. »Ist für zwei Personen, wir können da kurz vorbeischauen, ich muss später aber noch schreiben.«

Jo hätte ihn am liebsten erwürgt, und Elke schaute so dämlich drein wie die Inkarnation eines Blondinen-Witzes. Tja, Mädel, manche Leute arbeiten auf dieser Messe, dachte Jo. Aber Jens war schon aufgestanden, hatte Patti und Jo zugenickt.

»Man sieht sich, ich schau dann bei euch am Stand vorbei. Ihr habt doch 'ne PK, oder?«

Und weg war er.

Jens hinterließ ein Vakuum, ein schwarzes Loch wie damals im Bergstätter Hof. Jo drohte, in den Abwärtsstrudel hineingerissen zu werden, als Patti sagte: »Nein, das tust du jetzt nicht! Du gehst nicht auf den Funkturm. Du kennst dich doch sonst mit Pferden aus. Warum setzt du immer auf die falschen? Wir verlassen jetzt diesen Ort und machen unsere Arbeit. Wir haben eine PK, wenn du dich erinnerst!«

Als sie wieder am Stand waren, grüßte das Kuhnigunde-Poster des Bergbauernmuseums. »Hi, Kuh«, murmelte Jo und wandte sich einer weiteren »Kuh« zu, einem Melksimulator, den ihr das Museum zur Verfügung gestellt hatte. Da konnten Besucher mal ihre Melkkünste testen. Eine ziemlich geniale Sache, die super ankam und an der sich heute Nachmittag auch die Presse versuchen konnte. Zum »Get Together« hatte

Jos Tourismusverband nicht eingeladen, aber zum »Heigada und gemütlichen Hock«.

Ein Berliner Lokal-TV-Sender und später sogar die ARD kamen auf einen Dreh vorbei, und in Berlin wollte kein Mensch etwas über die Funkenleiche wissen. Bunte Urlaubswelten werden nur durch rosarote Linsen gefilmt. Als gegen sechzehn Uhr die Pressekonferenz begann und Patti einen Wettbewerb im Alphornblasen auslobte, war ihr Stand in ein Blitzlichtgewitter getaucht. Die Käseplatten aus Gunzesried waren schnell leer gegessen, das Bier von Schäffler Bräu aus Missen drohte auszugehen.

Jo war in Hochform. So sehr sie manchmal haderte, sosehr sich ihre Sehnsüchte änderten, das hier war schon das Terrain, auf dem sie sich schlafwandlerisch sicher bewegte. Sie konnte sich auf die Wirkung ihres Charmes und Charismas verlassen. Dieser Heigada lief perfekt. Sogar die Abwesenheit von Jens störte sie nicht. Er hatte sein Versprechen, am Stand vorbeizukommen, nicht wahr gemacht. Und weil sie einige Gläser Sekt getrunken hatte, befand sie sich im Schwebezustand. So schwebte sie denn auch auf der legendären »Irish Night« ein. Das war der einzige ITB-Event, der wirklich ein Klassiker war, den sie nicht verpassen wollte. Es gab Berge ungesunder Pasteten, fette Wurst- und Käseplatten und Majosalate. Nichts fein Ziseliertes, keine Fusion-Küche, keine Ethno-Extravaganzen an halber Möhre. Dazu in einer urigen Kneipe, die immer brechend voll war. Ziemlich voll, als Jens kam. Jo war umringt von Journalisten, Jens blieb am Eingang stecken und herzte einige Damen.

Sie schickte ihm ein Lachen hinüber, er warf ihr eine Kusshand zu. Jo wusste, dass sie beide sich ähnlich waren, gefährlich ähnlich. Sie brauchten es beide, im Licht zu stehen. Sie waren beide diejenigen, die ein klein wenig besser waren als die anderen. Jo beobachtete Jens aus dem Augenwinkel. Er trug ein enges schwarzes T-Shirt, das seinen sehnigen Körper zur Geltung brachte, dazu schwarze Jeans. Er sah gut aus, zumal er unter all den winterlichen Bleichgesichtern mit seiner Bräune besonders hervorstach. Als ihm einige Kollegen zu einem Journalistenpreis gratulierten, wiegelte er die Glückwünsche charmant ab. Er stapelte tief, war dabei ein klein wenig kokett. Jo grinste: So ähnlich hätte sie auch reagiert. Er hätte doch einfach sagen können, wie sehr er sich über den Preis freute. Warum gab er sich lieber ironisch?

Es war neun, und Jo beäugte von Minute zu Minute intensiver, was Jens tat. Würde er gehen? Würde er ihr ein Zeichen geben? Er gab ihr eins, drückte unter einem Stehtisch ihre Hand.

Als sie sich auf dem Weg zur Toilette begegneten, sagte Jo: »Ich würde jetzt gehen.«

»Echt? Schade! Bleib doch noch, ist doch nett hier.« Er lächelte dieses reizende Lachen, und für Jo war es doch wie eine Ohrfeige.

»Kann ich dich kurz draußen sprechen?«, fragte sie gepresst.

Jens nickt verblüfft. Sie standen draußen, in der kalten Berliner Nacht.

»Warum tust du das?« Jo starrte ihn mit weit aufgerissenen Augen an.

»Tue ich was?«

»Nimmst meine Hand und lässt mich dann so auflaufen. Fühlst du denn nichts?« Jo klang schrill.

»Jo, das war einfach spontan. Spontane Freude. Spontane Zuneigung. Sonst fühle ich meistens Druck. Ich wünschte mir, ihm nur für einige Stunden zu entfliehen. Und ich weiß, was du jetzt gleich sagen wirst. Du könntest mir Kraft geben. Vielleicht könntest du das wirklich, aber ich bin nicht bereit dazu.«

»Und was war das in Knottenried? Ein männerüblicher One-Night-Stand?«

Jens atmete tief durch. »Ich weiß, dass das nun komisch klingt. Aber ich mache so was eigentlich nicht. Seit meiner Scheidung hatte ich keine Affären mehr. Es war einfach dieser Abend, es war eine zauberhafte Leichtigkeit.«

»Aber die ist jetzt weg, was? War das alles? Spürst du nicht, wie wichtig und selten es ist, jemandem so nahe zu sein?«, durchschnitt Jos Stimme die Nacht.

»Jo, du hältst mich für einen eiskalten Klotz. Es hätte vielleicht eine Chance, wenn wir uns außerhalb unser beider Leben treffen würden. Vielleicht würde es uns befreien? Aber für wie lange?«

Jo unterbrach ihn ungehalten. »Keine Ahnung! Das ist doch egal. Ich möchte jetzt bei dir sein. Ist das so schlimm? Jetzt und hier und heute?«

Jens seufzte. »Nein, nicht schlimm. Aber das Leben ist anders. Es ist so oft im Leben gar nicht zu spät, vielmehr ist es öfter viel zu früh. Right place, wrong time oder umgekehrt. Und der falsche Typ!«

»Und was ist so falsch? Das ist doch Selbstbetrug. Welch ein Irrsinn, zu glauben, das Leben fände später anderswo statt. Wir haben nur eins. Ich verstehe euch Männer nicht! Du gehst sogar so weit, mich vor dir zu warnen? Das ist doch ganz große Scheiße!«

»Ja, ich weiß. Aber ich bin momentan wirklich ein Wrack. Ich steige in dieses Spiel wieder ein, wenn meine Tochter älter ist. Jetzt nicht.«

Das war wie ein Schlag für Jo.

»Du hast ein Kind?«

Jens nickte. »Ja, Jenny lebt bei mir. Aber es gab nie den richtigen Zeitpunkt, das zu erzählen.«

Jos Stimme war schrill, und sie wurde zynisch vor Verzweiflung. »Kein richtiger Zeitpunkt! Das ist ja auch eine Nebensache – so ein Kind.«

»Nein, ist es nicht. Meine Tochter ist das Wichtigste auf der Welt für mich. Die Scheidung hat sie traumatisiert. Sie hatte massive Schul- und Kontaktprobleme. Jetzt geht es gerade so. Aber lassen wir das. In meinem Leben ist kein Platz für eine Frau.«

Das war klar und endgültig. Eine Welle von Verzweiflung schwappte über Jos Seele.

»Ich scheiß auf deine Tochter!«, schrie sie, und ohne es eigentlich zu wollen, schüttete sie Jens den Rest ihres Weins ins Gesicht. »Du bist so feige! Wieso verratet ihr alle euren Plan vom persönlichen Glück?«

Es war nicht viel Wein gewesen, aber doch so viel, dass Jens vorsichtig seine Brille abnahm und blinzelte.

»Es tut mir leid. Ich, Jens, ich ...«

Er lächelte müde. »Jo, liebe Jo, vergiss das. Aber vergiss eins nicht: Auch du verrätst deinen Plan vom persönlichen Glück. Du hättest doch längst einen optimalen Partner gefunden. Kein Wrack wie mich, das eher einen Therapeuten braucht als eine Frau, die so voller Leben ist wie du. Da ist doch einfach nur ein Mann direkt vor deiner Nase, und ein guter Typ ist er dazu! So, und jetzt vergessen wir das alles. Gehst du noch mit rein?«

Jo schüttelte wortlos den Kopf. Jens gab ihr einen leichten Kuss auf die Stirn.

»Denk darüber nach«, sagte er leise und ging.

Sie starrte noch lange auf die Tür, die hinter Jens zugeklappt war. Ziellos und planlos begann sie herumzulaufen, bis ihr die Füße in ihren hohen Stiefeletten wehtaten. Sie winkte einem Taxi und nannte Andreas Adresse.

Die Leere in der Wohnung war unerträglich. Jo lief unruhig auf und ab. Ihre Gedanken waren wirr. Nun war die kleine Patti also schwanger und würde eine glückliche Familie haben. Und Jens, der hatte eine Tochter. Wieso tat das so weh? Jo versuchte ihre letzten zwei Jahre irgendwo zu erwischen, einen roten Faden zu finden. Aber da war keiner. Zwei Jahre auf Eis, so viele Emotionen irgendwo verschüttet. Ist das alles?, fragte sie sich. Wird es jemals klappen? Sie sah hinaus in das milchige Licht. Was dachte sich der Mond?

Plötzlich fiel ihr Sepp, der Bierwagenfahrer, ein. Was hatte er gesagt? Frau Feneberg, die auch keine Kinder hatte und nun ganz allein war. Diese Schweizerin und geborene Kawenk. Die mit der Schwester in Berlin. In Berlin!

Und ohne später noch sagen zu können, wieso sie das tat, nahm Jo ein Telefonbuch und begann zu blättern. »Kawenk« hatte Sepp gesagt. Unter K war nichts zu finden. Jo dachte an das Gespräch mit Gerhard, der von einem rätischen Tal gesprochen hatte, und ihr kam eine Idee: »Cavegn« war ein typisch Bündner Name, so viele würde es in Berlin nicht geben. Es gab nur eine Teilnehmerin namens Dr. Hermine Cavegn. Die Adresse war in der Nachbarschaft. Jo nahm eine Jacke, rannte die Treppe hinunter und klingelte um Viertel nach zehn an der Tür.

Als eine weibliche Stimme über Sprechanlage zu hören war, blieb Jo stumm. Was wollte sie eigentlich hier?

»Hallo, ist jemand da?«

Jo atmete tief durch.

»Frau Cavegn, kann ich Sie und Ihre Schwester kurz stören?«

Eine Weile war nichts zu hören, dann sagte die Stimme: »Sind Sie von der Presse?«

»Nein! Ich bin Johanna Kennerknecht vom Tourismusverband daheim im Allgäu. Ich wollte eigentlich nur kondolieren.«

Na, das war ja wohl der dümmste Einstieg des Jahrtausends, dachte Jo. Sie schämte sich und wollte schon umdrehen, als sie den Türöffner summen hörte. Überrascht drückte sie die Tür auf und stand im Erdgeschoss einer schlanken, resolut blickenden Frau, die um die sechzig Jahre alt sein mochte, gegenüber. Sie trug ihre grauen Haare kurz geschnitten und hatte ein graues Chasuble an.

»Ich, also, ich weiß, das ist jetzt blöd …«, stammelte Jo, und Hermine Cavegn schob sie in die Wohnung.

»Merkwürdige Zeit zum Kondolieren«, sagte sie mit deutlich hörbarem Schweizer Akzent. »Meine Schwester ist in der Küche.«

Jo fasste sich etwas.

»Ich muss mich entschuldigen. Das war eine Schnapsidee.« Schlagartig wurde ihr klar, dass Frau Cavegn das vielleicht wörtlich nehmen musste. Sie hatte sicherlich eine ganz schöne Fahne, nach dem, was sie auf der Messe alles getrunken hatte.

Frau Cavegn lächelte.

»Kommen Sie. Wenn Sie schon mal da sind. Meine Schwester hat sowieso Heimweh nach dem Allgäu. Sie möchte unbedingt zurück, aber der nette Kommissar hat ihr wegen der Presse abgeraten.«

Sie betraten die Küche einer typischen Berliner Altbauwohnung. Die Decke war mehr als vier Meter hoch und stukkatiert. Die beige Einbauküche war überraschend modern, Jo hätte eigentlich eher Gelsenkirchner Barock erwartet. An einem beige gebeizten Holztisch saß Frau Feneberg.

Hermine lächelte die Schwester an.

»Elvira, das ist Fräulein Kennerknecht. Aus dem Allgäu. Sie hat gerade in Berlin zu tun«, bei diesen Worten sah sie Jo fragend an, die dankbar nickte, »und wollte uns besuchen und dir ihr Beileid aussprechen.«

Jo ging einen Schritt auf Elvira Feneberg zu.

»Ja, ich hab ab und zu Bücher bei Ihnen gekauft. Am Marienplatz. Es tut mir so leid um Ihren Mann.«

Elvira Feneberg schien über die ungewöhnliche Zeit und den Besuch gar nicht überrascht zu sein. Jo erfasste mit einem Blick, dass sie unter Beruhigungstabletten stehen musste.

»Danke, das ist sehr nett von Ihnen. Ich erinnere mich an Sie. Sie arbeiten im Tourismusverband.«

Jo nickte, und bevor eine peinliche Gesprächspause eintreten konnte, hatte Hermine Cavegn eine Teetasse vor Jo abgestellt.

»Mit Kandis oder ohne?«, fragte sie.

»Kandis, gern.« Jo fühlte sich extrem unwohl in ihrer Haut, und wieder baute ihr die nette Gastgeberin eine Brücke.

»Sie sind hier auf der ITB, nehme ich an? Auch nicht einfach für Sie momentan?«

»Nein. Die Gäste stornieren ihre Aufenthalte wegen des Funkenmords ...« Jo brach mit einem verstörten Blick auf Frau Feneberg ab.

»Reden Sie nur weiter. Es ist schlimm, was die Medien daraus gemacht haben. Schlimm! Mein Mann Opfer eines Ritualmords! Sie werden sehen, es wird eine ganz einfache Erklärung geben. Es muss, ich will ihn endlich beerdigen.«

Elvira Feneberg begann leise zu weinen. Hermine reichte ihr ein Taschentuch.

»Das ist das Schlimmste für meine Schwester. Den eigenen Namen in der Zeitung lesen zu müssen. Diese wüsten Spekulationen. Wildfremde Menschen zerpflücken dein Leben, ohne dich zu kennen.« Frau Cavegn unterbrach sich und sah ihre Schwester besorgt an.

»Magst du nicht ins Bett gehen?«

Und als diese nickte, begleitete sie Elvira hinaus, nicht ohne Jo mit einer Handbewegung anzudeuten, dass sie bleiben möge. Sie kam nach wenigen Minuten wieder. Jo war ganz auf die Kante des Stuhls gerutscht.

»Ich will Sie nicht länger stören. Wie gesagt, das war eine Schnapsidee.«

Hermine sah sie prüfend an.

»Ich würde mich freuen, wenn Sie noch einen Tee mit mir trinken. Und mit Verlaub gesagt: Sie kommen mir auch ein wenig traurig vor. Trinken wir also gegen die Traurigkeit an.« Sie schüttete einen ordentlichen Schuss Rum in die beiden Tassen. »Sie sind ja nicht mit dem Auto da?«

Jo schüttelte den Kopf. Sie kannte diese Frau seit wenigen Minuten, aber sie hatte eine so wunderbare Art, die merkwürdigen Umstände zu ignorieren.

»Ich bin froh, mal mit jemandem reden zu können. Der Schmerz meiner Schwester geht mir so nahe. Und das Schlimmste ist, dass ich letztlich nichts tun kann. Ich kann Adi nicht wieder lebendig machen. Er war ihr Leben. Dabei verstehe ich sie so gut.«

Jo schwieg.

»Es ist, als ob sich die Geschichte wiederholt hätte. Ich habe meinen Mann bei einem furchtbaren Unglück verloren.« Hermine Cavegn lächelte. »Ich sage immer ›mein Mann‹, dabei haben wir nie geheiratet. Aber er war mein Mann, mein Ein und Alles. Es dauert Jahre, bis man sich selbst im Leben wieder einigermaßen verankert hat. Und das wurde mir von den Medien extra erschwert. Immer wieder aufgekocht, umgerührt.«

Jo machte ein fragendes Gesicht.

»Erinnern Sie sich an den Katastrophenwinter 1999?«

Jo spürte, dass Hermine Cavegn sich noch heute schwer tat, darüber zu sprechen. Und Jo war ihrerseits froh, nun auch einmal einspringen zu können, um eine lange Schweigepause zu überbrücken. Und so redete sie munter drauflos.

»Ja, ich erinnere mich gut an das grenzenlose Verkehrschaos in diesen Tagen. Die Zufahrtsstraßen waren blockiert. Da standen verfrorene, übernächtigte Gestalten aus Norddeutschland bei uns im Büro. Die hatten in Lech gebucht. Sie waren zehn Stunden in einem Stau gefangen gewesen, hatten schließlich umdrehen können, aber kein Bett im Bregenzer Wald gefunden. Sie hatten nur noch eins gewollt: schlafen, schlafen, schlafen. Wir hatten überhaupt nichts frei. Ich weiß noch, dass Pensionen sogar kurzerhand die Saunaliegen zurechtgemacht hatten.«

Frau Cavegn nickte Jo dankbar zu, sie hatte sich wieder im Griff.

»Ja, so hat es begonnen. Da war kurzzeitig so was wie Solidarität zu spüren. Aber dann kippte die Stimmung. Diese Gäste hatten gebucht, die wollten rein in ihre Orte – Schneechaos oder nicht, Lawinengefahr hin oder her.«

»Oh ja, fragen Sie mich mal! Diejenigen, die ins Allgäu ausgewichen waren, die haben uns die Bude eingerannt. Wir mussten uns anhören, dass wir doch wenigstens die Winterwanderwege räumen sollten. Die erboste Urlauber-Volksseele hatte dabei komplett ignoriert, dass Lawinen auch vor Wanderwegen nicht Halt machen! Es würde doch alles gar nicht so gefährlich aussehen, bekam ich zu hören, und ich hatte ungefähr tausendmal erklärt, dass bei einem Meter Neuschnee im Tal drei Meter in Höhenlagen keine Seltenheit sind. Da wollen diese Pappnasen bis Ostern Ski fahren und ignorieren vollkommen, dass der Schnee irgendwann und irgendwoher halt kommen muss!«, echauffierte sich Jo.

Wieder stockte das Gespräch, und dann sagte Hermine Cavegn sehr leise: »Und manchmal kommt zu viel Schnee. Viel zu viel Schnee. Mein Mann und ich hatten Freunde in Galtür, wir waren damals zu Besuch, als der Schnee kam.«

»Und dann kam die Lawine?« Jo hatte es noch im Ohr, als Frau Cavegn gesagt hatte: »Wir hatten Freunde in Galtür.« Für einen Moment war es so leise, dass man sogar den Uhrzeiger der Küchenuhr klacken hörte. Es schienen Minuten zu vergehen, bis Hermine Cavegn weitersprach.

»Es war ein Windgeräusch damals, das einem durch Mark und Bein ging. Es war eine weiße Wand aus Schnee, und es wurde tagelang nicht richtig hell. ›Guxa‹ nennen die so einen Schneesturm in Galtür. Der Guxa dauerte mehrere Tage, und dann kam die Lawine. Das Haus unserer Freunde war im Zentrum. Mein Mann war drin, ich war gerade in einem der Wirler Hotels bei einer Bekannten, die dort Urlaub gemacht hat. Ich fühle die Lawinensonde noch in den Fingern, die Arme immer kraftloser nach Stunden aussichtslosen Stocherns. Diese immer schnelleren Wechsel von Hoffnung und Resignation, Wechsel zwischen Wut und Selbstaufgabe und dem machtvollen Druck, doch jemanden finden zu müssen. Einfach zu müssen! Ich wollte meinen Mann finden. Ich fühle noch heute diese kurzen Attacken von Sekundenschlaf in einem halb von der Lawine zerstörten Nachbarhaus. Wir haben in einer Küche vor Kälte, Nässe und Erschöpfung gebibbert, in einer Küche, der einfach eine Wand fehlte. Wir saßen mitten in einer klaffende Wunde, die Wundränder aus geborstenen Balken und Ziegeln. Am zweiten Tag haben sie meinen Mann tot geborgen, dann die Freunde. Stunde um Stunde wurde es mehr zur Gewissheit, dass wir nur noch Tote finden würden. Und niemals werde ich den grauenvollsten Moment meines Lebens vergessen. Wir hatten mit der Sonde einen Menschen aufgespürt, gebuddelt, mit nassen Handschuhen, mit Schaufeln, mit Brettern und dann einen kleinen Junge entdeckt. Es war der Enkel meiner Freunde. Ein totes Kind im Schlafanzug, die Stäbe des Gitterbettchens zerborsten. Drei Jahre alt! Ein Teddy war neben ihm gelegen, und diese Knopfaugen starren mich heute in meinen Alpträumen immer noch an und fragen: Wieso hast du meinen Freund sterben lassen?«

Jo hatte Tränen in den Augen, versuchte sie hinunterzuschlucken, blinzelte heftig, und die Tränen zogen doch Salzbahnen über ihr Gesicht.

»Wir waren genug gestraft. Ich werde nie wissen, warum uns der liebe Herrgott so gestraft hat. Aber anstatt Zeit zum Trauern zu haben, kam der Presseterror. Was die Medien daraus gemacht haben, war Wahnsinn. Das Unglück von Galtür damals war unvermeidbar. Es war ein Zusammentreffen von Faktoren, die der Mensch bei bestem Wissen und Gewissen nicht mehr unter Kontrolle halten konnte. Wir haben am Ende nie eine Chance gegen die Natur, und das zumindest ist gut so. Galtür ist eine Walsersiedlung aus dem 12. Jahrhundert, und von diesem Bergvolk weiß man, dass es weit mehr über

Lawinensicherheit wusste als wir heutzutage. Über fünfhundert Jahre gab es keine Lawine im Ortszentrum. Aber das hat die Medien überhaupt nicht interessiert«, sagte Frau Cavegn bitter.

Jo nickte.

»Mir müssen Sie das nicht erzählen! Aber das sahen die TV-Spezialisten ganz anders. Die hatten Galtür sogar ökologischen Raubbau und das sinnlose Abholzen für Skipisten vorgeworfen. Dabei liegt Galtür seit jeher über der Baumgrenze. Hier hat es nie Schutzwald gegeben. Aber diesen Journalisten ist der Lebensraum Alpen völlig fremd.«

Frau Cavegn lächelte Jo an.

»Mein liebes Kind, da haben Sie völlig Recht. Was den Medienrummel betrifft, hat Galtür einfach Pech gehabt. Es war das Bauernopfer des Ausnahme-Winters, denn die Lawinen anderswo interessierten niemand mehr. Dabei gab es verheerende Katastrophen auch in Leukerbad, in Evolene, völlig ohne Pressebegleitung im Val de Bagnes im Wallis, in Malbun in Liechtenstein oder im Namloser Tal im Außerfern. Es gab sogar eine bei Ihnen im Allgäu im Walsertal.«

Sie unterbrach sich und sagte dann zögerlich: »Vielleicht gibt es eine schicksalhafte Verkettung von Zufällen. Bei der Lawine im Walsertal war Adi als Bergretter dabei. Ich weiß noch gut, wie er sich aufgeregt hat, als der Vorzeige-Bergsteiger Reinhold Messner in einer ARD-Brennpunkt-Sendung als Experte saß und erklärte, dass über zweitausend Metern außer ihm sowieso keiner etwas verloren hätte. Aber Adi war natürlich selbst betroffen. Manche Dinge ziehen weite Kreise, sehr spät noch. So …«, Frau Cavegn sah auf die Uhr, die inzwischen fast zwei anzeigte, »nun gehen Sie ins Bett. Und, mein liebes Kind: Schützen Sie die, die Sie lieben. Es kann alles so schnell vorbei sein! Und lernen Sie beizeiten, allein zu sein. Ich habe keine Kinder. Uns war unsere Zweisamkeit, waren unsere Reisen und unser Beruf genug. Mein Mann war das, was man einen Star-Architekten nennt, und ich, nun, ich bin immer noch Innenarchitektin.« Sie lächelte und deutete auf ein Bild, das einen Mann mit Bauhelm vor einem faszinierenden Gebäude aus Granit und Glas zeigte, einen sehr attraktiver Mann, wie Jo fand.

»Ja, was ich sagen wollte. Eine Weile dachte ich mir, es sei leichter, den Schmerz mit Kindern zu teilen. Jetzt bin ich mir nicht mehr so sicher. Wenn ich sehe, wie hilflos ich bei meiner Schwester bin, wie sehr der Schmerz lieber Menschen einem selbst wehtut, dann ist mir das so fast lieber. Haben Sie Kinder?«

Jo schüttelte den Kopf.

Hermine Cavegn gab ihr die Hand, drückte sie fest. »Rufen Sie mich mal an, ich würde mich freuen.«

9. Gerhard war am Montag früh im Büro. Nachdem er der Maschine Kaffee entlockt hatte, zog er seine Lederjacke an und streckte den Kopf zu Evi und Markus rein. »Ich bin kurz weg, mobil zu erreichen.«

Evi sah nicht mal hoch. Gerhard war fast nie mobil zu erreichen. Sein Handy war meist aus, verloren, verschollen, ins Wasser gefallen, der Akku leer oder einfach viel zu leise in Gerhards Hundert-Dezibel-Bus.

Als Gerhard Rettenberg erreicht hatte, war es zehn Uhr. Am Grünten, dem Wächter des Allgäus, reckte sich der Sendemast zu einer letzten Wolke hinauf, gerade so, als wollte er sie aufspießen und wie einen Luftballon zerplatzen lassen. Sehnsüchtig blinzelte Gerhard in die Sonne.

Der Schnee unterm Gipfel war wahrscheinlich heute kanadisch pulvrig, und auch zwischen den Grüntenliften und dem Kammeregg hätte man in Tiefschneeträumen schwelgen können. Hätte man, wenn man wie die Feriengäste jetzt losziehen könnte. Sie stapften durch den Ort, der Schnee knirschte unter den Sohlen. Es war acht Grad minus, es gab alles, was ein Winter braucht.

Gerhard war nicht unglücklich darüber, dass das geplante Alpincenter von der Bevölkerung abgeschmettert worden war. Nun würde der marode deutsche Skisport eben keinen Aufschwung aus dem Allgäu erfahren. Das Trainingscenter für den Nachwuchs war gestorben. Und auch wenn so mancher

Skifreak nicht bloß die Rettenberger Weltcup-Lokalmatadorin Petra Haltmayr liebte, sondern auch die Idee der Ski-Talentschmiede – die Leute hatten sich gegen den Rummel und die Landschaftsversiegelung entschieden. Gerhard dachte an den gefloppten Carmina-Burana-Bombast in Oberstdorf und an Rümmeles Event Castle letztes Jahr. Auch das Castle war ein abstruses Gigantonomie-Projekt gewesen, das letztlich am Widerstand der Bevölkerung gescheitert war. Gerhard stöhnte. Der Rümmele-Fall kam ihm rückblickend wie Kasperle-Theater vor: jede Menge Motive, jede Menge Verdächtige, die Rümmele gehasst hatten. Aber hier, bei Adi Feneberg, hatte er nichts außer Canna-Bier und irgendwelche schwindelerregenden Theorien von okkulten Sekten.

Rettenberg war eben Rettenberg, das Brauereidorf und Heimat von Petra Haltmayr, die nun im Fernsehen Skirennen kommentierte. Das fand Gerhard völlig ausreichend, und er beschloss, auch zukünftig mal an Vollmond beim Vollmondbier-Event dabei zu sein. Und gleichzeitig ahnte er, dass in Vollmondnächten wahrscheinlich die Kriminalitätsrate ansteigen würde und er sich auf die Jagd nach Werwölfen oder anderen Wahnsinnigen machen musste. Nach Leuten, die andere in Funken warfen, beispielsweise. Wie der Haggenmüller?

Als Gerhard im Empfangsbüro der Brauerei seinen Ausweis vorlegte, lachte ihn das nette Mädel hinter dem Schreibtisch ausgesprochen aufgeräumt an.

»Wir brauen nach dem Reinheitsgebot, wir machen gar nichts Illegales.«

»Das hätte ich auch nicht angenommen, aber ich würde gern den Chef sprechen«, sagte Gerhard, die Stirn in Dackelfalten gelegt.

»In welcher Sache soll ich Sie melden?« Sie konnte ihre

Neugier nicht verbergen. Wann kam hier schon mal die Kripo vorbei?

Gerhard setzte wieder sein bei Damen überaus effektvolles Lausbuben-Knitter-Lächeln auf. »Bei mir ist einfach Hopfen und Malz verloren. Das darf ich Ihnen leider nicht sagen. So, und wo ist jetzt der Chef?«

Sie seufzte. »In der Abfüllanlage.«

In der Abfüllanlage herrschte jenes Klirren, bei dem Gerhard ganz warm ums Herz wurde. Flasche um Flasche glitt da sein Lieblingsgetränk dahin, aufmerksam beäugt von einem Mitarbeiter, der vom Chef flankiert wurde. Ab und zu griff der eine Flasche heraus, die augenscheinlich nicht richtig gefüllt war. Mit einem unwirschen Wer-stört-Blick sah er Gerhard an, der seinen Ausweis zückte.

»Das passt mir momentan ganz schlecht, wir haben ein Problem mit der Anlage!«, brüllte er Gerhard entgegen.

»Es dauert nur einen Moment!«, schrie Gerhard zurück.

Der Chef gab ein Kopfrucken von sich, das Gerhard verhieß, ihm aus der Lärmzone in einen Nebenraum zu folgen. Er zündete sich eine Zigarette an und schaute fragend.

»Ich will Sie gar nicht lange aufhalten. Ich habe nur eine kleine Frage, die Sie mit einem einfachen Ja oder Nein beantworten können. Haben Sie Kenntnis darüber, dass Ludwig Haggenmüller Hündle Bräu verkaufen wollte?«

»Ja, habe ich.« Der Brauereichef klang völlig emotionslos.

»Wollten Sie kaufen?«

»Ich habe zwar nicht die geringste Ahnung, was das die Mordkommission angeht. Aber bitte: Wir haben erste Sondierungsgespräche geführt, nichts Konkretes bisher. Es wurden keine Summen genannt, wir haben lediglich Interesse gezeigt, im Falle einer Kaufoption mitzubieten.« Er zog an seiner Zigarette.

»Danke für Ihre Offenheit«, sagte Gerhard. »Was ich allerdings nicht glaube, ist, dass Sie keine Ahnung haben, was die Mordkommission hierher treibt.«

Er zog die Augenbrauen hoch und meinte: »Sicher haben auch wir vom Tod des Adi Feneberg gehört. Wir sind eine kleine Branche. Aber ich nehme jetzt nicht an, dass Sie mich vor einem Serienmörder warnen wollen, der ausschließlich Braumeister ermordet.«

Gerhard lachte. »Damit auch ich mit offenen Karten spiele: An einen Braumeister-Ripper denke ich weniger, aber wir recherchieren im Umfeld von Adi Feneberg, und der Arbeitsplatz eines Menschen ist neben seiner Familie eben immer ein sehr interessantes Feld.«

»Und wenn ihm dieses Feld durch Verkauf genommen würde, dann ist das mörderisch interessant, meinen Sie?« Er zog heftig an seiner Zigarette.

Gerhard schwieg.

Nach einem weiteren Zug fuhr der Brauerei-Chef fort: »Ich nehme nicht an, dass ich Einblick in den aktuellen Stand Ihrer Ermittlungen erhalte. Aber für uns wäre es doch gut zu wissen, ob Haggenmüller in irgendein krummes Ding verwickelt ist.«

»Dazu kann ich tatsächlich nichts sagen, momentan geht es mir auch lediglich darum, ob sich Haggenmüller mit Verkaufsideen getragen hat. Und dazu noch eine Frage: Mir ist bekannt, dass Haggenmüller ein Hanfbier brauen wollte. Wieso will einer verkaufen, der gerade neue Produkte einführt?«, fragte Gerhard.

»Tja, sehen Sie, die Idee ist gar nicht so abwegig. So könnte eine Brauerei ihr Kerngeschäft weiterführen und zusätzlich junge, innovative Produkte an einem anderen Produktionsstandort herstellen.« Inzwischen hatte der Brauerei-Chef schon die zweite Zigarette angesteckt.

»Und womöglich unter anderem Namen und so, dass das Image bei den Traditionalisten nicht durch Hanf-Krampf, Ice-Bier oder irgend so eine flavoured-Brühe beeinträchtigt wird?«, provozierte Gerhard.

Der Chef trat seine Zigarette aus. »Das klingt aus Ihrem Mund ja fast betrügerisch. Aber so ist das Business. Ich sage Ihnen, die Zeitgeistspirale dreht sich immer schneller. Das macht einen ganz drimslig.«

Gerhard lächelte angesichts dieses Ausdrucks. Drimslig. Ja, die Welt machte einen wirklich ganz schwindelig!

»Danke, und ich bitte Sie, unser Gespräch vertraulich zu behandeln.«

»Das werde ich gern tun! Darf ich Sie denn noch zum Essen einladen?«, fragte der Braumensch.

Und obwohl Gerhard das ja sozusagen als Bestechung hätte werten können, verzichtete er auf derartige Feinheiten und meinte nur: »Das dürfen Sie, denn der Ankündigung von Biersuppe und Kalbsmedaillons im Bierteig kann ich nicht widerstehen.«

Und wie er so über seinem Essen und dem Russ saß, genoss er zwar diese unverhoffte Köstlichkeit – sonst schob er sich mittags meist eine schnelle Leberkäs-Semmel zwischen die Zähne –, wurde aber zunehmend sauer. Sauer auf diesen Haggenmüller. So ein aalglattes Aas! Der hatte mit Sicherheit mehr zu verbergen, als er zugab.

Als Gerhard um zwei wieder ins Büro kam, berichtete er Evi von Haggenmüllers Verkaufsabsichten.

»Und genau damit werden wir ihn jetzt mal konfrontieren«, schloss er.

Sie fuhren wieder nach Knechtenhofen, dieses Mal war es kalt, klar und puderzucker-romantisch. Am Stadtrand von Immenstadt seufzte Evi tief. Gerhard wusste den Grund. »Bau 5« hieß das Zauberwort. Dort war ein Fabrikverkauf diverser Sportswear-Marken, von Schiesser und Kunert. Evi erzählte seit Tagen, dass sie immer noch einen Anorak in Apfelgrün und Flieder suche. Gerhard konnte sich die Farben nicht vorstellen, geschweige denn ihre Kombination. Aber bitte! Er schoss in den Parkplatz.

»Ich gebe dir zehn Minuten. Schauen, wenn vorhanden, kaufen, dann weiter!«

Evi strahlte, und Gerhard grinste gutmütig. Als junge Frau und Shopping-Freak war man bei der Kripo wirklich benachteiligt. Bei Dienstschluss war sicher alles geschlossen. Evi, obgleich in Kempten wohnhaft, hatte inzwischen die Vorzüge von Immenstadt kennen gelernt. Man fuhr ins »Städtle«, und damit war stets Immenstadt gemeint. Ins Städtle, wo es gemütlich war und so ein Juwel wie »der Bau« Shopping-Süchtige erfreute. Acht Minuten später war Evi zurück, gewandet in einen neuen Anorak. Viel Beige, wenig Apfel und Flieder, tailliert, und selbst Gerhard musste zugeben, dass ihr das Teil sehr gut stand. Evi strahlte jetzt wie zu Weihnachten und Ostern zusammen.

Diese Einlage machte Gerhard durch seinen Kamikaze-Fahrstil entlang des Alpseeufers locker wieder wett, und Evi schimpfte ausnahmsweise mal nicht.

Als sie beide bei Frau Endrass im Büro standen, erfuhren sie, dass Ludwig Haggenmüller heute früh angerufen und gesagt hatte, er sei auf unbestimmte Zeit verreist. Im Notfall solle sie ihm auf der Mailbox eine Nachricht hinterlassen.

»Macht er so was öfter?«, wollte Gerhard wissen.

»Nein, noch nie.« Frau Endrass war sichtlich bestürzt. »Glauben Sie, er hat etwas mit Adis Tod zu tun?«

»Nun, der Vogel ist ausgeflogen. Der Zeitpunkt ist etwas merkwürdig. Die Umstände auch.« Gerhard beugte sich vor und lächelte sein Schwiegermutter-Bestechungs-Lächeln. »Frau Endrass, wir beide, sozusagen Bruder und Schwester in der Schokolade, können wir offen reden?«

Sie nickte.

»Haben Sie gewusst, dass Ihr Chef verkaufen wollte?«, fragte Gerhard.

Frau Endrass starrte ihn ungläubig an. »Verkaufen? Aber er wollte doch in großem Stil dieses Hanfgesöff auf den Markt bringen. Wieso denn verkaufen? Und an wen? Liabs Herrgöttle, ja wieso denn des alles?«

»Sehen Sie Frau Endrass, genau das fragen wir uns auch. Und wo der gute Ludwig Haggenmüller abgeblieben ist. Wenn Sie etwas hören, informieren Sie mich bitte umgehend. Und erzählen Sie seiner Mailbox, er möge sich dringend, ich sage, äußerst dringend, bei mir melden.«

Frau Endrass konnte nur noch nicken, und als Gerhard und Evi draußen waren, sah Gerhard gerade noch aus dem Augenwinkel, dass sie fahrig nach einer Dreihundert-Gramm-Tafel Milka griff und sich ein großes Stück abbrach.

Gerhard war extrem sauer und hieb kurz und saftig auf das Autodach. »Scheiße, das hätte ich vorhersehen müssen!«

»Hättest du nicht! Wir wussten ja noch nicht, dass er verkaufen will«, beruhigte ihn Evi. »Die Frau Endrass weiß wirklich nichts. Was hältst du von der Sache?«

»Nun, Bella, ohne vorschnell zu urteilen, für diesen Haggenmüller sieht es schlecht aus. Und sollte der auftauchen, dann muss er mir schon einen sehr guten Grund für sein Verschwinden präsentieren. Und wenn er keinen hat, dann gnade ihm Gott!«

»Geben wir die Fahndung raus?«, wollte Evi wissen.

»Wir warten noch, das Team soll erst mal die Ergebnisse der Anwohner-Befragungen präsentieren. Ich habe um fünf Uhr ein Meeting anberaumt.« Gerhard schaute auf die Uhr. »Scheiße, das wird knapp!«

Er knallte unter Evis inzwischen doch wieder missbilligendem Blick das Blaulicht aufs Dach und schleuderte vom Hof.

Die Schonfrist für Gerhard war bei Evi abgelaufen.

»Und dabei hast du immer über die Miami-Vice-Manieren unseres Ex-Kollegen Reiber geschimpft. Du bist keinen Deut besser!«

»Vergleich mich nicht mit dem!«, drohte Gerhard.

»Nö, tu ich nicht«, setzte Evi noch eins drauf, »der war nämlich unvergleichlich besser angezogen als du.«

Sie hasteten die Treppe im Präsidium hoch, und es war genau fünf Uhr und fünf Minuten.

Gerhard plumpste auf einen Stuhl im Besprechungszimmer und grinste.

»Und, wer beginnt?«

Einige Finger deuteten auf Markus Holzapfel. Der hatte rote Backen und zupfte nervös an seinen Fingern.

Gerhard hatte Markus längst verziehen. »Na, hast du das Rohypnol gefunden?«

Markus schluckte und schüttelte den Kopf.

»Nein, äh, ich, äh, also ich habe, habe …«

»Du hast was?«

»Deinem Befehl nicht gehorcht!«, stieß Markus hervor.

Evi gluckste vor unterdrücktem Lachen, und Gerhard atmete tief durch. Befehl und gehorcht! Das klang ja martialisch. So ein Monster war er doch wirklich nicht als Chef.

»Ich habe meinen Schreibtisch unerlaubt verlassen und bin hinaus.«

»Aha, und wohin?« Langsam begann es in Gerhard trotz der guten Vorsätze zu brodeln.

»Zu Adis Haus.«

»Schön, und was will uns dein Ausflug sagen?« Das innere Brodeln war kurz vor der Eruption.

Für Markus war ein längerer Satz einfach ein Kraftakt, der ihn extrem erschöpfte. Aber jetzt gab er sein Äußerstes.

»Adi war ein Gewohnheits- äh, Gewohnheitsdings. Gewohnheitstier! Er ist jeden Morgen gejoggt. Immer von fünf bis sechs. Im Winter mit so einem Stirndings, äh Stirnlampe. Auch sonntags.«

»Auch am Mordsonntag«, ergänzte der Kollege Hans Meierl, der schon seit dreißig Jahren bei der Polizei in Kempten arbeitete. »Er ist von seinem Haus in der Kichbühlstraße immer die Treppe hochgejoggt.«

Der Kollege, der selbst nur Auto fuhr und sicher dreißig Pfund zu viel auf den Rippen hatte, sah Gerhard mit einem Ausdruck der Verwunderung an: Wie konnte einer zu nachtschlafender Zeit als Erstes eine steile Treppe zu einem Kirchplatz hochjoggen?

»Dann joggte er immer weiter bergauf, praktisch am Funkenplatz vorbei und dann links weg Richtung Adelharz. Sein Weg hat ihn dann immer von Adelharz nach Werdenstein geführt und von da wieder eine Treppe rauf nach Eckarts.«

Über diese Treppen kam Meierl offenbar nicht hinweg.

»Ja, genau, und da hat ein Auto neben ihm gehalten!«, rief nun Markus im Angesicht des Triumphs.

Meierl sprang erneut ein: »Ein Audi TT in Schwarz. Auf Ludwig Haggenmüller ist ein schwarzer TT zugelassen.«

Gerhard gab ein grunzendes Geräusch von sich. »Woher habt ihr das?«

Und dann hatte Markus wirklich so eine Art Jahrhundert-Energieschub.

»Der Bauer Kiechle, der wo der Ältere von beiden ist, den wo auch die Fernsehleute inter-, äh, interviewt haben, der hat das gesehen. Der war früh draußen, derweil er ja nicht weit weg wohnt und schlecht schlafen kann. Der Adi war da in den, äh, Adelharzer Weg eingebogen, da an der Abzweigung. Das Auto ist direkt vor ihn hingefahren. Und der Autofahrer hat die Scheibe runtergekurbelt und mit Adi geredet. Und der Adi, der ist auf der Stelle gejoggt. Stell dir vor!«

Gerhard war sich nicht so sicher, was er sich vorstellen sollte. Dass einer auf der Stelle joggte? Er lächelte Markus an.

»Die Autonummer hat sich der Kiechle nicht gemerkt, oder? Und sonst – hat er sonst noch was gesehen?«

Markus straffte erneut die Schultern. »Nein, weil er ist dann wieder zurück zum Hof, derweil es ja geregnet hat.«

»Danke Markus, danke an alle. Gute Arbeit.«

Gerhard ging zu einer großen weißen Tafel an der Stirnseite des Raumes und begann eine Skizze des Tatorts hinzuwerfen.

»Fassen wir zusammen: Um fünf Uhr fünfzehn war Adi Feneberg noch am Leben, und Ludwig Haggenmüller hat ihn aufgehalten. Um etwa diese Zeit hat er das Rohypnol verabreicht bekommen und wurde später in den Funken geworfen. Die Stelle, wo der Kiechle-Bauer die beiden zum letzten Mal gesehen hat, liegt keine zweihundert Meter entfernt vom Funken. Evi, gib die Fahndung nach Haggenmüller raus!«

Es war neunzehn Uhr, als Gerhard sein Büro verließ. Er war

angespannt und musste dennoch grinsen. Diese Unterhaltung zwischen Markus Holzapfel und dem Bauern Kiechle hätte er gern auf Video. Ein Stummfilm mit gelegentlichen Sprucheinlagen. Aber wahrscheinlich hätten er oder Evi oder Jo – jetzt dachte er an Jo schon wie an eine offizielle Ermittlerin, überlegte Gerhard leicht überrascht – nie was aus dem Kiechle rausbekommen. Zwei Schweiger hingegen, denen Sprechen wie eine von Gott auferlegte Strafe vorkam, die verstanden sich. Markus war wirklich der vertraueneinflößendste Trottel, den Gerhard auf dem weiten Erdenrund kannte. Nein, er rief sich zur Raison, ein Trottel war er nicht, einfach nur anders als andere Mitarbeiter.

10. Nachdem Jo aufgewühlt und erschöpft zugleich ins Bett gegangen war, brachte sie am Montag ihren Messevormittag zu Ende. Sie absolvierte einige Termine – höflich, professionell, mal witzig, mal klug. Sie spielte ihre Rolle. Das konnte sie. Am Morgen in die Maske gehen und dick auftragen, musste diese Maskerade doch für den ganzen langen Tag ausreichen.

Am frühen Nachmittag landete ihre Maschine in München. Je weiter sie vom Flughafen Richtung Berge fuhr, desto kälter wurde es. Wieder war es ein Hoch aus dem Osten, das eine neue Klarheit brachte. Der Geländewagen hatte immerhin eine Außentemperaturanzeige. Bei fünfzehn Grad minus stoppte die Talfahrt. Die Welt war erstarrt wie in einem Film, erst Zeitlupe und dann Stillstand. Wie mit einer neuartigen Waffe von Außerirdischen eingefroren. Die Bäume waren zu Skulpturen vereist. Jo bog Richtung Niedersonthofener See ab. Als sich beim Geratser Hof ein Bulldog regte, war das wie ein Schock. Wieso bewegte sich etwas in der Kühltruhe?

Starre draußen, Höllenfeuer drinnen. Hatte sie gestern wirklich Jens Wein ins Gesicht geschüttet? Und hatte der nicht gesagt, dass sie, die sie ihm Selbstbetrug vorwarf, selbst viel schlimmer war? Hatte er wirklich gesagt, dass sie ihren Mann längst gefunden hätte? Er hatte Gerhard gemeint, das war Jo klar. Gerhard, den sie für seine Lebensenergie bewunderte. Das Glück flog ihm scheinbar zu. Doch das war kein Zufall, sondern er bereitete dem Glück einen Landeplatz, einen Landeplatz aus grenzenlosem Optimismus. Mit solch einem Menschen an der Seite wäre das Leben ein Schlendern, ein Spaziergang in buntem Herbstlaub, sonnig, ein Hopserchen dazwischen. Neben Gerhard konnte einem nichts passieren. Nur eines irritierte: Gerhard war so problemlos.

Als sie die Haustür aufsperren wollte, war nicht abgeschlossen. Sie trat ein und fand ihre bewährte Katzensitterin Rosi Gschwendter, die aus dem Kurzurlaub zurück war, vor dem neuen Kachelofen sitzen. Nachdem Jo einen Winter angesichts der mangelnden Leistung ihrer Ölheizung nur mit zwei Paar Socken und Fleecepullis überlebt hatte, hatte sie den Ofen einbauen lassen. Mümmel lag auf Resis Bauch, Moebius zu ihren Füßen, Einstein lang auf dem Küchentisch hingegossen.

»Griaß di, i hon denkt, i heiz scho amol bei dir ei. Dia Viecher hends gern miegele.«

Jo grinste. Keine Rede davon, dass sie nicht in einem eiskalten Haus frieren sollte.

»Heh! Gute Idee, danke.« Jo ließ ihren pinkfarbenen Schalenkoffer sinken.

Kopfschüttelnd sah Resi zu. »Mei, wo du Urschel umanand fahrsch. So und jetzt gang i, i bi bloß a bissle verhocket.«

Wieder musste Jo grinsen. Sie wusste, dass Resi öfter in ihrer Abwesenheit geraume Zeit in Jos Küche »verhockte« und es einfach genoss, mal keine Aufträge ihres Mannes auszuführen und für kurze Zeit weder ans Kochen, Bügeln, Melken, Heuen, Kreiseln oder Schwadern denken zu müssen.

»Warte!«, rief Jo und zog ein kleines Döschen raus. Sie brachte Resi immer aus den Flughafenshops Kosmetika mit. Die versteckte Resi dann, denn ihr Mann fand: Für uns reicht Kernseife und Nivea.

»Mei, du sollsch doch it so viel Geld ausgäba fir mi alts Wieb!« Resi strahlte und war schon in der Tür.

Jo sah sie nur tadelnd an und winkte ihr hinterher. Resi war höchstens fünfundvierzig, aber ihre beiden Kinder waren schon lange aus dem Haus.

Angesichts der hervorragenden Betreuung durch Resi waren die Tiger gar nicht sonderlich beleidigt, Mümmel versuchte netterweise nicht, als Strafe für Jos Abwesenheit auf den Koffer zu pinkeln. Und als Jo dann auch noch Cappuccino machte, schien Mümmels Tag gerettet.

Jo griff zum Telefon, um den problemlosen Gerhard anzurufen. Sie war unruhig, ihr Nacken verspannt.

»Na, zurück aus der stinkenden Hauptstadt?«

»Ja, und es war laut, hektisch, ich habe Plattfüße, aber sonst war es ganz erfolgreich«, sagte Jo und fügte übereifrig hinzu, »für die Region erfolgreich, meine ich.«

»Und nun willst du wissen, ob es hier erfolgreich war?«, fragte Gerhard.

»Ja sicher! Was ist mit Haggenmüller? Wollte er verkaufen? Jetzt erzähl, lass dir doch nicht alles aus der Nase ziehen!«

Gerhard lachte ins Telefon. »Endlich weiß ich, was ich die letzten Tage vermisst habe. Eine nervige Heulboje namens Kennerknecht!«

»Sprich!«, drohte Jo.

»Also Kurzversion: Haggenmüller wollte wirklich verkaufen. Er hat Adi Feneberg kurz nach fünf am Morgen beim Joggen aufgehalten. Das sieht nicht gut aus. Und – was sagst du dazu? – Haggenmüller ist spurlos verschwunden.«

»Also war er es?« Jo klang enttäuscht. Das erschien ihr zu einfach.

»Ich bin kein Hellseher, aber es sieht alles danach aus. Weißt du was, wir können doch morgen den versäumten halben Skitag nachholen, du hast morgen doch noch frei? Da kannst du mir gern neue Theorien präsentieren und erzählen, wie es bei dir so war.«

Jo dachte an Jens und diese ebenso merkwürdige wie intensive Nacht bei den Schwestern Cavegn, und all das kam ihr heute, hier im Allgäu, so dämlich vor, dass sie beschloss, Gerhard davon nichts zu erzählen. Was hätte das auch gebracht? Stattdessen versuchte sie, mit dummen Reden ihre wirren Emotionen in den Griff zu bekommen.

»Gerhard, um Himmels willen! Du wirst ja richtig deutsch. Du nimmst dir frei? Bist du neuerdings auch ein Anhänger von Brückentagen und sowieso fünffachem Lohnausgleich für dreißig Wochenstunden?«

»Johanna, so viel Bitterkeit angesichts der Kulturnation, die wir doch sind?« Gerhard gab sich einen tadelnden Ton.

»Wenn es doch wahr ist. Die Einzigen, die in diesem Land noch arbeiten und keine Stunden zählen, sind Selbstständige, Überstunden-Idioten wie ich …«, grummelte Jo.

»… und Polizisten wie ich«, fiel Gerhard ein.

»Ja, Deppen wie du!«

»Eben! Weil das so ist, werden wir jetzt auch mal im Freizeitpark Deutschland mitmischen. Und morgen Ski fahren gehen. Die haben Nebel angesagt, aber weiter oben ist es bestimmt sonnig. Ich weiß das: Mittags duats auf«, sagte Gerhard.

»Dein Wort in Petrus' Ohr. Wohin wollen wir?«, fragte Jo.

»Grasgehren, Hörner, Ratholz oder auch bloß an den Mittag?«

Jo überlegte. »Sei mir nicht böse, aber hier bin ich bekannt wie 'ne bunte Hündin. Jeder Zweite wird mich auf die Medienberichterstattung ansprechen, ich werde im günstigsten Fall jemanden mit dem Skistock niederstechen, im ungünstigeren Fall mit den scharfen Kanten köpfen. Lass uns etwas Gebirge zwischen mich und meine beruflich so geliebte Region bringen.«

»Hmm, wie wäre es mit Nesselwang? Das ist schon O-A-L, und Brauereien gibt es dort auch. Vielleicht inspiriert uns die Nähe zum Brauereiwesen ja beim Nachdenken. Ich hol dich ab.«

Am nächsten Morgen röhrte Gerhards Bus gegen acht um die Kurve. Jo warf ihre kurzen Slalom Carver hinein und kletterte auf den Beifahrersitz. Wie immer ging die Heizung nicht. Es war ja auch Winter. Im Sommer lief sie stets auf Hochtouren. Wie immer hörte sich der Bus an, als stünde ein Tieffliegerangriff kurz bevor. Jo lächelte. Das Leben hatte so wenig Konstanten, wenigstens war Gerhard eine.

Sie fuhren am Buron-Lift vorbei, wo die Autokennzeichen wieder mal Schwaben-Attacke verrieten. Als sie am Parkplatz in Nesselwang ankamen, bewies der Wettergott, dass er ein Allgäuer war. Wie mit einem Ruck hatte er den Nebelvorhang aufgezogen. Dahinter kam feinstes Blau zum Vorschein, ein Kornblumenblau über weißem Schnee.

Nach den ersten Schwüngen begann Jo wieder zu leben. Das war griffiger, pulvriger Schnee. Das war Echtschnee, kein fest gepresster Kunstschnee. Schnee wie anno dunnemals, nur der Lift war inzwischen neu. Der museale Einer-Sessel war einer cleveren Kombi-Bahn gewichen: Sessel für die Skifahrer, Gondeln für die Rodler! Es waren wenige Leute unterwegs. Eine Wochentags-Idylle: Ein Skitouren-Geher in Uraltmontur stapfte gerade wild umbellt von einem Berner Sennhund los.

Einfach schön – und so viel Platz auf den Pisten! Denn heute brauchte Jo viel Platz für extreme Schräglagen und weite Radien, dann wieder eine steile Passage mit schnellen Kantenwechseln in bester Slalommanier.

Jo strahlte.

»Ich liebe Nesselwang! Eigentlich darf ich das gar nicht sagen, weil ich ja Werbung für meine Gebiete machen muss. Aber die Alpspitze ist für mich einer der nettesten Skiberge, den ich kenne.«

Gerhard schwang kopfschüttelnd neben ihr ab. »Du wirst nicht mehr mit Maria Riesch konkurrieren können. Zu Hilfe, gönn mir mal 'ne Pause.«

Jo grinste ihn an. »Na, bei deinem Hollereiduljö-Stil hätte ich auch Probleme, und für den Ski, den du da fährst, bietet dir das Alpin Museum in Kempten wahrscheinlich unanständig hohe Summen.«

Gerhard war Traditionalist, der eigentlich nur Skitouren ging. Das Ganze mit einem uralten Tourenbrett und in seinem geißbockartigen Hoch-Tiefstil, den er sich nicht mehr abgewöhnen wollte.

»Du fährst bei allen Schneebedingungen so, als bekämpftest du allen Bruchharsch der Welt«, lästerte Jo.

»Und du siehst mit deinem Carving-Armgewedel aus wie Engele-flieg. Nur halb so anmutig«, konterte Gerhard.

Jo gab Gerhard einen Knuff, er kippte über die Kante und lag auf der Nase. Sie lachte.

»Komm, zur Entschädigung geb ich dir ein Bier aus. Wo geruhen Herr Geißbock dieses einzunehmen?«

»Sportheim Böck, wo sonst, du Riesch für Arme«, grummelte Gerhard.

Es herrschte lange Stille. Jeder hing seinen Gedanken nach.

Geruhsam schaukelten sie zu Berge. An Liftstütze vier hatten sich einige Rodler eingefunden, um die vier Kilometer lange Bahn in Angriff zu nehmen. Im Steilhang zog ein Boarder seine Spur, die Bäume sahen aus wie die Weihnachtsdekorationen in den Kaufhäusern: dicke Wattebäusche auf grünen Zweigen. Und wäre Rudi-the-red-nosed-Reindeer jetzt aus dem Wald getreten, hätte sich Jo wenig gewundert. Das war ein perfekter Wintertag.

So hätte die Saison beginnen müssen, dachte Jo und erschauderte beim Gedanken an die bevorstehende Präsentation der Übernachtungszahlen. Die würden vernichtend schlecht ausfallen. Das lag natürlich daran, dass die Peak-Zeiten Weihnachten und Fasching schneelos gewesen waren. Aber jeder würde es auf das Medienecho wegen des Funken-Toten schieben und auf Jo, die die Journalisten ja zweifellos bewusst in die Mördergrube geführt hatte. Sie seufzte. Nicht mal an einem so schönen Tag ließ der Job sie los, und einmal mehr überdachte sie die verführerische Aussicht auf eine Stelle bei der AOK für die Buchstaben H-L. Oder als Schuhverkäuferin bei Deichmann!

»Was schaust du so schmerzgepeinigt? Hat dich der Vergleich mit Frau Riesch so frustriert?«, fragte Gerhard oben am Ausstieg, »obgleich deine Zöpfchen dich natürlich Jahre jünger machen. Nicht ganz so jung wie die aktuellen Skimädels vielleicht.«

»Schweig, Alter! Vergiss Höllenfahrerinnen. Ich denke schon wieder an meine persönliche Job-Hölle. Und an die Funkenleiche. Niemand versteckt eine Leiche in einem Funkenfeuer.«

Gerhard nickte und wurde von der Bedienung abgelenkt. Er bestellte ein Postwirts Dunkel, Jo einen Kaffee, und beide schauten sie minutenlang in die Berge. Im Tal waberte noch Nebel, der markante Aggenstein reckte sich aber bereits in den Himmel.

»Ich verstehe das auch nicht. Wir bewegen uns im Kreis. Ich war mir fast sicher, dass der Haggenmüller es war. Bleibt nur dieses winzige Detail mit dem Rohypnol. Ich kann es nicht beweisen, aber mein Gefühl sagt mir, dass der Mörder wollte, dass Adi aufwacht. Von der Krankheit hat nicht mal seine Frau gewusst. Er sollte also rauskommen oder auch gefunden werden. Aber dann wäre das gar kein Mörder gewesen. Und noch eins: Warum hätte Haggenmüller wollen können, dass Adi aufwacht?«, dachte Gerhard laut nach.

»Aber vielleicht war er einfach zu dämlich. Vielleicht wusste er nichts über die Wirkweise des Medikaments. Vielleicht dachte er, es würde töten. Spiel diese Variante durch: Er tötet ihn am frühen Morgen, wirft ihn in den Funken und verzupft sich«, meinte Jo.

»Okay, lass das als Hypothese mal stehen. Es bleiben jede Menge Abers: Der Funken wurde von den Kifferjungs bewacht. Die waren immerhin da, wenn auch benebelt. Da müsste der Haggenmüller aber schon sehr verwegen gewesen sein, eine Leiche rumzuzerren. Und wieso ausgerechnet der Funken? Gut, Adi hat nicht weit entfernt gewohnt, aber das ist doch kein Versteck. Selbst wenn er verbrannt wäre, dann wären Knochen übrig geblieben. Das weiß heute doch jeder aus ›Tatort‹, ›Polizeiruf‹ oder ›Wolffs Revier‹, dass keiner komplett in Rauch aufgeht. Heute reichen Hautpartikel, um per DNA-Analyse den Restmenschen zu identifizieren«, ließ Gerhard seine Gedanken weiter kreisen.

»Restmensch! Deine Ausdrucksweise wird auch immer menschenverachtender. Vielleicht ist der Haggenmüller einfach panisch geworden.« Jos Feststellung klang mehr wie eine Frage.

Gerhard schüttelte genervt den Kopf, trank einen tiefen Schluck Bier und suchte Trost in einem Blick in die Berge, wo sich der Nebel immer weiter nach unten in die Täler verdrückte.

Jo sinnierte weiter. »Aber gut, du hast irgendwie Recht. Unsere Freunde aus dem Schwabenland würden sagen: Des hat a Gschmäckle. Da stimmt was nicht. Der Ort ist so merkwürdig. Der Ort kann kein Zufall gewesen sein. Fegefeuer, Feuer, das alles verschlingt, Feuerteufel, Feuergott, the fire inside.« Jo hielt irritiert inne.

»Na, da sind wir ja wieder bei den Okkultisten«, sagte Gerhard genervt.

»Das musst du zumindest als Gedanken zulassen. Und außerdem: Ich assoziiere, du Hasenhirnchen von einem Gesetzeshüter«, maulte Jo retour.

»So was aus deinem Munde. Wo deine Nager doch die klügsten Kaninchen der westlichen Hemisphäre sind. Aber gut, du Assoziationswunder, bei Feuer fällt mir nur ein: Am Anfang war das Feuer. Urga!« Gerhard nahm ihren witzelnden Tonfall auf und hieb sich tarzangleich auf die Brust.

»Mensch, Gerhard«, plötzlich fuhr Jo hoch und rief: »Am Anfang und am Ende. Am Ende war das Feuer. Es geht um das reinigende Feuer. Es ist ein Symbol. Der Tod im Feuer. Du bist genial, doch schlauer als die Karnickel!«

»Danke, ich hatte es irgendwie geahnt, dass ich den Löfflern was voraus habe. Aber was nutzt uns das? Was wollte uns der Mörder sagen, wenn er uns denn was sagen wollte? Genau das bezweifle ich.«

»Sei nicht so rational. Es sind nicht immer die sichtbaren

Dinge. Jetzt trau dir doch mal was zu. Los, ich erwarte Höhenflüge von dir.«

Gerhard lachte gutmütig. »Ja, natürlich, unsere Jo. Höhenflüge, immer nach den Sternen recken. Wieso bleibst du nicht einfach mal am Boden?«

Jo war versucht, sofort aufzubegehren, aber dann sah sie ihn lange an und lächelte. »Du musst dich nach den Sternen strecken. Auch wenn du dort nie ankommst, eröffnen sich auf dem Weg dahin neue Perspektiven. Und das ist allemal besser, als mit gesenktem Kopf die Unebenheiten des Bodens zu betrachten. Das wäre auch für deine Ermittlungen besser. Am Boden liegt die Lösung nicht.«

»Aber im Feuer? Okay, ich assoziiere im Höhenflug. Was willst du hören? Feuerland, Feuerteufel, jemanden feuern? Oder auch Island, die Insel aus Feuer und Eis. Ja, genau: fire and ice, war das nicht mal 'ne Kollektion von Bogner?«, fragte Gerhard.

»Scheiß auf Bogner! Jetzt bleib doch mal ernst, Gerhard. Stell dir vor, der Mörder hat uns ein Rätsel aufgegeben: Sterben im Feuer als Kontrast zum Eis. Sterben im Feuer, Leben im Eis. Wer lebt im Eis?«

»Ach komm, Jo, das wird jetzt aber wirklich abstrus.«

Jo gab nicht auf. »Wer lebt im Eis?«

Gerhard seufzte. »Na gut, auch wenn es ein Schmarrn ist! Also wer lebt im Eis? Ich sage es dir: die Eskimos und die Pinguine.« Gerhard sah selbst aus wie ein watschelnder Pinguin, so wie er mit seinen weiten Jackenärmeln zuckte.

»Ach, nun komm, du Erzdepp!«, begehrte Jo auf.

»Wieso? Ich assoziiere auch nur. Höhenflüge, meine Liebe! Pinguine leben doch im Eis. Oder Eisbären. Oder der Ötzi, na ja, der lebte ja eigentlich nicht im Eis …«

»... sondern ist dort gestorben. Der Mann aus dem Eis. So rum funktioniert es, Gerhard. Dem Tod im Feuer steht ein Tod im Eis gegenüber.« Jo fuchtelte mit den Armen, fegte die Mützen und Handschuhe vom Tisch. »Das ist es! Tod im Eis! Wieso stirbst du im Eis?«

»Ich habe nicht vor, im Eis zu sterben. Jo, was soll das Ganze?«

»Ein Tod im Eis. Wie kann so was passieren?« Jo war einfach zu begeistert von ihrer Idee, als dass sie Gerhard in Ruhe gelassen hätte.

»Okay, damit die liebe Seele Ruhe hat: Manche sind unachtsam. Die stürzen beim Eisklettern ab oder fallen in Gletscherspalten. Jetzt schau nicht so angewidert, oder fällt dir was Besseres ein?« Gerhard schien noch nicht sehr überzeugt zu sein.

Jo blickte in die Berge. Links vom Gipfellift war ein kurzer Tiefschneehang. Eine Almhütte duckte sich im Schnee, einige krumme Bäumchen krallten sich trotzig fest. Im Hang waren drei Tourengeher beim Aufstieg. Alles wirkte so symmetrisch, als wäre es eine Gemäldekomposition.

»Gerhard!« Jo schrie auf einmal so laut auf, dass an den umliegenden Tischen die Skifahrer herumfuhren. Gerhard sah sie strafend an, und Jo flüsterte auf einmal, als sie zum Gipfelhang deutete. »Tourengeher, Schneebretter! Das ist es. Vor unserer Nase. Es geht um Lawinen. Es geht um das kalte Grab. Ein Lawinentod ist ein grausamer Tod im Eis. Und den stellst du dem Feuertod gegenüber!«

Gerhard zuckte zusammen. Die Angst vor Lawinen begleitete ihn als Tourengeher, seitdem er mit vierzehn Jahren mit diesem Sport begonnen hatte. Er war jahrelang bei der Bergwacht tätig gewesen, und er hatte mehr als ein Lawinenopfer bergen müssen. Verschüttete überlebten zu neunzig Prozent nur die ersten fünfzehn Minuten im weißen Grab! Und bei zehn Prozent waren neunzig Minuten das Maximum. Die Restlichen überlebten durch ein Wunder. Aber war da vor einigen Jahren nicht so ein Wunder geschehen? 1999?

»Gerhard?«

»1999 gab es eine Lawine im Walsertal«, sagte Gerhard.

Jo dachte an ihr Gespräch mit Hermine Cavegn. Was hatte sie gesagt? Galtür sei das Bauernopfer und Adi Feneberg bei der Bergrettung gewesen.

»Gerhard! Adi Feneberg war bei der Lawine bei der Bergrettung!«

Gerhard starrte sie an. »Woher willst du das wissen?«

»Äh, jemand hat es mir erzählt. Am Sonntag in Berlin.«

»Jo, du willst doch nicht sagen, dass du bei Frau Feneberg warst?«

»Nicht direkt. Eigentlich war ich bei der Schwester.« Und langsam begann Jo zu erzählen.

Gerhard schüttelte heftig den Kopf. »Das war das letzte Mal, dass ich dir etwas von den laufenden Ermittlungen erzählt habe. Ich fasse es nicht! So was kannst du doch nicht bringen! Einfach dahin zu gehen.« Gerhard sah sie bitterböse an und war auf einmal ziemlich einsilbig.

»Ich weiß selbst, dass es blöd war, aber es hat doch niemandem geschadet. Jetzt erzähl lieber von der Lawine, bei der Adi dabei war. Das ist doch kein Zufall! Was ist damals genau passiert? War da nicht auch ein Bergführer dabei?«

Es bedurfte noch einiger Schlucke Weißbier, bis Gerhard seine Wut hinuntergespült hatte.

»Der Bergführer damals war Heini Pfefferle, ein Bekannter von mir. Er und eine Frau, die direkt neben ihm gestanden hat, sind gar nicht zu Schaden gekommen. Ein junger Mann ist lebend geborgen worden, und zwei Menschen waren tot.«

»Wieso konnte das passieren? Hatte dieser Heini denn keine Ahnung von der Lawinengefahr?«, wollte Jo wissen.

»Im Gegenteil, er ist eigentlich ein besonders vorsichtiger Mann. Die ganz genauen Umstände kriege ich nicht mehr zusammen. Bei Unfällen mit Todesfolge wird ja immer die Staatsanwaltschaft eingeschaltet. Und es hat einen Prozess gegeben, bei dem die Anklageseite Heini stark provoziert hat. Er ist bewundernswert ruhig geblieben, und ich kann mich noch so gut an einen Satz von ihm erinnern. Da fragte der Anwalt allen Ernstes: Wieso lebt man überhaupt in solch einer Region? Und wieso locken Sie Gäste in die Gefahr? Und Heini hatte ganz ruhig gesagt: Wieso lebt man am Rhein bei mehrfacher Überflutung im Jahr, wieso stehen Los Angeles oder San Francisco in der Erdbebenzone?«

»Geniales Argument! Muss ich mir merken. Und dieser Heini, hat er denn tatsächlich Leute in die Gefahr gelockt?«

»Wie gesagt, ich kriege die genauen Umstände nicht mehr zusammen. Er wurde auf jeden Fall freigesprochen. Aber er ist nicht mehr derselbe wie vorher. Das steckst du nie ganz weg«, sagte Gerhard.

»Scheußlich, aber das nutzt uns nichts im Zusammenhang mit Adi Feneberg.« Jo zögerte, und auf einmal fühlte sie wieder diese Beklemmung, die zu echter Angst anschwoll. Jene Angst, die sie am Funken empfunden hatte. Gerhard nahm einen tiefen Schluck aus seinem Glas. Er schwieg lange.

»Nicht unbedingt. Der verantwortliche Leiter der Lawinenkommission damals hieß Adi Feneberg.«

Jo starrte ihn an. »Adi? Adi war nicht nur Bergretter, sondern er hat die Lawinenwarnstufe zu verantworten?«

»Ich weiss nicht, warum ich diese Sache erst jetzt ausgegraben habe, aber ich bin mir ziemlich sicher. Ich bin mir vor allem deshalb sicher, weil damals der Name des Leiters nicht offiziell bekannt gegeben wurde. Die fünfköpfige Kommission hat ihre Entscheidung vertreten. Als Team!«, erklärte Gerhard.

»Aber Gerhard, das ist doch ein Motiv! Mensch, Gerhard, jetzt verstehe ich auch, was Frau Cavegn sagen wollte mit ihrem ›Adi sei betroffen gewesen, und manche Dinge zögen noch viel später Kreise‹. Ich dachte, sie redet von den Medien, aber sie hat von Rache geredet. Sie hat mir durch die Blume das Mordmotiv geliefert!«

Gerhard schaute zweifelnd, aber Jo war in Rage.

»Ein Angehöriger hat sich rächen wollen! An dem Mann, der scheinbar den Tod geliebter Menschen verschuldet hat. Das wollte Frau Cavegn andeuten. Denk an Galtür, da ging es auch um völlig irrwitzige Schuldzuweisungen!«

»Wäre es nicht naheliegender, sich am Bergführer zu rächen?«

»Ja, aber im Prozess musste das doch klar geworden sein, dass Adi der Leiter der Kommission gewesen ist. Das war ja kein Staatsgeheimnis. Und jeder, der sich ein bisschen auskennt, weiss, dass es immer einen Leiter der Lawinenkommission gibt. An den Bergführer würde ich nicht denken: Wenn der seine Beweggründe und Professionalität hat glaubhaft machen können, dann musste ein neuer Schuldiger her. Der Bergführer wurde ja freigesprochen, wenn du dich richtig erinnerst. Also eben ein neuer Schuldiger!« Für Jo war das bereits ganz klar.

»Aber Jo, das ist extrem abwegig und zudem viele Jahre her«, sagte Gerhard.

»Schon, aber gerade du müsstest wissen, wie lange der Schmerz in jemandem schwelen kann, bis die Flammen hochschlagen.« Jo schwieg betroffen – schon wieder diese Feuer-Terminologie – und hob noch mal an: »Wir müssen überprüfen, wer die beiden Toten waren, wir müssen ...«

»Meine liebe Johanna, gib Ruhe! Das Ganze führt doch in eine Sackgasse. Okay, wir sind auf Adi Feneberg in einem ganz neuen Zusammenhang gestoßen. Aber da ist mir die Spur zu Haggenmüller dann doch die konkretere. Der ist nämlich auf der Flucht!«

Aber Jo war nun völlig aus dem Häuschen. »So konkret ist das nicht. Du sagst doch selbst, dass man wegen eines Canna-Bieres nicht gleich den Braumeister umbringt. Und dass die Sache mit dem Rohypnol nicht passt. Aber das hier, das ist ein echtes Motiv: Rache, Emotionen.«

»Ach Jo! Wir sind hier nicht im Fernsehen, wo scharfsinnige Fernsehkommissarinnen in die tiefen Abgründe der menschlichen Seele blicken. Ich gebe ja zu: Diese Gegenüberstellung von Feuertod und Eistod ist ganz reizvoll. Aber eben viel zu lyrisch für die Realität. Oder wäre das richtige Wort ›elegisch‹?«

»Komm, du verarschst mich! Ich habe einfach das Gefühl, dass diese ganze Lawinenkiste zum Motiv führt. Wir müssen einfach ...«

»Schluss jetzt! Du musst gar nichts. Jetzt nicht und in Zukunft nicht. Es ist mir ernst. Ich will von dir in den nächsten Tagen weder was sehen noch hören. Du machst mich wahnsinnig mit deiner Miss-Marple-Mentalität. Wir fahren jetzt noch ein bisschen Ski. Ende der Durchsage.«

»Ja, schon«, fing Jo wieder an, »aber können wir nicht trotzdem mal die Teilnehmer dieser verunglückten Berggruppe näher unter die Lupe nehmen? Aber du willst in der Lawinensache gar nicht ermitteln! Mensch, du bist so was von …«, rief Jo.

»Langsam, erst denken, dann sprechen!« Gerhards Stimme ließ keinen Zweifel daran, dass sie soeben den Bogen überspannt hatte. »Schluss! Ende! Finale grande! Wir können gar nix, du erst recht nicht. Mein Team und ich werden das überprüfen.«

Jo sah ihn verblüfft an. »Dann wirst du also doch was unternehmen?«

»Liebe Johanna, natürlich unternehme ich was. Das tue ich immer. Das ist mein Job. Aber nicht deiner. Wage es nicht, dich noch mal einzumischen. So, und jetzt Themenwechsel. Wohin gehen wir nachher zur Brotzeit?«

Es wurde schließlich der Gasthof zur Post, und das Adi-Thema blieb tabu. Gerhard lieferte Jo um fünfzehn Uhr zu Hause ab. Die Sonne hatte Farbe auf ihr Gesicht gezaubert – und wieder ein wenig Pink auf die Seele.

11. Als Jo das Haus betrat, war ihr sofort klar, dass etwas im Busch war. Einstein starrte wie hypnotisiert in einen leeren Weinkarton. Moebius hatte auf der Treppe Posten bezogen, und Mümmelmaier wachte wie die Patrona des Hauses über die Szenerie. Sie hatte die Pfoten überkreuzt und sah Einstein mit einem Ausdruck von Misstrauen und Mitleid an. Misstrauen darüber, ob die Kleine das wohl bewältigen könne, und Mitleid, weil sie das wohl nicht bewältigen würde. Jo beugte sich über den Weinkarton, und just in dem Moment sprang wie ein »Jack in the Box« ein schwarzes Getier knapp unterhalb ihrer Nase vorbei. Ein Maulwurf, die Grabhände wie ein Flugdrache weggestreckt, schoss himmelwärts und zog dann eine Schneise der Verwüstung in Richtung Küche. Jo hatte noch nie einen Maulwurf in Todesangst erlebt, der von Angst-Diarrhö gepeinigt war. Einstein war komplett überfordert und zur Salzsäule erstarrt. Moebius hasste von Haus aus laute Geräusche, und Mümmel hatte das ja eh alles vorausgesehen und überkreuzte die Pfoten neu. Jetzt rechts über links. Sonst passierte nichts, bis Jo die Küchentür zuwarf und den Maulwurf damit erst mal aus der Schuss- beziehungsweise Katzenkrallenlinie gebracht hatte. Er dankte Jo dieses Manöver der Tierfreundlichkeit auch sofort mit dem geordneten Rückzug hinter die Küchenzeile. Jo ließ kurz den Gedanken an den Geruch einer langsam verwesenden Maulwurfsleiche im Kopf kreisen, als sie den gloriosen Einfall hatte, einen

Teller Katzenfutter mittig in den Raum zu stellen. Oder fraßen Maulwürfe kein Katzenfutter?

Sie hatte keine Zeit, das Ergebnis abzuwarten, sie hatte nämlich einen Plan. Sollte Gerhard sie eben nicht mehr informieren! Auch gut! Sie würde Mittel und Wege finden, auf eigene Faust in der Lawine zu wühlen. Und dann würde Gerhard schon sehen, wer schneller zum Ziel kam. Woher hatte der denn seine besten Informationen? Von ihr! Sie hatte Sepp Guggemoos den entscheidenden Hinweis entlockt, und letztlich hatte Frau Cavegn sie auf die neue Fährte gesetzt. Sie, nicht Gerhard!

Sie blätterte im Telefonbuch und wurde auch schon fündig. Heinrich Pfefferle, na also! Diesmal würde sie überlegter an die Sache herangehen, nicht einfach mit der Tür ins Haus fallen wie bei Frau Cavegn. Sie dachte nach. Sie würde vorgeben, dass sie ihn für eine Pressefahrt zum Thema »Tourenkurs« buchen wolle. Sie würde ihm ein wenig Honig ums Maul schmieren von wegen: Er sei ihr empfohlen worden als der Beste und als einer, der auf Fotos gut rüberkomme. Sie wählte, es läutete ein paarmal, und dann ging er dran.

»Hallo, Johanna Kennerknecht vom Tourismusverband Immenstädter Oberland. Ich habe Ihre Nummer von Gerhard Weinzirl, der meinte, Sie wären der Mann für mein Projekt!«

Am anderen Ende war ein sympathisches Lachen zu hören. »Ja dann! Um was soll es denn gehen?«

Jo erläuterte die Idee, mit Journalisten Anfang April einen Skitouren-Schnupperkurs zu machen, und schloss: »Wenn Sie das machen könnten, wäre das ganz toll. Wir müssten uns dazu einfach so bald wie möglich zusammensetzen.«

»Klar, Moment, ich schau mal in meinen Terminkalender.« Man hörte es rascheln. »Da sieht es düster aus. Was ich allerdings anbieten könnte, wäre schon heute am späten Nachmittag. Ich hätte einiges in Kempten in der Stadt zu erledigen, weil ich sonst ja nie zu normalen Geschäftszeiten im Lande bin. Morgen bin ich schon wieder im Unterengadin, im Ofenpassgebiet unterwegs. Also, wenn es bei Ihnen heute ginge?«

Jo lachte. »Das nenne ich wirklich so bald wie möglich! Sollen wir uns im Skyline treffen?«

Heini Pfefferle sagte zu.

Als Jo mit dem gläsernen Aufzug ins Skyline hinaufschwebte, war es halb fünf. Die Sonne ging gerade unter, in der Klarheit der Luft sah Kempten zu ihren Füßen aus wie in Öl gemalt. Die Dachlandschaft glänzte wie frisch gepinselt, und auch so manche Bausünde war heute verzeihlich.

Jo kannte Heini zwar nur aus Gerhards Erzählungen und vom kurzen Blick auf seine Homepage, aber sie erkannte ihn sofort, denn er stach aus dem Shopping-Volk heraus: sehr klein, sehr zäh, sehr braun gebrannt und auf den ersten Blick sehr sympathisch. Er war wohl Ende dreißig.

Jo winkte, sie gab ihm die Hand. »Johanna, oder besser, Jo. Können wir das mit dem Siezen lassen?«

»Klar, und griaß di.« Er hatte zudem eine sehr angenehme Stimme. »So, und du willst also Journalisten in die Kunst des Tourengehens einweihen?«

»Ja, oder besser: Du bist da gefragt. Gerhard meinte, wenn jemand ein Profi ist, dann du«, sagte Jo mit einem charmanten Lächeln.

»Danke, so betrachtet, könntest du den Gerhard auch gleich selbst fragen. Aber gut, was liegt dir bei so einer Pressereise denn am Herzen?«

»Na ja, wir müssen bei einer Pressereise den Leuten unbedingt gute Infos an die Hand geben. Richtige Checklisten: Wie finde ich eine gute Alpinschule? Was muss ich beachten? Wie sieht ein guter Einsteigerkurs aus? Ja, Heini, wie würde der aussehen?«, fragte Jo.

»Ich würde mir die Leute erst mal beim Pistenfahren ansehen, dann würden wir Basics der Skitechnik im Gelände erproben. Das wäre der erste Tag. Am zweiten ginge es um Anwendung der Felle und Einführung in die Bindung und um Gehtechnik. Wir würden Schneeprofile und Schneekristalle bewerten und dann – ganz wichtig – Piepser suchen! Du glaubst ja gar nicht, wie viele Leute sich sicher fühlen, bloß weil sie Lawinenpiepser, Sonden und Schaufeln dabeihaben. Aber man muss – und zwar muss, nicht sollte! – unbedingt mal einen halben Tag in einem Kurs Piepser-Suche spielen: Piepser vergraben und suchen. Das ist schwerer, als man glaubt, man wird bei den ersten Versuchen nichts finden oder ewig brauchen. Wenn aber im Ernstfall beim Piepser ein Verschütteter liegt, ist der inzwischen tot.« Heini stockte.

»Entschuldige, dass ich das jetzt sage. Aber du warst bei der tragischen Geschichte 1999 im Walsertal dabei. Muss schlimm für dich gewesen sein?«

Heini sah auf einmal sehr ernst aus und viel älter.

»Ja, ich würde das gern vergessen, aber das wird wohl nie gehen. Wahrscheinlich ist einer mit solch einem Makel sowieso der Falsche für Journalisten.« Er schickte sich an aufzustehen.

»Nein, um Gottes willen, bleib sitzen. So habe ich das nicht gemeint. Es ist einfach so, dass Adi Feneberg doch damals in der Lawinenkommission saß, und weil man dieser Tage so viel über Adi hört, da ist mir das halt eingefallen.«

»Du bist ja gut informiert«, sagte Heini mit einem ungutem Unterton in der Stimme.

»Na ja, in meinem Job ist Information alles. Und Adi Fenebergs Tod ist ja momentan überall das Thema. Schrecklich, oder? Du hast ihn doch auch gekannt? Wie war er denn so? Nett, sagt man.«

»Durchaus. Dann würde ich vorschlagen, wir machen weiter. Am dritten Tag würden wir eine leichte Tour gehen, vor allem eine, die wirklich auch Abfahrtsspaß bringt. Einkehren, über die Heldentaten reden, fertig.«

Heini lächelte inzwischen wieder – aus vielen Wetterfältchen rund um seine blauen Augen.

Na, da hatte er sie ja ziemlich auflaufen lassen, als sie das Thema auf Adi gelenkt hatte. Aber gut, der Kontakt war erst mal hergestellt. Sie würde sich eben langsam weiter vorpirschen.

»So weit alles klar. Das hört sich super an«, sagte Jo.

Sie hatte sich Notizen gemacht und hakte auf ihrer Liste einiges ab. Eines fehlte noch: Jo hatte Heini zuvor am Telefon gebeten, Fotos mitzubringen, um eventuell eines für die Einladung zu verwenden.

»Wie schaut das mit den Fotos aus?«

»Sorry, ich hatte so wenig Zeit. Ich hab einfach mal einen Schuhkarton voll in diese Tüte gekippt. Die müssten wir kurz durchsehen.«

»Kein Problem«, meinte Jo, und sie begannen, Papierbilder anzuschauen und Dias gegen das Licht zu halten. Ein Bild zeigte einen jungen Mann und ein sehr hübsches Mädchen, die einen Schäferhund herzten. Plötzlich war Heini blass geworden. Jo sah ihn fragend an.

»Das ist Steffen Schaller, der Junge, den wir gerade noch rechtzeitig aus der Lawine befreien konnten. Er hat Asta zweimal besucht, die Hündin, der er sein Leben verdankt.«

Jo schaute sich das Bild lange an, eine seltsame Erregung erfasste sie. Ihr Blick blieb an den Augen des Mädchens hängen, an deren hoher Stirn. Irgendwo hatte sie das Mädchen schon mal gesehen. Einem Impuls gehorchend fragte sie Heini:

»Wer ist das Mädchen, sie kommt mir bekannt vor – irgendwie.«

»Das ist die Freundin von Steffen. Irene Seegmüller. So, und jetzt muss ich«, sagte Heini.

Jos Gedanken schlugen Purzelbäume. Buchstaben wirbelten umher wie in einer Buchstabensuppe. Seegmüller? Seegmüller! Sie schaffte es gerade noch, Heini zu verabschieden und ihm zu danken.

»Ich mach die Einladung fertig und würde sie dir zumailen. Geht das?«

»Logisch, und danke für den Auftrag.« Heini drückte ihr fest die Hand.

»Ich habe zu danken, ich bin froh, dass wir dich für das Projekt gewinnen konnten.«

Als Heini im Aufzug verschwunden war, schnürte sich Jo die Kehle zu vor lauter Aufregung. Quirin hieß Seegmüller! Irene Seegmüller konnte nur seine Schwester sein. Sie sah ihm ähnlich wie ein Zwilling!

Jo schnappte ihr Handy und rief bei Gerhard an. Okay, eine Chance würde er noch bekommen! Er sei in einer Besprechung und nicht zu sprechen, hieß es. Verdammt! Immer, wenn man ihn mal brauchte! Ungestüm sprang sie vom Tisch hoch und stieß den Rattan-Stuhl um. Der Ober, der ihr gerade die Rechnung geben wollte, grinste.

»So stürmisch?«

»Ich muss weg!« Jo gab ihm ein fürstliches Trinkgeld und rannte fast die Leute über den Haufen, die gerade aus dem

Aufzug kamen. Noch im Aufzug hatte sie ihr Handy wieder am Ohr. Es läutete, und Sandra ging dran. Jo ließ sie erst mal erzählen, wie es heute mit den beiden Pferden gelaufen war. Sandra war ein liebes Mädchen und wollte immer alles richtig machen. Beiläufig fragte Jo dann nach Quirins Schwester. Sandra bestätigte ihr, dass die Irene hieß und in München Volkskunde studierte.

Als Sandra fragte, warum sie das wissen wolle, hatte Jo eine Ausrede parat.

»Ach, die vom Museum Hofmühle haben da irgendwie 'ne Bewerbung verschlampt, und die kam von einer Irene Seegmüller.«

Jo log ohne Bedenken, dass sie dem Museum nur helfen wolle, Irene aufzutreiben. Sie bekam von Sandra die Adresse und die Telefonnummer. Die Familie Seegmüller, Irene, Quirin und deren Mutter, wohnten in Stein.

Als Jo aufgelegt hatte, ging ihr auf, wie dämlich sie war. Was, wenn Sandra das Quirin erzählte? Was, wenn Quirin genau wusste, dass sich seine Schwester nicht in Immenstadt beworben hatte? Ganz ruhig, mahnte Jo sich und beschloss, erst mal nach Hause zu fahren.

Als sie vor ihrem Haus abbremste, fiel es ihr wieder ein: O Gott, der Maulwurf! Und da stand auch noch Andreas Auto. Jo betrat vorsichtig die Küche. Andrea pflegte stets wie ein Gewitter aufzutauchen. Sie hatte einen Salat mit Putenstreifen zubereitet.

»Bis ich bei dir mal 'ne Pfanne gefunden habe!«, rief Andrea. »Und dann hätte ich fast deinen Kater mitgebraten, so sehr musste ich die Pute verteidigen.«

»Und der Maulwurf?«

»Ach der«, sagte Andrea, als würde sie täglichen Umgang mit Maulwürfen pflegen. »Der lag neben einem leeren Katzenfutterteller. Er ruhte dort wie nach einem römischen Gelage, sein Wanst spannte wie eine zu enge Lederhose. Er hat unwillig gegrunzt, als ich kam, war aber zur Flucht eindeutig zu überfressen. Also habe ich ihn in eine Tupperdose gesetzt und auf die Wiese deiner Nachbarn getragen. Da hat er mich noch mal lange angeschaut und dann gegraben. Kurze Zeit später war er weg, vor allem als dein Kater kam. Stell dir das mal vor: Ein Maulwurf mit Adipositas, der hoffentlich – vor den Katzen gerettet – jetzt nicht wegen Darmverschluss oder ernährungsbedingtem Herz-Kreislauf-Versagen sein erdiges Grab selbst gebuddelt hat. Und sonst, wie war es in Berlin?«

»Stressig, wie immer.«

»Und Jensle?«

»Ach, den hab ich nur kurz gesehen, aber ich habe jemand anderen kennen gelernt. Eine Frau«, wiegelte Jo ab.

Sie öffnete eine Flasche Südtiroler Weißburgunder aus Terlan und erzählte. Von Gerhards Haggenmüller-Theorie, von ihrer Lawinen-Theorie, von Frau Cavegn und Heini und von ihrer Entdeckung, dass Irene Seegmüller, die Freundin eines der Lawinenopfer, Quirins Schwester war. Es dauerte etwas, bis Andrea Jos wirre Rede verstand.

»Andrea, das kann alles kein Zufall sein! Steffen Schaller war in der Lawine, bei der Adi Feneberg Leiter der Lawinenkommission war. Seine Freundin ist die Schwester von dem Typen, der den Funken bewacht hat, in dem die Leiche von Adi Feneberg lag. Was hat das zu bedeuten?«

Andrea nippte am Wein. Was Jo an ihr immer so schätzenswert fand, war ihre Pragmatik, aber auch ihre Offenheit. Sie ließ alle Gedankenspiele zu.

»Lassen wir mal diese Fragen weg«, meinte Andrea schließlich. »Wir kennen weder Irene noch Steffen. Aber wir, du, kennst Quirin. Wer also ist Quirin Seegmüller?«

Jo dachte nach. Wer war Quirin? Er war dünn, fast sphärisch. Er war androgyn – er war ein komischer Typ. Er hatte sie seltsam berührt. Sie erinnerte sich noch genau an seine Worte: »Wir haben Herz-Rhythmus-Störungen. Unsere Herzen sind aus dem Takt.« Das hatte er gesagt. Jo versuchte, ihre ersten Gedanken von damals abzurufen. Was war ihr erster Impuls gewesen? Sie hatte gedacht, er rede so, weil er ein bisschen zu viel beim Schultheater mitspielte. Jo sah Andrea an.

»Ich dachte, er schauspielert. Er hat extrem pathetisch gesprochen.« Jo gab ein paar Kostproben seiner Sätze.

Andrea überlegte. »Vielleicht war es gar kein Pathos. Denk an seine Sprache, aus ihr spricht Intelligenz und Konzentration. Seine Sprache ist geschliffen, aber sie ist doch auch von großer Klarheit. Eigentlich extrem klar für einen jungen Typen!«

»Ja, eben! So redet man doch nicht als junger Mann, auch wenn man noch so intelligent ist!«

Andrea schnippte mit den Fingern an ihrem Glas. »Er hat dich manipuliert, glaube ich. Wir manipulieren alle, wir agieren hinter Masken, wir verstecken arme, schwache, unsichere Kreaturen. So einer könnte Quirin sein. Deshalb sind Menschen wie dieser Quirin so verführerisch, weil sie diese absolute Gewissheit ihrer selbst verströmen. Es macht sie anziehend und abschreckend zugleich. Wir fühlen uns angezogen. Ich sage bewusst: wir. Wir, die wir Ende dreißig sind. Selber kinderlos. Wir wollen die Jugend verstehen, weil wir doch selber noch so jung sind. Oder wir wollen die Kids verstehen, weil sie theoretisch unsere Kinder sein könnten und weil wir theoretisch besonders gute Eltern sein würden. Verständnisvoll und jung geblieben – eben nicht die Eltern, die diese Kids haben. Das kann gefährlich werden. Das ist eine Falle!«

»Okay! Lass uns sagen, ich bin in diese Falle getappt. Aber wie konnte er mich glauben machen, er wäre wirklich seiner selbst sicher? Ich habe Quirin das abgenommen, wieso denn nur?«

»Weil du es glauben wolltest. Diesen Quirin umgibt, so wie du das schilderst, eine seltsame Aura. Was ist, wenn er das, was er gesagt hat, einfach so gemeint hat? Kein Pathos? Eher ganz schön düster, oder? Dieser Quirin ist nicht so selbstsicher. Im Gegenteil, er scheint sehr verletzlich zu sein.«

»Ja, gut, okay. Aber was hat das alles mit Adi Feneberg zu tun?«

»Tja, gute Frage. In einem gebe ich dir unumwunden Recht: Das mit Steffen, Irene, Quirin kann kein Zufall sein. Aber wie passt da dein Adi Feneberg dazu? Kannte er die drei? Steffen muss er ja wohl gekannt haben. Vielleicht geht es um ganz was anderes? Wir sind doch schon viel zu abgeklärt, um hinter die Dinge zu sehen!«, sagte Andrea, die wusste, wovon sie redete.

Sie hatte in Berlin auch als Streetworkerin gearbeitet. Sie hatte mit S-Bahn-Surfern zu tun gehabt. Mit Kids aus dem Marzahn-Underground-Milieu genauso wie mit Grunewalder-Luxus-Jugendlichen. Und immer war es tief drinnen um starke emotionale Verletzungen gegangen. »Ich glaube, die Kids haben keine so großen Illusionen, wie wir sie hatten. Sie wollen den Wahnsinn des Lebens auch nicht einfach so hinnehmen. Sie kommen mir gar nicht so feindlich vor, nur kritisch.«

»Jemanden umzubringen, ist aber ganz schön feindlich«, fand Jo.

»Genau das ist das Problem! Die Verletzlichkeit und die

Traurigkeit nehmen zu. Das Fass, das zum Überlaufen gebracht wird. Und dann ist die Reaktion total unverhältnismäßig. Denk an jugendliche Amokschützen.«

Jo war seltsam beunruhigt. Sie hatte eine vage Ahnung, dass irgendetwas mit Quirin nicht stimmen konnte. Sie sah ihn vor sich, als er gesagt hatte: »Durchgefallen bei der PISA-Studie für Eltern.« Jo erinnerte sich an seinen Sarkasmus. Er schien keine hohe Meinung von der Welt der Erwachsenen gehabt zu haben. Und Adi war Teil der Erwachsenenwelt. Dieser Adi Feneberg war schuld am Unfall von Steffen, dem Freund seiner Schwester. Und Quirin war einer, der Zugang zum Funken gehabt hatte. Jederzeit. Was fehlte, war die Geschichte dazu! Was fehlte, waren Zusammenhänge. Es musste aber welche geben.

»Lass uns darüber schlafen!«, sagte Andrea gähnend, die fast schon eingenickt war.

Sie besaß die beneidenswerte Eigenschaft, immer und überall in jeder Lage schlafen zu können. Sie war einer der Menschen, die bei Langstreckenflügen ein Glas Rotwein tranken, sich das Kissen an die Backe pressten und zehn Stunden schliefen. Andrea erwachte dann wie das blühende Leben, Jo dagegen sah aus wie ein Zombie. Sie konnte dann nämlich nicht schlafen, und auch jetzt wollten die Gedankenwirbel nicht aufhören. Jo stand wieder auf und füllte eine Waschmaschine. Kopfschüttelnd betrachtete sie die Socken in einem »Krätta« neben der Maschine. Sockenwaisen, weil Waschmaschinen ja bekanntlich Einzelsocken fressen. Sockenwaisen, die Jo seit ungefähr einem halben Jahr einem äquivalenten Partner zuführen wollte. Und weil Hausarbeit so schön stumpfsinnig ist, wurde Jo doch müde und ging ins Bett.

12. Gerhard war nach dem Skiausflug noch ins Büro gefahren. Er war immer noch sauer auf Jo. Dieses Weib! Dennoch beschloss er, diese abstruse Lawinen-Idee weiterzuverfolgen. Er ging in Evis Büro hinüber.

»Servus, Bella bionda, kannst du mir bitte alles zusammentragen, was über das Lawinenunglück 1999 im Walsertal zu finden ist? Besonders interessieren mich die zwei Todesopfer.«

Evi konnte sich darauf überhaupt keinen Reim machen. »Und was hat das mit unserem Haggenmüller zu tun? Ich sollte dem doch auf der Spur bleiben. Und den Okkultisten, von denen es auch nichts Neues gibt.«

»Aber Bella, eine Frau mit deinen Qualitäten kann doch mehrere Dinge gleichzeitig.«

Ohne weitere Erklärungen scheuchte er Evi hinaus. Eine Stunde später hatte Evi einen Stapel Protokolle, Zeitungsberichte und Unterlagen der Staatsanwaltschaft in der Hand. Sie war ganz euphorisch.

»Wie bist du denn darauf gekommen, dass Feneberg Leiter der Lawinenkommission war? Und auf dieses Unglück? Denkst du an Rache als Motiv?«, fragte sie.

»Nun, ich hatte sozusagen einen assoziativen Gedankenansturm. Einen Höhenflug gewissermaßen. Und der hat mich über Pinguine, Bognerkollektionen und den Ötzi zur Lawine geführt.« Gerhard grinste.

Evi schaute ihn besorgt an. »Das viele Bier bei so einer Brauerei-Recherche ist nicht gut für dich. Oder du hast zu viel Sauerstoff beim Ski fahren erwischt! Geht's dir gut?«

»Ja, bestens. Und danke für die Unterlagen.«

»Könntest du mich mal ins Bild setzen, um was es eigentlich geht?«

»Könnte ich, werde ich auch tun, aber momentan habe ich nur lose Fäden, die ich nicht zu verknoten weiß. Gib mir heute Abend mal Zeit, die Fäden zu entwirren. Jetzt haben wir sowieso Dringlicheres zu tun. Wir müssen diesen Haggenmüller finden.«

Der Brauerei-Chef blieb verschollen, und so ging Gerhard um sieben nach Hause, wo er sich eine Tiefkühlpizza in den Ofen schob und die Lawinen-Unterlagen auf seinem Bett ausbreitete. Er war ausgelaugt und müde, aber irgendetwas in ihm trieb ihn an, auch dieser Spur nachzugehen. War es sein Pflichtbewusstsein? Oder die Angst vor Jos bohrend nervigen Fragen?

Je länger er in den Unterlagen las, desto weniger schmeckte ihm seine Pizza. Der Unfall hatte sich in der Litzenscharte im Walsertal ereignet, ein moderat geneigter Hang, überragt von den Ochsenhofer Köpfen. Gerhard kannte den Hang, er war ihn selbst schon gefahren. Eigentlich war der Hang auch bei einer Dreier-Lawinenwarnstufe kein Problem. Wenn nicht – ja, wenn nicht menschliches Versagen dazukam. Aus den Vernehmungsprotokollen des Prozesses gegen den Bergführer Heini Pfefferle gingen die genaueren Umstände hervor. Gerhard las und ließ den Vorgang vor seinem inneren Auge ablaufen.

Heini hatte eine Spur gelegt und seinen vier Kursteilnehmern eingeschärft, einzeln zu fahren und sich höchstens zwei Meter rechts oder links seiner Spur zu halten. Er war gefahren und hatte der ersten Person Zeichen gegeben. Das war eine gewisse Abigail Baxter, achtunddreißig, englische Touristin aus Brighton, gewesen. Sie hatte den Hang gut gemeistert und war neben Heini auf einer Kuppe abgeschwungen. So weit war alles perfekt gelaufen, Mindestabstände waren eingehalten worden. Das Hangende hatte nicht in einer Mulde gelegen, was bei eventuellen Schneebrettern gefährlich sein konnte.

Dann war ein Steffen Schaller, einundzwanzig, ein junger Mann aus Oberstdorf, in den Hang eingefahren und hatte begonnen, eine Zöpfchenspur neben die des Bergführers zu legen. Steffen wurde als sehr guter Skifahrer bezeichnet, und Gerhard konnte sich die Szene gut vorstellen. Steffen hatte eine Spur gelegt, die einfach perfekt geformt war, eine, die man betrachtet und dabei den Kopf in den Nacken legt, die Augen gegen die Sonne zukneift und stolz ist. Ein Tiefschnee-Erlebnis, das einfach glücklich macht. Wenn man unten ankommt!

Kurz darauf nämlich war das Ehepaar Peter und Brigitte Kürten, beide vierzig Jahre alt, beide aus Ulm, völlig gegen die Anweisung von Heini weit nach links in den Hang geschossen. Weit hinaus über eine Rippe, dahin, wo der Hang deutlich steiler war und im Untergrund verbuscht. Heini hatte das natürlich gewusst, hatte noch hoch geschrien, sofort wieder retour zu kommen, als der Hang abgegangen war. Großflächig, gewaltig, mit einem Donnergrollen. Es war dunkel geworden. Abigail Baxter gab an, sie habe geschrien in Todesangst. Als der Hang zum Stillstand gekommen war, waren drei Skifahrer verschüttet, denn die Lawine hatte auch Steffen Schaller noch erwischt.

Heini hatte per Handy sofort die Bergrettung informiert. Einige wertvolle Minuten gingen verloren, weil Abigail Baxter eine Panikattacke bekommen und versucht hatte, in panischer Flucht einfach abzufahren. Es war Heini nur mühsam gelungen, sie in eine Alu-Wärmedecke zu hüllen und soweit zu beruhigen, dass sie einfach nur ruhig sitzen blieb. Nach eigenen Aussagen im Prozess hat sie sich später furchtbar geschämt, denn auch sie hätte ja bis zum Eintreffen der Suchmannschaften mit ihrem Lawinen-Piepser nach den Bergkameraden suchen können. So war Heini losgezogen und tatsächlich mit seiner Sonde fündig geworden.

Die Lawine hatte eine ziemliche Mächtigkeit gehabt. Als der Hubschrauber den Rettungshund, den Hundeführer und vier weitere Retter – darunter auch Adi Feneberg – abgesetzt hatte, hatte Heini erst einen Skistiefel frei gelegt. Sie hatten die Frau geborgen – tot! Auch den Mann hatten sie unweit davon entdeckt, ebenfalls tot. Es waren gut anderthalb Stunden vergangen, als Asta, die belgische Schäferhündin und ausgebildete Lawinenhündin, anschlug.

Gerhard hatte sich sein obligatorisches Weißbier eingeschenkt und starrte auf die erkaltete Pizza. Manche Gefühle und Erfahrungen – so alt sie auch sein mögen – brechen plötzlich durch. Erreichen die Oberfläche wie Lava aus einem Vulkan, von dem man annahm, er sei längst erkaltet. Er hatte einmal als Zwanzigjähriger an einer Suchaktion in St. Anton teilgenommen, und was ihm jetzt die Kehle zusammenschnürte und Tränen nach oben trieb, das hätte gestern gewesen sein können. Es war eine typische Hochgebirgslawine gewesen, die in einer Höhe von über zweitausendfünfhundert Metern abreißt und den Wald einfach vernichtet. So eine Lawine hat ungefähr dreihunderttausend Tonnen, Bäume knickt sie wie Streichhölzer ab, und oft sind solche Lawinen viel gefährlicher, weil das zusätzliche Material den Umfang und das Gewicht erhöht: Eine gewaltige Zerstörungskraft, die damals einen alten Bauernhof weggefegt und fünf Menschenleben gekostet hatte!

Gerhard nahm einen tiefen Schluck aus seinem Glas und beugte sich wieder über seine Unterlagen. Die Helfer hatten im Walsertal nach exakt siebenundneunzig Minuten Steffen Schaller geborgen, bewusstlos, nur mit minimalen Erfrierungen an den kleinen Fingern. Ein echtes Wunder.

Danach war die Maschinerie in Gang gekommen. Die Staatsanwaltschaft hatte wegen Fahrlässigkeit ermittelt und Heini schließlich von jeder Schuld freigesprochen. Nicht zuletzt die Aussagen von Abigail Baxter und Steffen Schaller hatten dazu geführt. Denn sie hatten glaubhaft machen können, dass die einzige Fahrlässigkeit auf Seiten der Kürtens gelegen hatte. Und die waren tot!

Im Bericht stand, dass ausgebildete Gutachter Schneeprofile gegraben und Heini entlastet hatten. Der Knackpunkt des Ganzen war immer die Lawinenwarnstufe gewesen. Die Lawinenkommission um Adi Feneberg hatte »drei« angegeben, und auch Gerhard fand, dass Heinis Routenwahl in der Litzenscharte absolut korrekt gewesen war. Außerhalb der Route war der Hang ungleich gefährlicher gewesen wegen der Verbuschung im Untergrund und auch wegen einiger Schwimmschneetaschen. Wären die Kürtens auf Heinis Route geblieben und einzeln gefahren, wäre nichts passiert. Oder doch?

Nun, die Klage war abgewiesen worden. Interessant aber war, dass anschließend ein gewisser Jobst Kürten, der Bruder eines Opfers, eine Privatklage angestrengt hatte. So was kam immer wieder vor, das wusste Gerhard, und er rief sich den Prozess nach dem Jamtal-Unglück im Rahmen des Millenium-Hüttenspektakels 2000 vor Augen. Damals waren die Bergführer in Innsbruck freigesprochen worden, aber eine Frau hatte Privatklage gegen den Veranstalter Summit Club erhoben. Die Beschreibung »Sanfte Tour« hätte sie hinters Licht geführt und falsche Eindrücke vermittelt. Dieser Klage war stattgegeben worden, der Summit Club war zu Schadenersatz verurteilt worden.

Jobst Kürten hatte sich das wohl zum Vorbild genommen und ähnlich argumentiert: Sein Bruder und seine Schwägerin hätten einen »Grundkurs Skitouren« gebucht und kein solches hochalpines Abenteuer. Sie seien getäuscht worden und hätten mit Heinis Angaben einfach aus Unwissen nichts anfangen können. Auch diese Klage war abgewiesen worden, weil Heinis Anwalt darauf abgehoben hatte, dass alle Grundkurs-Teilnehmer vorher bereits zwei Lehrgänge absolviert hatten, bergerfahren und durchaus in der Lage hätten gewesen sein müssen, einer so einfachen Anweisung zu folgen.

Das will ich aber auch meinen, dachte Gerhard grimmig und empfand es als besonders vermessen, dass ausgerechnet einer prozessierte, dessen Bruder den Unfall verschuldet hatte! Er stöberte weiter in den Unterlagen.

Dieser Jobst interessierte ihn. Das musste ja ein schöner Querulant sein. Als er im Nummernverzeichnis seines Handys eine ganz bestimmte Nummer suchte, war – natürlich – der Akku leer. Er durchwühlte mehrere Papierstapel neben seinem Bett nach einem Telefonbuch, was ebenfalls vergeblich war. Also rief er doch die Auskunft an, die ihm die Nummer von Heini Pfefferle in Wiggensbach gab.

Heinis Freundin Petra war dran.

»Oh, da hast du Pech. Heini ist mit einer Tourengruppe am Ofenpass. Ich befürchte, du wirst ihn auch über Handy kaum erreichen. Er kommt aber am Donnerstagabend schon wieder. Kann ich dir denn helfen?«

Gerhard zögerte ein wenig. »Tja, weißt du, ich möchte da nicht in alten Wunden stochern. Es geht um diese unschöne Sache 1999, das Lawinenunglück. Ich wollte mit Heini darüber mal reden. Wenn ich dich damit jetzt nicht zu sehr nerve.«

Es war still. Im Hintergrund hörte man ein Kleinkind krähen.

»Passt schon, Gerhard. Heini und ich haben auch erst kürzlich über die Sache geredet. Wegen Adi Feneberg. Wir hatten gerade etwas Ruhe gefunden, und nun ist Adi tot. Wir haben bemerkt, dass es eine sehr brüchige Ruhe war, die darauf basierte, dass man vor lauter Erschöpfung still wird. Heini ist gerade in den letzten Tagen extrem schlecht drauf. Mal aggressiv, dann wieder depressiv.«

Gerhard schluckt. »Nichts ist wie zuvor und nichts wird jemals wieder so werden, ich weiß das nur zu gut.«

»Du kennst Heini. Er war schon vorher extrem vorsichtig. Jetzt ist er manchmal wie gelähmt. Es hat ihn umgehauen. Mich auch. Vor allem die Tatsache, wie schnell so was geht. Heini hat tausendmal zitternd vor Pein dagestanden und gestammelt, dass er schuld sei. Dass du keine Chance hast, ein Fehlverhalten noch umzukehren, das hat ihn fertiggemacht.«

»Aber ihn trifft keine Schuld!« Davon war Gerhard tief überzeugt.

»Ach, Gerhard. Ja, oder auch nein! Wie fragil alles ist, wie wenig tragfähig die Säulen sind, auf die man gebaut hat! Da gibt es Tage voller Spaß, überquellend von Optimismus. Heini hat hart gearbeitet, und es ist mit Gästen nicht immer leicht. Es lief alles gerade so gut – und dann? Wie schnell dann doch die Woge der Verzweiflung über dieses Leben schwappt!« Sie klang gequält.

»Und dann kommt so einer wie dieser Jobst Kürten auch

noch mit einer Privatklage daher? Was ist das denn für einer?«

»Gerhard, was soll ich sagen? Anfangs dachte ich noch, das ist eben seine Art, mit dem Verlust umzugehen. Um sich schlagen, um irgendwas zu tun. Das ist menschlich. Aber er war wirklich link. Er hat Heini extrem zugesetzt. Menschlich meine ich, denn gleich nach dem Unfall hat er sogar Verständnis geheuchelt. Er wollte Heini aufs Glatteis führen, ihn dazu animieren, irgendwas zuzugeben. Wir haben das erst allmählich gecheckt.«

»Heini war immer ein Menschenfreund«, warf Gerhard ein.

Petra lachte resigniert. »Ja, andere würden naiv dazu sagen. Man sollte empfindsam sein, aber nicht empfindlich! Das war immer das Credo von Heini. Wer Berge liebt und das weitergeben will, wer in einem Dienstleistungsberuf – und das ist es nun mal – arbeitet, der hat so manche Gratwanderung zu gehen. Aber nach so einer Geschichte ist es schwer, noch empfindsam zu sein, ohne oft empfindlich zu leiden. Vor allem ist ja der größte Witz, dass ausgerechnet diese Kürtens die Litzenscharte fahren wollten. Sie haben genervt und gezetert, und im Prinzip war der Hang ja vertretbar. Aber ohne das Generve hätte Heini vielleicht sogar was anderes gemacht. Wenn! Aber! Lassen wir das. Du wolltest was über Kürten wissen. Nun – er ist ein Psychopath, ein Besserwisser, ein Arschloch. Sorry, dass ich das so sage, aber er hat sich total in die Idee verrannt, einen Schuldigen zu finden.«

Gerhard spürte ein Kribbeln über seinen Nacken kriechen. »Und dieser Kürten, würde er weitersuchen nach anderen Schuldigen?«

»Ja – und das hat er auch. Ich weiß nur, dass sein Anwalt

und wohl noch einige andere Anwälte auch eine erneute Klage abgelehnt haben. Stell dir das mal vor, wenn diese Geldgeier schon sagen: Das macht keinen Sinn.«

»Wen wollte er denn sonst noch verklagen?«

»Den Tourismusverband. Begründung: Sie hätten die Anbieter von Tourenkursen nicht richtig geprüft. Dabei ist Heini staatlich geprüfter Ski- und Bergführer, dazu staatlicher Skilehrer und neuerdings sogar Gutachter für Canyoning-Unfälle. Da hat auch der geldgierigste Anwalt den Schwanz eingezogen. Dann wollte Kürten die Lawinenkommission verklagen. Begründung: Sie hätten generell an dem Tag Stufe vier geben müssen.« Es blieb einige Sekunden still. »Du meinst jetzt aber nicht, dieser Jobst hätte Adi umgebracht?«

»Ich meine gar nichts«, sagte Gerhard. »Vergiss das bitte gleich wieder. Fakt ist einfach, dass wir Adis Umfeld und sein Leben beleuchten müssen. Dieser Adi war ein so makelloser Typ, ohne Fehl und Tadel. Ermittle mal in so einem Mordfall! Da zählt jedes noch so abwegige Fitzelchen. Wie fandest *du* den Adi denn, du hast ihn ja auch gekannt?«

Sie schien zu überlegen. »Nun, wir haben ihn während der Prozesse mehrfach getroffen. Er war immer absolut geradlinig. Er hatte nie auch nur die geringsten Zweifel, dass seine Entscheidung möglicherweise falsch oder zumindest grenzwertig gewesen wäre.«

»Höre ich da einen gewissen Unterton in deiner Stimme?« Gerhard wartete gespannt auf die Antwort.

»Hmm, wenn man überkritisch ist, würde man sagen, er war ein bisschen selbstgefällig. Andererseits war er in meinem Beisein wirklich wahnsinnig nett zu Heini, hat immer gesagt, es gäbe für alles eine Lösung. Er hat ihm Mut gemacht. Ach, ich weiß auch nicht. Irgendwie sind seit der Lawine meine Gefühle aus den Fugen. Früher waren es die Aufgaben im Mathematikbuch, heute sind es die Menschen. Gleich bleibt sich nur, dass man sich verrechnen kann.«

Nachdem Gerhard aufgelegt hatte, sah er lange aus dem Fenster, durch das der Mond milchig-weiß hereinschien. Ab und zu zogen Wolken vorbei, verdunkelten den Erdtrabanten und gaben dann sein Licht wieder frei. Gerhard starrte hinaus, regungslos, und vielleicht zum ersten Mal in seinem Leben gab er vor sich selbst zu, dass auch er sich verrechnen konnte, verrechnet hatte. Solange er mit Verbrechen zu tun hatte, sosehr er von der Wirrnis menschlicher Emotionen betroffen war, er war doch immer nur beruflich involviert gewesen. Von seinem privaten Leben hatte er das alles abgekapselt. Aber heute, gerade jetzt, als wieder eine Wolke den Mond ins kurze Schattendasein verbannte, wich all sein Optimismus. Er fühlte sich einsam, ausgeliefert und auf einmal so mutlos, ein Gefühl, das er eigentlich nicht kannte.

Was würde Jo jetzt tun? Er lächelte. Gerade hatte er dieses Weib in die Verbannung geschickt, und jetzt fiel sie ihm schon wieder ein. Also, was würde sie tun? Wein trinken natürlich. Da blieb ihm nur ein zweites Weißbier. Wurde er alt? Melancholisch? Ihn, den sein Vater immer »Mister Himmelblau und Rosarot« nannte. Von seinem Vater hatte er dieses glückliche Naturell geerbt. Gerhard lächelte. War das Einsamkeit? Fühlte sie sich so an? Wurde er alt? Er war sich da nicht sicher, aber wenn Jo jetzt hier gewesen wäre, ihren Wein getrunken hätte und ihn mit ihren verqueren Spekulationen genervt hätte, hätte er sich zu Hause gefühlt. So war da nur der Mond – weit weg, kalt und milchig.

Gerhards Mittwoch begann mit Kreuzschmerzen. Er war über den Unterlagen eingeschlafen und tat sich nun schwer, zumal die Sonne gnadenlos fordernd hereinschien. Es war auch schon fast zehn Uhr! Einem spontanen Impuls folgend, rief er Evi auf ihrem Handy an. Er hörte ein »Pronto« und ein unterdrücktes Lachen.

»Buon giorno, Bella. Hier ist dein müder Chef. Was Neues von Haggenmüller?«

»Morgen, Commissario! Nein, er scheint vom Erdboden verschluckt zu sein. Aber wir bleiben dran. Und du, wo bist du?« Evi klang so jung und frisch.

»Zu Hause, noch! Ich muss mal kurz nach Ulm. Aber du hast den Laden ja im Griff!«

»Ulm? Gerhard, manchmal habe ich ...« Evi brach frustriert ab.

»Hast du Probleme mit meinen einsamen Entscheidungen? Bella, ich weiß. Aber in Ulm und um Ulm und um Ulm herum, das ist mir heute früh einfach ein Anliegen.«

»Jobst Kürten!« Evi setzte auf den Überraschungseffekt. Gerhard blieb stumm. »Na, ich habe deine ominösen Lawinen-Unterlagen auch gelesen! Du glaubst aber nicht wirklich, dass *der* Adi Feneberg ermordet hat?«

»Bella! Ich will Adi Fenebergs Leben Kontur verleihen, ihn kennen lernen«, sagte Gerhard.

»Schon okay. Und wie immer bist du über Handy unerreichbar?«

Gerhard musste lachen. »Ja, genau! Wie immer! Same procedure as every day!«

Als Gerhard an der Autobahn-Raststätte Allgäuer Tor seinen Espresso trank, war es halb elf. Irgendwie war ihm heute melancholisch zumute. Früher waren sie hier oft in den frühen

Morgenstunden eingefallen. Hier war nämlich die ganze Nacht geöffnet. In Kempten hatte selbst das Lorenzo irgendwann geschlossen. Das legendäre Lorenzo, eigentlich Lorenz Stüble, direkt unter der Basilika. Da, wo Bedienung Selma das Regiment geführt hatte, und die schönsten Männer und Frauen der Provinz ihre öligen Knoblauchspaghetti neben total abgestürzten Alkoholikern gegessen hatten.

Dort waren ganz unterschiedliche Gruppen der Kemptner Nachtszene zusammengetroffen: die Abiturienten und Studenten, die bis dahin im »Nest« gewesen waren und weltgewandt diskutiert hatten. Andere im Zirkel um einen Tanzlehrersohn waren alle naselang mal schnell an den Gardasee zum Surfen »gejettet« und hatten vorher im Lorenzo den Hallo-Wach-Kaffee getrunken. Heute waren sie alle Anwälte, Ärzte, Architekten, Computerspezialisten oder Contacter der schillernden Werbewelt.

Die schönsten und angesagtesten Männer der Stadt hatten nicht im »Nest« diskutiert, sondern gleich in der Diskothek Pegasus Hof gehalten. Einige hatten damals schon gewusst, dass Schnee einfach ins Allgäu gehört. Vor allem ins Nachtleben!

Und die schönsten Frauen? Die hatten stufig geschnittene zottelige Kim-Wilde-Frisuren und Overalls mit viel Einblick getragen. Oder hatten die dauergewellten Locken geschüttelt, als sie in Latzhosen mit einfach nichts drunter zu John Watts »No time« im Pega getanzt hatten. Sie waren auf Privatfesten in einer Villa in Stielings versumpft, wo man jede Nacht »Live of Brian« auf Video angeschaut hatte, bis die Mutter der Villentochter die Invasion nicht mehr hatte ertragen können und das Video gelöscht hatte. Und fast alle Mädels hatten Kemptens schönsten Mann, den Mann mit der Wildlederbadehose, angebetet, in dessen Dunstkreis noch andere Helden der Provinznacht zum Zug gekommen waren.

Und es wurde gekifft und geliebt und intrigiert und gelacht und gehasst! Wohl denen, die dazugehört hatten. Es war ein buntes Leben gewesen auf den Loopings der spannenden Achterbahn der achtziger Jahre! Aids war noch kein Thema gewesen, und die Zukunft hatte ihr überreiches Angebot ausgebreitet. Es war ein wenig wie in »Summertime« gewesen: »Your daddy's rich and your mum is good looking.« Jetzt, im Heute, erlitten die reichen Väter Firmenpleiten, und die einstmals schönen Mütter hatten Falten vor Gram. Und irgendwie wollte sich die Leichtigkeit der Achtziger nicht mehr einstellen.

Gerhard nippte an seinem Espresso und horchte: Gerade jetzt liefen im Radio Achtziger-Jahre-Songs rauf und runter. Spaßmusik wie ABC gefolgt von der unterkühlten Clubmusik von Sade. Und das junge Mädel an der Tanke, das vielleicht neunzehn war, hatte auch wieder eine Dauerwelle. Schmerzlich nahm Gerhard wahr, dass das deplatziert wirkte. Die Zeit des »Smooth Operator« war um, die gut verträgliche Leichtigkeit der Achtziger war um.

Um kurz nach halb zwölf kam Gerhard auf dem Eselsberg an. Es war ein Neubauviertel oben am Berg in Mehrfamilienhaus-Architektur, von der man vor zehn Jahren angenommen hatte, sie sei angenehm fürs Auge. Dazwischen lagen Doppel- und Reihenhäuser mit Handtuchgärten. Alles nett, schwäbisch, sauber und ohne Geschichte. Kürten wohnte in einem Reiheneckhaus. Gerhard war einem Impuls gefolgt, als er losgefahren war. Er parkte etwas vom Haus entfernt und spazierte eine kurze Runde durch die Straßen. Um Viertel nach zwölf läutete er, und die Tür ging auf. Der Mann hatte einen akkurat gestutzten Bart, war groß, stämmig, etwa Ende vierzig und sah Gerhard überheblich an.

Betont lässig zog Gerhard seinen Ausweis. »Kriminalpolizei Kempten. Entschuldigen Sie den Überfall, aber kann ich Sie kurz sprechen?«

Das Überhebliche war aus den Augen des Mannes gewichen, für Sekunden lag ein Aufflackern von Panik darin, dann quälte er sich ein Lächeln ab.

»Sicher, der Polizei stehen wir doch immer zur Seite.«

Wen er mit »wir« meinte, war unklar. Womöglich seine Zunft? Der Mann war Lehrer, oder besser Studienrat, und, wie Gerhard natürlich am Morgen recherchiert hatte, am Mittwoch nur mit vier Vormittagsstunden gesegnet. Deshalb war er auch daheim. Das hatte Gerhard zwar nicht wissen können, aber irgendwie war ihm klar gewesen, dass ein Jobst Kürten nicht zum Shopping, ins Café oder gar Frühschoppen ging.

Kürten führte Gerhard in einen Wohn- und Bürobereich, an dessen Wänden geballtes Wissen hochwuchs, Bücher, Zeitschriften in Aufstellern, daneben eine Vitrine mit Fläschchen. Alles war aufgeräumt, akkurat geschichtet und rechtwinklig angeordnet. Zeugnisse seiner Bildungsreisen schmückten Wände und Vitrinen: eine marokkanische Tajine, eine balinesische Tempeltänzerin, zwei afrikanische Schnitz-Elefanten. Der Raum wirkte ehrfurchtgebietend. Diese Wirkung schien beabsichtigt zu sein. Kürten schwieg und starrte Gerhard durchdringend an. Für einen Moment durchlief Gerhard das Gefühl aus seiner Schulzeit, wenn er die Lateinvokabeln nicht gelernt hatte. Diese Sekunden bleierner Schwere. Wen würde der Lehrer wohl aufrufen? Gerhard hatte eine leise Ahnung vom Unterricht des Herrn Mathe-Physik, als er sich auf einen Ledersessel setzte, der ebenfalls einen Tick zu wuchtig war.

»Ich ermittle im Mordfall Adi Feneberg«, sagte er, ohne Kürten anzusehen. Sonst nichts. Auch er beherrschte die Kunst des impulsgebenden Schweigens. Ganz ohne Pädagogik-Studium.

»Herr Feneberg ist tot?« Kürten runzelte die Augenbrauen.

Na, wenigstens musste er nicht bei Adam und Eva anfangen, dachte Gerhard. Immerhin leugnete er nicht, Adi Feneberg gekannt zu haben.

»Ja, und ich nehme doch stark an, dass Sie das den Medien entnommen haben.«

»Nun, Sie werden es nicht glauben, wir haben keinen Fernseher!«, bellte Kürten.

»Aber sicher eine Zeitung, und ich wüsste kein Blatt, das nicht darüber berichtet hat – zumal Adi Feneberg doch eine Person Ihres Interesses war.«

Gerhard war noch immer sehr, sehr höflich. Gefährlich höflich.

»Da müssen Sie sich etwas konkreter ausdrücken. Was heißt Interesse?« Kürtens Stimme war überheblich. So als würde er einen Schüler abkanzeln, der zwar irgendwie um Antwort rang, aber eben nicht die richtigen Begriffe fand.

Gerhard ignorierte das. »Herr Kürten, Sie haben Ihren Bruder Peter und Ihre Schwägerin Brigitte 1999 bei einem Lawinenunglück in der Litzenscharte verloren. Sie haben daraufhin versucht, den Bergführer Heini Pfefferle zu verklagen, obwohl der im Strafprozess freigesprochen worden ist. Das schien wenig aussichtsreich, und wie man hört, wollten Sie nun auch Adi Feneberg verklagen.«

»Sie sind ja bestens informiert.« Kürten war nicht bereit, auch nur einen Millimeter Terrain aufzugeben.

»Berufskrankheit«, sagte Gerhard und schwieg.

»Es kann doch nicht sein, dass diese Bergler Menschen

in gefährliche Fallen locken und dann keiner bestraft wird!« Echauffiert war Kürten aufgesprungen.

Gerhard musste sich beherrschen. »Ich möchte mir da kein Urteil anmaßen, aber Fachleute und Gutachter haben keine Fahrlässigkeit feststellen können.«

»Die halten doch zusammen, diese Bergler. So was muss vor einen neutralen Gerichtshof, einen, der nicht beeinflusst ist wie Kempten. Das ist ein Bergler-Komplott!«

Ja genau, am besten nach Karlsruhe, dachte Gerhard verbittert. Er, selbst so ein Bergler, kochte innerlich, blieb aber äußerlich völlig ruhig.

»Von Locken kann ja wohl keine Rede sein, Ihr Bruder hat sich freiwillig in die Hände des Bergführers begeben.«

»Das ist es ja. Auf Treu und Glauben. Und mein Bruder wollte an dem Tag auch gar nicht diese vermaledeite Scharte fahren. Mein Bruder hatte einen anderen Berg im Sinn, aber der Bergführer hat ihn gezwungen. Und da setze ich an: Mein Bruder wurde getäuscht.«

Er hatte also auch den Jamtal-Prozess verfolgt und hatte vor, im Dunstkreis des Summit-Club-Urteils etwas rauszuschlagen. Gerhard sah zum Fenster hinaus, zählte innerlich bis zehn und fuhr fort: »Lassen wir das mal dahingestellt, darüber mögen wirklich die Gerichte entscheiden. Aber jenseits der Schuldfrage von Heini Pfefferle hatten Sie auch Adi Feneberg im Visier, oder?«

»Jawohl!« Kürten stützte sich auf seinen Schreibtisch mit bedrohlich abgewinkelten Armen auf, eine Haltung, mit der er wahrscheinlich arme Schüler-Würstchen bedrohte. »Es kann doch nicht sein, Lawinenwarnstufe drei an so einem Tag zu geben! Das hätte vier sein müssen. Und dann wäre der Bergführer auf keinen Fall aufgebrochen.«

Wenn Gerhard ganz ehrlich war, dann erschien ihm die Entscheidung von Adi Feneberg wirklich zweifelhafter als die von Heini. Aber selbst wenn man zweifeln wollte, es gab so viele kleinräumliche Gegebenheiten, dass so ein Wert sowieso nur ein Richtwert sein konnte.

»Aber auch hier wurden Ihnen wenig Chancen eingeräumt, überhaupt einen Prozess anzetteln zu können.«

Das Wort »anzetteln« hatte Gerhard mit Bedacht gewählt, und auch Kürten hörte es wohl.

»Selbst bei einer Vier könnte man am Oberjoch gefahrlos im Powder fahren. Und bei null Sicht gibt es immerhin noch den Spießer Lift. Und auch am Bolsterlanger Horn gibt es eine Vielzahl an Schneisen, die lawinensicher sind. So einfach ist das nicht, Herr Kürten. Jeder Quadratzentimeter ist anders, und ganz gefahrlos ist Tourengehen auch bei einer Lawinenwarnstufe eins oder zwei nie.«

»Ein Fachmann, was?«, fragte Kürten ätzend.

Gerhard konnte es sich nicht verkneifen, zu sagen: »Ja, ich bin auch so ein Bergler!«

Kürten, wahrscheinlich an aufsässige Schüler gewöhnt, konterte: »Das ist kein Diskussionsniveau! Also, was wollen Sie von mir?«

Es verdirbt den Charakter, wenn man immer nur mit Menschen zu tun hat, die einem unterlegen sind, dachte Gerhard. So viele Jahre am längeren Hebel, ohne Kontrollinstanz, das war für Despoten ein viel zu einfaches Betätigungsfeld.

»Herr Kürten, Sie hatten extrem wenig Chancen, einen Prozess gegen irgendjemanden zu führen, geschweige denn zu gewinnen. Und das wussten Sie. Also haben Sie sich an Adi Feneberg eben anders gerächt. Durch Mord.«

Kürten war kurz aus dem Konzept geraten, aber nur ganz kurz.

»Und wieso habe ich nicht lieber diesen Bergführer ermordet? Kommen Sie, das ist ja lächerlich. Da haben Sie Ihre Hausaufgaben aber schlecht gemacht.«

»Ich habe meine Hausaufgaben fast immer schlecht gemacht, vor allem in Mathe. Herr Kürten, wo waren Sie Samstag und Sonntag?« Gerhard ließ sich nicht provozieren.

Kürten lachte ein angewidertes Lachen. »Brauche ich denn ein Alibi gleich für zwei Tage?«

»Wo waren Sie?«, insistierte Gerhard.

»Hier! Ich habe korrigiert. Und wahrscheinlich war ich mal mit meiner Frau am Samstag beim Einkaufen, und am Sonntagabend waren wir beim Italiener wie jeden Sonntag.«

»Kann das jemand bestätigen?«, fragte Gerhard.

»Na, meine Frau natürlich und die Bedienung im Restaurant.«

»Und Ihre Frau ist leider momentan abwesend?« Gerhard lächelte ihn an.

»Sie ist in der Schule. Wir unterrichten am selben Gymnasium. Meine Frau Latein und Französisch.«

Der gesamte Bildungshorror! Gerhard schauderte. Latein, wo er nie über »Gaius et Julius ambulant« hinausgekommen war, und Französisch, eine Sprache, die er wegen der Grammatik abgrundtief gehasst hatte. Dieses Ehepaar hatte ja etwas von einem Gruselkabinett. Er erhob sich.

»Herr Kürten, ich danke für Ihre Zeit, und es wird Ihnen ja sicher nichts ausmachen, dass die Ulmer Kollegen sich noch mal bei Ihnen melden.«

Der hatte gesessen, aber Kürten schüttelte lediglich den Kopf.

Als Gerhard wieder in sein Büro kam, saß Evi an seinem Computer, neben ihr ein Früchtequark. Sie sah aus wie ein Werbespot für leichte Ernährung. Gerhard biss ohne schlechtes Gewissen in seine Leberkäsesemmel, die er unterwegs erstanden hatte.

Evi sah hoch.

»'tschuldigung, dass ich hier bin. Aber die anderen Computer sind alle besetzt. Du brauchst deinen ja eh nicht. Und was ist denn rausgekommen in Ulm?«

Gerhard berichtete von Jobst Kürten, und Evi war von diesem Verdächtigen sehr angetan. Ein Lehrer-Querulant als Mörder war durchaus nach ihrem Geschmack. Aus ihrer Zeit als Streifenpolizistin war ihr unangenehm präsent, dass Lehrer immer besonders »schwierige Kunden« gewesen waren.

Gerhard wiegelte ab. »Die Kollegen in Ulm checken mal das Alibi, vorher bitte keine Spekulationen.«

»Und die anderen Beteiligten des Lawinenunglücks?«, gab Evi zu bedenken.

»Die Kürtens sind ums Leben gekommen. Sonst niemand. Warum sollten Überlebende oder deren Angehörige morden? Das Ganze ist wahrscheinlich eine Sackgasse. Mir wäre es lieber, du würdest mir Haggenmüller herbeizaubern.«

Evi hatte kein Argument in petto, war aber nicht bereit, so schnell aufzugeben.

»Trotzdem, was ist denn nun mit den Überlebenden?«

»Bella! Die Frau war eine englische Touristin, die seither den Alpenraum gemieden hat, und der Junge heißt Steffen Schaller, ist heute sicher Ende zwanzig, arbeitet in München als Assistenzarzt und hat nach dem Unglück die Rettungsleitstelle besucht. Er hat der Schäferhündin Asta, die ihn damals gefunden hat, zweimal ganze Berge von Wienerle und Schübling mitgebracht. Er wollte die Tragödie unbedingt aufarbeiten, hat sich sogar überwunden, den Hang erneut zu fahren.«

»Und woher weißt du das alles?«

Gerhard machte eine Kunstpause.

»Von Reiber. Ja, da staunst du! Von Volker Reiber, dem bestgekleideten Mann der Kripo. Der Mann, in dessen grünen Augen alle Frauen versunken sind. Du auch! Gib es nur zu! Er arbeitet bekanntlich in München, und ich hab ihn sozusagen um Amtshilfe gebeten. Ich wollte zu diesem Steffen keinen Streifenpolizisten hinschicken, sondern einen Profi.«

Evi nickte. Das nahm ihr den Wind aus den Segeln.

»Ich soll dir einen Gruß sagen. Er würde ein Augustiner Hell auf dich trinken.«

Jetzt grinste Gerhard noch mehr, denn Volker Reiber hatte im Allgäu jeden Alkohol abgelehnt und nach Mate-Tee verlangt.

»Tja, was uns nicht gelungen ist, schaffen die Oberbayern. Aber vielleicht hat er ja eine fesche neue Freundin mit viel Holz vor der Hüttn, und die hat ihn zum Bier bekehrt – und was sonst noch alles.« Gerhard schaute Evi provozierend an.

»Depp!«, war Evis einziger Kommentar, aber sie ließ nicht locker. »Hat der Reiber denn das Alibi von Steffen Schaller überprüft?«

»Ja, du Super-Kriminalistin, obwohl das sowieso eine haarsträubende Idee war. Einer, dem ein zweites Leben geschenkt wurde, bringt keinen um, sondern freut sich über seine Wiedergeburt.«

Das musste Evi zugeben, das war nicht von der Hand zu weisen. »Trotzdem«, hob sie wieder an, »was war da nun mit dem Alibi?«

Gerhard lachte laut heraus. »Du Nervensäge! Er war an diesem Wochenende mit einem Professor, der ihn sehr schätzt und aufbauen will, auf einem Ärztekongress in Hamburg. Ich habe momentan davon Abstand genommen, den Prof zu fragen, ob sein Schüler auch wirklich Tag und Nacht bei ihm war. Capito? Du verstehen?«

»Ja, ich verstehen, und jetzt arbeite ich weiter, ich bin da nämlich diesen Okkultisten auf der Spur. Da gibt es Seiten im Web, du fasst es nicht!«

Nein, das fasste er wirklich nicht. Dieses ganze Internet war Gerhard ein Rätsel.

»Und Haggenmüller?«

»Niente«, sagte Evi und hieb in die Tastatur.

13. Als Jo am Mittwochmorgen gegen zehn aufwachte und hinausging, um die Zeitung reinzuholen, war es auch bei ihr oben auf fast tausend Metern nicht mehr so kalt. In der Zeitung war zum ersten Mal keine Rede mehr von Adi Feneberg. Obwohl sie heute noch bürofrei hatte, wollte sie in Immenstadt vorbeischauen. Patti war zwar nun auch aus Berlin zurück, aber es war nicht auszuschließen, dass diese mehr das Klo denn den Infotresen hütete.

Im »Städtle« war es gegen elf noch wärmer, und der Wolken-Sonne-Mix malte spektakuläre Lichtspiele in den Schnee. Patti saß im Büro und strahlte.

»Mir ist nicht mehr schlecht, es ist wie ein Wunder.« Und zum Beweis stopfte sie sich ein Schokocroissant in den Mund. Sie hatte Jo auch eins mitgebracht. Die beiden kämpften sich drei Stunden durch Berge von Business-Cards, nahmen neue Journalistenkontakte in die Kartei auf und skizzierten Themenideen für Pressemeldungen und Pressereisen. Jo erwähnte kurz das Gespräch mit Heini Pfefferle.

»Die Idee ist gut«, meinte Patti und konnte sich anscheinend nicht verkneifen zu fragen: »Da kommt Jens doch sicher gern?«

Jo streckte ihr die Zunge raus.

»Bevor du mich weiter nervst, nerve ich lieber meine Pferde. Die sind eindeutig zu kurz gekommen in den letzten Tagen. Tschüss, du Lästermaul.«

Auf »ihrer« Route Ettensberg – Gunzesried war der Weg das Ziel, und normale, vernunftbegabte Menschen hätten diese Straße heute gemieden. Die Fahrbahn war schneebedeckt und zerfurcht, in den passartigen Kurven war es glatt wie auf einer Eisbahn. Wozu hatte man Allrad! Gunzesried sah heute aus wie aus dem Winterprospekt. So hätten die Journalisten das Allgäu sehen müssen! So hätte Jens das Allgäu sehen müssen! Patti hatte sie an Jens erinnert, und Jo lag ihr Auftritt in Berlin immer noch schwer im Magen. Sie dachte an Jens, seine weiche Haut, eine Nacht, deren Zauber so brutal an der Realität zerbrochen war. Und an ihrer eigenen Blödheit. Nimm dich zusammen, sagte sich Jo und betrachtete die Landschaft. Schneehauben saßen auf den Dächern, besonders vorwitzig auf den Dächern der Vogelhäuschen. Die Luft sollte man eigentlich in Flaschen verpacken und smoggeplagten Städtern zum Daran-Schnüffeln verkaufen, dachte sie.

Eine wunderbare Ergänzung zum Kitschbild gaben die Pferde ab. Sie galoppierten durch den Tiefschnee – wild buckelnd, die totale Lebensfreude. Fenjas Fohlen hatte echte Probleme, der Schneemassen Herr zu werden. Als Jo nach ihnen rief, ruckten die Köpfe hoch. Fenja gab ein tief grummelndes Wiehern von sich, Falco sein hohes Quieken, das für einen stattlichen Wallach nun wirklich peinlich war. Jo musste lachen und brachte es nicht übers Herz, die Viecher bei ihrem Spiel zu stören. Sie schaute ihnen eine Weile zu und ging dann den Stall ausmisten. Das war eine einfache und beruhigende Tätigkeit mit Erfolgsgarantie. Als sie in einer rosa Dämmerung wieder Richtung Heimat fuhr, war sie glücklich und gut gelaunt.

In Stein erinnerte sie sich an die Adresse von Irene und Quirin. Ob sie da nicht einfach mal vorbeischauen sollte? Sie hatte heute Vormittag noch mal versucht, Gerhard zu erreichen.

Aber wenn der nie ans Telefon ging! Sie hätte sich ja vielleicht entschuldigt für ihr ungestümes Voranpreschen, und sie hätte ihm vielleicht von Irene und Quirin erzählt. Aber so? Dann würde sie jetzt eben mit Quirin reden. Ihm ein gutes Gefühl geben. Beim Bierwagen-Sepp hatte das ja auch funktioniert.

Erst vor dem Haus überlegte Jo, was sie eigentlich sagen wollte. Vielleicht könnte sie nach Sandra fragen? Ob die wohl da sei, sie sei gerade zufällig vorbeigekommen? Quatsch, Quirin war klug genug, das nicht zu glauben. Als sie an der Tür läutete, hatte sie immer noch keine Idee.

Quirin öffnete. Er kam Jo noch dünner und blasser vor als beim letzten Mal. Unter seinem modisch engen Rippenpulli zeichneten sich die Schulterknochen ab. Hörte man nicht auch zunehmend von Magersucht bei Jungs?

Quirin strich sich eine Haarsträhne aus dem Gesicht.

»Die Frau Reit-Doktor. Sie interessieren sich für meine Schwester?«

Sandra! Sie hätte es ahnen müssen!

»Ach, ich hab da so ein Foto gesehen, da war ein Mädchen drauf, das sah dir so ähnlich, dass ich dachte, das könnte deine Schwester sein«, sagte Jo und kam sich extrem dämlich vor wie sie hier im Türrahmen stand.

Quirins durchdringende Augen, dieses Braun mit gelben Sprenkeln, starrten sie an. »Und um mir diese bahnbrechende elementare Erkenntnis mitzuteilen, sind Sie hergekommen?«

»Quirin, jetzt lass halt mal den Scheiß. Ich muss mit dir reden.« Von wegen Jugend-Versteher! »Kann ich reinkommen?«

Quirin machte eine vage Handbewegung und lenkte Jo in einen Raum, der aus einer halboffenen Küche und einem Essplatz im Erker bestand. Hier war jemand am Werk gewesen, der ein Händchen für Design hatte. Kornblumenblau, Gelb und Weiß dominierten die Vorhänge, Kissen und Sets. Das ganze Ambiente wirkte skandinavisch heiter.

»Nett!«, sagte Jo.

»Das liegt am Auge des Betrachters. Meine Mutter ist die Inkarnation von Schöner Wohnen und Ikea«, sagte Quirin – zynisch wie immer – und sank auf einen weiß lackierten Holzstuhl.

»Du scheinst deine Mutter ja nicht sehr zu schätzen?« Jo sah ihn scharf an.

Er hielt ihrem Blick locker stand. Und auf einmal schrie er fast: »Was wollen Sie eigentlich? Was stochern sie in meinen Gedanken herum?«

Jo zuckte zusammen. »Ich will die Wahrheit wissen über Adi Feneberg!«

Rumms, das war ja wieder mal eine typische Kennerknecht-Eröffnung. Gleich mal einige Bauern geopfert. Immer volles Risiko. Die Königin war schon jetzt exponiert.

»Warum die Wahrheit um jeden Preis? Wenn die Wahrheit schön wäre, aber die Wahrheit ist meist viel schmutziger als die Lüge, als die Verschleierung. Pah! Die Wahrheit, die ist grell und leuchtet in den letzten Winkel. Wollen Sie das wirklich, und wem nutzt das letztlich?« Quirin deklamierte mehr, als dass er redete.

Jo starrte ihn an. Quirin kam ihr vor wie ein moderner Mephisto. Sie beschloss, ihm direkt zu antworten.

»Vielleicht nutzt die Wahrheit Adi Feneberg? Oder seiner Familie. Es ist besser zu wissen, warum sich Tragödien ereignet haben, als immer nach dem Warum zu fragen.«

»Sie glauben also wirklich, ich wüsste etwas über den Tod von Adi Feneberg?«, fragte Quirin

»Ich weiß nicht, was ich glauben soll. Aber ich möchte wissen, warum er gestorben ist. Weißt du, weswegen Adi Feneberg sterben musste?«

»Stets stirbt jemand, längst bevor er tot ist! Durch die Ungeduld, durch das Unvermögen, durch die Abwesenheit von jemandem, durch die Dummheit eines Menschen. Wir haben uns daran gewöhnt. Ich will mich daran nicht gewöhnen. Jetzt nicht und in Zukunft nicht.«

Verdammt, der Knabe war einfach nicht zu greifen. Aber Jo wollte nicht aufgeben.

»Okay, Quirin, das stimmt wohl leider. Menschen sind dumme Trampeltiere. Aber was hat das alles mit Adi Feneberg zu tun? War Adi ein Trampeltier?«

»Und gleich sagen Sie mir, dass der Schmerz vergeht. Dass mit zunehmendem Alter die wilden, verwegenen Wünsche vergehen. Was ist denn das für eine Aussicht? Resignation verbrämt als die Milde des Alters? Was wird denn aus den Plänen, die ihr nie umsetzt? Irgendwo gibt es einen Friedhof der unerfüllten Wünsche. Eine Deponie gewaltigen Ausmaßes. Seelenmüll, und irgendwann wird der Haufen so groß, dass er unaufhaltsam auf euch zukommen wird. Auf Sie auch! So wie die Lava des Ätna – und ihr werdet ersticken!«

Jo wurde langsam sauer angesichts seiner theatralischen Prophezeiungen. »Und du, du denkst, es sei eine Lösung, jemanden im Funkenfeuer zu ersticken?«

Quirin lachte ein klirrendes Lachen. »Was Sie so alles zu wissen glauben. Wieso sollte ich ausgerechnet mit Ihnen reden?«

»Weil ich dich verstehe. Weil du Recht hast, dass es selten Milde des Alters gibt, dafür aber Resignation und Aggression. Weil ich selbst die Unschuld verloren habe, wirklich zu leiden, wirklich zu rasen, wirklich zu trauern. Ich ertappe mich dabei zu sagen: Das Leben ist eben so. Das ist Scheiße! Und weil das so ist, sollst du mit mir reden.«

Quirin schwieg.

Jo, der jetzt alles egal war, rief aus: »Ich erzähl dir jetzt mal was, Quirin! Etwas aus meiner Schulzeit. Ich gehörte zu einer Gruppe von Schulrevoluzzern inmitten von braven, aufrechten Kollegiaten. Ich war der Alptraum meines Kunstleistungskursleiters. Es war wohl der Frust über eine gescheiterte Künstlerlaufbahn, auf jeden Fall ist er an seiner überdurchschnittlichen Durchschnittlichkeit gescheitert. Ausbaden durften wir Schüler es. Das Ganze gipfelte in einer sogenannten ›Selbstdarstellung‹. Mittels Fotografie und Verkleidung sollten wir Fotos von uns schießen und genau erklären, was wir fühlen. Anfangs habe auch ich mich einlullen lassen, brav mein Innerstes nach außen gekehrt unter dem Kommentar seiner ätzenden Worte. Ich spüre die Enttäuschung noch darüber, dass ein erwachsener Mann zu so niederen Mitteln griff und uns bloßgestellt hat.«

Quirin hatte aufmerksam zugehört. »Ja, Sie sagen es, es ist unwürdig, wenn ein Erwachsener so handelt.«

Zum ersten Mal schien Jo an ihn heranzukommen. Sie lächelte ihn an.

»Ich habe dann extra schlechte Arbeiten abgegeben. Die Note hat meinen Abiturschnitt und unser Verhältnis endgültig ruiniert. Und ich entdeckte einen Charakterzug an mir: Auch wenn die Folgen katastrophal sind, geschicktes Taktieren, das ist nicht das Meine. Sonst wäre ich jetzt nicht hier. Es ist auch mir ein Gräuel, wenn einer resümiert: Ich bin froh, ein ereignisloses Leben geführt zu haben. Ich werde nicht einwilligen, genauso wenig wie du, aber das ist doch kein Grund, jemanden umzubringen.«

Quirin sah sie nur unverwandt an. Die Luft war geladen. Er füllte den Raum aus. Er hatte eine überstarke Präsenz. Eine unangenehme Präsenz.

»Wisst ihr etwas über Adis Tod? Du oder Steffen oder Irene?«, fragte Jo vorsichtig.

»Lassen Sie Irene aus dem Spiel!«

Das schien ein Reizthema zu sein. Sie versuchte es weiter. »Irene wohnt in München, oder? Und deine Eltern sind geschieden, oder?«

»Ja, und das ist gut so!« Er sah Jo genau an. »Und Sie, Sie sind nicht verheiratet? Aber Sie wünschen sich wie alle Frauen eine Hochzeit in Weiß, häh?« Quirins Augen waren voller Hohn.

Na, wenigstens versuchte er nun, sie zu verletzen. »Nein, ich bin nicht verheiratet. Und nein, mein Lebenstraum ist das nicht. Wieso auch? Ich hatte und habe wenig gute und verdammt viele schlechte Vorbilder vor Augen, wo die Schwiegereltern dem jungen Glück viel zu früh einen Bauplatz aufgezwungen haben. Zweihundert Quadratmeter purer Zwang, dann schnell aufeinander folgend die Kinder, die Ratenzahlungen, die Kaffeeeinladungen für die Spender des Bauplatzes. So wollte ich nie leben.«

Quirin nickte, und für wenige Sekunden war er ein ganz normaler junger Mann, als er sagte: »Ja, so ähnlich war das bei uns auch. Meine Eltern haben es versiebt. Und geholfen hat ihnen auch niemand, eher im Gegenteil…« Er brach ab.

Jo sah ihn gespannt an. »Wer hätte denn helfen können?«

Nichts kam. Plötzlich sprang er auf. Die Augen aufgerissen wie ein gehetztes Tier. »Vergessen Sie es. Lassen Sie mich in Ruhe. Ich lass mich nicht einlullen.«

Er rannte hinaus. Jo hörte ein Moped knattern.

Was war das denn gewesen? Gerade, als es den Anschein gehabt hatte, er würde sich öffnen, rastete er derart aus. Jo saß in der Küche eines fremden Hauses und war verstört. Langsam erhob sie sich, ging in den Gang und zog schließlich die Eingangstür hinter sich zu. Es war dunkel geworden, als sie heimfuhr – beunruhigt und einmal mehr alles andere als stolz auf sich selbst. Gott, wie peinlich! Und dabei hatte sie sich doch fest vorgenommen, Gerhard mit einem Fahndungserfolg zu überraschen. Nun hatte sie wieder nichts außer einem Scherbenhaufen. Irgendwie musste sie noch mal mit Heini Pfefferle reden. Es war doch extrem unverfänglich, bei dem anzurufen? Sie würde vorgeben, dass es doch eine gute Idee wäre, die Tour für die Journalisten probeweise mal zu gehen. Dann hätte sie genug Zeit, mit Heini zu plaudern und ihm das eine oder andere zu entlocken.

Am Telefon meldete sich eine weibliche Stimme mit Petra Sulzer. Jo erläuterte ihr Anliegen. Petra erklärte ihr, dass Heini erst am Donnerstagabend wiederkommen würde, aber sicher gern zurückriefe. Damit gab sich Jo zufrieden. Sie hatte morgen sowieso einen Arbeits-Großkampftag. Aber vielleicht konnte sie für Freitag etwas mit Heini vereinbaren.

14. Gerhard saß am Nachmittag vor seinen wippenden Plastikfreunden und sah aus dem Fenster. Der Himmel war mal sonnig, mal bewölkt, die Kälte hatte spürbar nachgelassen. Klumpige Schneebatzen, ihres frostigen Halts beraubt, fielen von den Bäumen. Am Nachbarhaus sauste eine Dachlawine zu Tale und verfehlte nur knapp einen Smart. Glück gehabt, dachte Gerhard gerade, als die Zentrale einen Anruf durchstellte. Es war Haggenmüller!

»Frau Endrass sagte mir, dass Sie mich sprechen wollen?«

Selbst ein Gemütsmensch wie Gerhard war einfach platt. Da war dieser Haggenmüller einfach drei Tage verschwunden, und jetzt rief er an. Einfach so! Gerhards Stimme bebte, als er sagte: »Ich würde Sie dringend bitten, umgehend hier aufzulaufen. Umgehend, sonst lasse ich Sie holen. Wo sind Sie überhaupt?«

»Ja, sagen Sie mal, was soll diese ganze Aufregung denn? Ich habe mir einige Tage frei genommen. Dank meiner hervorragenden Mannschaft kommt der Laden auch ohne mich aus.«

Haggenmüller klang noch zynischer, als er weitersprach: »Muss ich jetzt schon Urlaubsanträge bei der Polizei einreichen? Oder gar minütlich meinen Aufenthaltsort durchgeben?«

»Wo waren Sie, Herr Haggenmüller?«

»Zu Hause, und da bin ich noch«, sagte er lakonisch.

»Wie bitte?« Gerhard glaubte seinen Ohren nicht zu trauen. Da fahndete die halbe Republik nach dem Typen, und er war zu Hause. Sie hatten ungefähr tausendmal geklingelt und angerufen. Eine Streife hatte das Haus observiert. Und der Typ war einfach schon drin gewesen.

»Sie haben sich verhalten wie bei einer Belagerung!«, rief Gerhard.

»Ich habe das Telefon ausgestöpselt und die Klingel abgestellt. Das ist ja wohl nicht verboten, oder?«

»Keiner unserer Beamten hat ein Licht bemerkt!«

»Ach, dann waren das Ihre Leute in dem Auto vor meinem Haus. Tja, ich habe ein Basement und gute Vorhänge. Wenn mich keiner sieht, ist das ja wohl das Problem Ihrer Leute! Ja, sagen Sie mal, leben wir denn hier in einem Überwachungsstaat? Ich werde Sie anzeigen!«, schrie er.

»Versuchen Sie es!«, brüllte Gerhard zurück. »Vorher aber beschuldige ich Sie des Mordes an Adi Feneberg.«

Es war kurz still.

»Sie laden mich nicht als Zeugen, sondern als Beschuldigten?«, fragte Haggenmüller nun wieder sehr beherrscht.

Obacht, dachte Gerhard. Der kennt sich aus in der Terminologie. »Ja, B-E-S-C-H-U-L-D-I-G-T-E-R«, buchstabierte Gerhard.

Auf der anderen Seite war ein trockenes Lachen zu hören.

»Dann werde ich wohl meinen Anwalt kontaktieren. Und zu Ihrer Information: Ich habe neben BWL auch einige Semester Jura studiert.«

Es klickte. Haggenmüller hatte aufgelegt.

Wütend stieß sich Gerhard vom Schreibtisch ab und donnerte mit seinem Holzdrehstuhl gegen den Spind. Als er hochsah, stand Evi in der Tür und schaute ihn fragend an. Gerhard gab ihr mit bebenden Nüstern einen Bericht ab und folgte dann ihrer Empfehlung, sich »etwas einzukriegen« bis zur Vernehmung.

Eine Stunde später trudelte Haggenmüller ein, gefolgt von Robert Bruckner, dem Anwalt. Gerhard nickte Robert zu. Sie spielten ab und zu in einer Hobbymannschaft zusammen Eishockey. Sie würden zwar keine Wayne Gretzkys mehr werden, aber die Eishackler-Runde hatten sie vor Jahren eingeführt, als einige noch studiert hatten. Sie waren schon damals bei der anschließenden Weißbier-Session besser gewesen. Gerhard war einerseits froh, Robert als den Haggenmüller'schen Anwalt zu sehen, andererseits war er in einer Stimmung, bei der ihm ein »AA« – Arschloch-Anwalt in Gerhards Terminologie – fast lieber gewesen wäre. So einer war Robert nicht.

»Herr Haggenmüller, Robert, bitte nehmen Sie Platz!«

Gerhard hatte in seinem Büro zwei Stühle hingestellt. Eine Schreibkraft hatte am Computer Platz genommen. Haggenmüller war anscheinend darüber informiert, dass Gerhard und Robert sich kannten.

»Herr Haggenmüller, Sie sind dringend verdächtig, Adi Feneberg ermordet zu haben. Und ich sage Ihnen auch gleich warum: Sie wollten Ihre Brauerei verkaufen, Adi Feneberg aber hatte ein Vorkaufsrecht zu einem historischen Dumpingpreis. Das hätte Sie Millionen gekostet, also haben Sie den Mann ermordet.«

Haggenmüller schnaubte kurz. »So, da hat der Herr Kommissar ja hart gearbeitet.«

»Business as usual«, sagte Gerhard, ohne sich provozieren zu lassen. »Ich möchte von Ihnen dazu eine Stellungnahme hören.«

»Nun, die ist leicht gegeben. Sie haben in allen Punkten

Recht, bis auf die hirnrissige Annahme, ich hätte diesen Feneberg ermordet. Ich wollte verkaufen, ich habe erste Gespräche geführt ungeachtet dieser Vorkaufs-Einräumung. Adi Feneberg hätte auch diese – wie haben Sie das genannt? – historische Dumpingpreis-Summe nie zahlen können.«

»Er hätte einen oder mehrere Finanziers finden können«, widersprach Gerhard.

»Nonsens! Denken Sie doch mal realistisch. Kein Kaufinteressent hätte sich Adi Feneberg ans Bein gebunden. Wer Hündle samt unseren Innovationen hätte kaufen wollen, hätte immer freie Hand haben wollen. Sie kaufen in einer Phase derartiger wirtschaftlicher Talfahrt nicht so einfach eine kleine Brauerei. Und schon gar nicht, wenn Sie einen alten Reaktionär dazu kaufen müssten.« Haggenmüller klang arrogant und sehr selbstsicher.

»Nehmen wir an, Sie haben Recht. Nichtsdestoweniger hätte Adi Feneberg Ihnen viel Ärger machen können, das Ganze endlos hinauszögern, oder? Ihnen eilte es doch mit dem Verkauf?«, fragte Gerhard.

Die ganze Zeit hatte Robert Bruckner der Schreibkraft über die Schulter gesehen. Jetzt schaltete er sich ein.

»So geht das aber nicht. Das Protokoll ist eindeutig tendenziös. Hier steht, dass mein Mandant schnell verkaufen wollte. Das ist eine Annahme und nicht bewiesen. Herr Weinzirl hat das als Frage formuliert.«

Die Schreibkraft meckerte: »Dann schreiben Sie es doch selber!«

»Gern«, lächelte Robert Bruckner.

Die Schreibkraft war etwas konsterniert. »Ja, aber dann ist Ihre Tendenz drin.«

»Eben!« Robert Bruckner lächelte noch immer.

Auch Gerhard musste innerlich grinsen. Die alte Diskussion – Protokolle stellten Weichen für die Verfahren, und die Anwälte passten auf wie die Haftelmacher. Robert, der Fuchs, war ein besonders guter Wachhund für seine Mandanten. Gerhard nickte der Schreibkraft zu.

»Wir wollen Robert, Herrn Bruckner, diese Arbeit ersparen, also bitte beachten wir den ganz genauen Wortlaut.« Er wandte sich wieder an Haggenmüller. »Also, wie wären Sie vorgegangen?«

»Gott, mein Anwalt und ich hätten die Rechtmäßigkeit dieses Vorverkaufsrechts erst mal geprüft, wir hätten Adi Feneberg eine fürstliche Abfindung bezahlt, was auch immer. So weit waren wir noch nicht, denn ich hatte es gar nicht eilig zu verkaufen. Ich wollte allemal zuerst die Canna-Bier-Linie etablieren.«

Gerhard hatte ihn genau beobachtet. Seine Wangen waren hektisch rot, er hatte ein paarmal an seinem Siegelring gedreht, aber sonst sehr souverän gewirkt. War er ein so guter Schauspieler? Gerhard zog seinen Trumpf aus dem Ärmel.

»Aber Sie waren Sonntag früh in Eckarts!«

Haggenmüller riss die Augen auf, er schien wirklich überrascht zu sein und machte einen brachialen Fehler.

»Woher wissen Sie das?«

Aha, so cool war der Haggenmüller also doch nicht!

»Sie wurden gesehen.«

Haggenmüller hatte sich wieder unter Kontrolle. »Wann und wo, bitte schön?«

»Um fünf Uhr fünfzehn etwa, als Sie mit Ihrem schwarzen Audi TT neben Adi Feneberg an der Abzweigung nach Adelharz gehalten haben.« Gerhards Stimme war eisig.

Haggenmüller sah irritiert zu seinem Anwalt hinüber, dann

zu Gerhard. Seine roten Backen hatten inzwischen etwas von einem wohlgerundeten, glänzenden Red-Delicious-Apfel.

»Ich glaube, da liegt jetzt ein Missverständnis vor. Ich war in Eckarts, das stimmt. Aber ich war dort mit einem weißen Mitsubishi Pajero, meinem zweiten Wagen. Und ich habe natürlich nicht um kurz nach fünf neben diesem Feneberg gehalten.«

Gerhard war im Raum umhergetigert und stützte sich jetzt direkt vor Haggenmüller auf die Tischplatte. Er brachte seine Nase dicht vor die Haggenmüllers.

»Was soll denn diese Märchenstunde? Wollen Sie mich für völlig blöd verkaufen? Sie waren also in Eckarts, aber nicht mit diesem Wagen, und Adi Feneberg haben Sie natürlich nicht gesehen? Ja, mein lieber Herr Haggenmüller, wo waren Sie denn dann? Sie und Ihr blütenweißer Pajero, der so weiß ist wie Ihre Weste!«, brüllte er.

Robert, der Wachhund, räusperte sich. »Gerhard, ich muss doch sehr bitten, meinen Mandanten nicht so anzugehen. Das ist Einschüchterung!«

Gerhard nahm sich vor, Robert beim nächsten Eishockey-Match einen Schlagschuss mittig vor den Bauch zu knallen, atmete tief durch und fragte im Normalton: »Wo waren Sie, Herr Ludwig Haggenmüller?«

Es blieb eine Weile still, dann sagte Haggenmüller weniger arrogant als resigniert:

»Das möchte ich nicht sagen!«

»Ich verstehe Sie also richtig: Sie geben zu, in Eckarts gewesen zu sein, verweigern aber die Aussage darüber, wo Sie waren?«

Haggenmüller nickte. Robert war aufgesprungen. »Kann ich meinen Mandanten kurz unter vier Augen sprechen?«

Die Schreibkraft und Gerhard verließen den Raum für fünf Minuten. Als sie wieder eintraten, sah Robert aus, als würde er sich gerade extrem für seine Berufswahl verfluchen.

»Mein Mandant bleibt bei seiner Aussage.«

»Nun, mir liegt hier ein Haftbefehl der Staatsanwaltschaft vor. In U-Haft wird Herr Haggenmüller nun leider seine komfortable Villa gegen ein Feldbett eintauschen. Und dort darüber nachdenken können, wo er denn nun in Eckarts gewesen ist.« Und weil er einfach stinksauer war, schickte Gerhard ein fernsehkommissarhaftes »Abführen« hinterher.

Robert tuschelte noch mit seinem Mandanten, und als der abgeführt wurde, wandte er sich an Gerhard.

»Hat's das jetzt gebraucht?«

»Also, mal off the records: Weißt du, wo er war? Denn das könnte ihn ja entlasten, sofern er einen Zeugen beibringen kann.«

Robert sog geräuschvoll Luft ein. »Nein, er meint, er könne das nicht sagen. Ich könnte ihn erwürgen.«

»Du solltest ihn lieber nicht erwürgen, sondern tunlichst überzeugen auszusagen. So schützenswert kann doch nicht mal die tollste Frau sein.« Gerhard schmunzelte.

»Glaubst du, es ist so was?«, fragte Robert. »Schützenswerte Präsidentengattinnen oder andere fatale publikumswirksame Affären wohnen doch nicht in Eckarts!«

»Wenn es nicht so was ist, dann lügt er generell. Und dann hat er Adi eben doch ermordet. Bring den Mann zum Reden! Ach ja, hüte dich bei unserem nächsten Match. Sonntag, oder?«

Robert lachte. »Du willst mir drohen, der du den Schläger wie einen Regenschirm und den Puck wie einen Tennisball behandelst?«

Als Robert weg war, las Gerhard das Protokoll noch mal durch. Scheiße! Irgendwas in ihm war bereit, Haggenmüllers Aussage zu überprüfen. Er rief Markus zu sich rein und bat ihn, Anwohner nach dem Mitsubishi zu fragen.

»Wieso jetzt ein Mitsu-Mitsu-Dingsda?«, wollte Markus wissen.

Gerhard zuckte die Schultern. »Mach einfach.«

Und weil Gerhard nun den Blick intensiv und schweigend auf sein Bergposter an der Wand gerichtet hatte, ging Markus schließlich. Als er draußen war, lief Gerhard hin und her. Lebte eine prominente Frau in Eckarts? Hätte die ausgerechnet mit dem untersetzten Haggenmüller ein Verhältnis? Aber die Wege der Leidenschaft waren unergründlich. Aber so sehr er auch nachdachte, er kannte keine solche Lady in Eckarts. Schmarrn, rief er sich zur Räson. Der will uns verarschen, der hat Adi Feneberg auf dem Gewissen. Und er begann zu überprüfen, welchen Zugang Haggenmüller eventuell zu Rohypnol haben könnte. Doch ohne Erfolg.

15. Der Donnerstagvormittag verstrich mit weiteren Befragungen von Ludwig Haggenmüller, der stur bei seiner Behauptung blieb. Gerhard ließ ihn zurück in die Haft schaffen. Es war wohl mehr eine Frage der Zeit, bis er gestand. Nur das Wie war noch zu klären. Wie war er an das Rohypnol gekommen, wie hatte er es Feneberg eingegeben?

Bevor er auch nur ansatzweise darüber nachdenken konnte, kam ein Anruf aus Ulm. Frau Kürten hatte natürlich die Aussage ihres Mannes bestätigt. Da aber die Sozialkontrolle im Ländle bestens zu funktionieren schien – kein Wunder in einem Landstrich, wo es noch die Kehrwoche gibt, dachte Gerhard –, hatte eine Nachbarin Herrn Kürten Samstagabend wegfahren und am Sonntag gegen zehn Uhr wiederkommen sehen. Und nun kamen drei Dinge, die Gerhard dazu veranlassten, ein herzhaftes »Auweh« auszustoßen: Die Kürtens hatten eine Ferienwohnung in Martinszell. Kürten fuhr einen Audi TT, und der Bruder von Frau Kürten war Psychiater und Neurologe. Die Kollegen in Ulm hatten die Kürtens um zwölf Uhr dreißig zu einer Vernehmung vorgeladen.

»I darf annähme, sie kommet au, Herr Weinzirl?«, fragte der Ulmer Kommissar freundlich.

»Ich bin quasi schon unterwegs«, rief Gerhard, »und wenn es recht ist, bring ich meine Kollegin mit.«

»Ja, freile«, sagte der Kollege und schickte ein »Adele« hinterher.

Gerhard rief nach Evi.

»Attenzione! Bella, rapido und presto ins Auto. Wir müssen sempre diritto nach Ulm. Der Kürten war wahrscheinlich in der Mordnacht im Allgäu. Er hat 'nen TT und Zugang zu Rohypnol. Schwing die Keulen! Deine Ossobucci, oder was Keulen sonst noch auf Italienisch heißen könnte.«

»Bloß gut, dass die meisten Italiener Deutsch können. Sonst würde ich mir echt um deine Ernährung Sorgen machen. Als Kalbshaxe bin ich noch nie bezeichnet worden.«

»Komm, unsere Schumpa haben immer sehr wohlgeformte, schlanke Haxen«, meinte Gerhard lachend.

Unter Geplänkel hatten sie das Gebäude verlassen und waren durch den Schneeregen, der nun eingesetzt hatte, zum Auto gerannt. Evi fuhr einen Polizeiwagen, nicht den Klapperbus.

Nach fünfzig Minuten wurden sie von einem kleinen Mann mit rötlichen Haaren in Empfang genommen.

»Jürgen Schimpfle, aber it, weil i so viel schimpf«, stellte er sich vor. Er schickte ein »Grüß Gottle« hinterher.

Oh nein!, dachte Gerhard. Er sagte wirklich »Gottle«. Abgesehen davon war der Kollege aber ein reizender Mann: umgänglich, hilfsbereit, witzig, und er hatte sich dankenswerterweise intensiv in die Sache eingearbeitet.

»Des isch ja a Gschichtle«, meinte er, und dann erstattete er kurz Bericht über das bisher Erreichte. Gerhard hörte ihm aufmerksam zu, nach einiger Zeit fielen die vielen »les« gar nicht mehr so ins Gewicht. Und im Gegensatz zu seinem Markus war dieser Jürgen professionell und prägnant in seinen Ausführungen.

Schimpfle hatte die beiden Kürtens inzwischen in die Mangel genommen, und Frau Kürten hatte zugegeben, ihrem Mann ein falsches Alibi geliefert zu haben. Er war tatsächlich mit seinem schwarzen Audi TT ins Allgäu gefahren. Schimpfle forderte Gerhard und Evi auf, das Verhör fortzusetzen.

Frau Elisabeth Kürten war sicher erst Mitte vierzig, aber gekleidet wie ihre eigene Großmutter. Zum Tweedkostüm in Kackbraun trug sie eine französische Baskenmütze. Tja, die Realität toppt jedes Französisch-Lehrerinnen-Klischee, dachte Gerhard. Ein graumelierter Zopf hing über ihre Schulter. Eigentlich wäre sie durchaus attraktiv, wenn sie mal was gegen das Altbackene tun würde. Mon Dieu, dachte Gerhard und musste in sich hineingrinsen. Was ihm vom Französischunterricht doch noch alles einfiel, außer Voulez-vous …

Schimpfle stellte Gerhard und Evi vor.

»I hän des der Frau Kürten schon gsagt. Des sieht it gut aus. So a falsches Alibi.«

Frau Kürten wirkte eher müde als eingeschüchtert.

»Ich habe diesen Fehler korrigiert. Mein Mann war im Allgäu«, sagte sie mit einer Altstimme und sah Gerhard fest an, »und er hat mit Herrn Feneberg gesprochen. Das hat er mir erzählt. Mein Mann ist manchmal etwas vorschnell, aber er ist kein Mörder.«

»Woher nehmen Sie die Gewissheit?«, fragte Gerhard und sah ihr offen in die Augen.

»Wenn Sie mit einem Mann so lange verheiratet sind …«

Frau Kürten merkte wohl selbst, dass das wenig überzeugend klang. Was wussten schon Ehefrauen? Gerade Ehefrauen?

Gerhard wechselte das Thema. »Frau Kürten. Ihr Bruder ist Psychiater und Neurologe?«

Sie nickte.

»Seine Praxis ist Teil seines Privathauses? Und dort gibt es mit Sicherheit auch einen Medikamentenschrank?«

Erneute Zustimmung.

»Frau Kürten, Sie und Ihr Mann verkehren auch im Haus Ihres Bruders, nehme ich an. Hatten Sie oder Ihr Mann Zugang zum Medikamentenschrank? Oder genauer: Haben Sie das Rohypnol mit dem Wissen Ihres Bruders erhalten?« Gerhard blinzelte dabei unter der Strubbelfrisur so freundlich heraus wie ein Westhighland-Terrier.

»Aber, aber«, Frau Kürten wirkte völlig überrumpelt, »welches Rohypnol? Mein Bruder gibt mir doch nicht einfach Medikamente! Und Sie glauben doch nicht … glauben doch nicht … dass ich meinen eigenen Bruder bestehle?«

Gerhard zuckte die Schultern. »Hätte ich geglaubt, dass Sie offen lügen, was Alibis betrifft?«

Frau Kürten zupfte hektisch an ihren Fingern.

»Sie bleiben also dabei, dass Ihr Mann im Allgäu war, mit dem Opfer gesprochen hat, es aber ansonsten nicht angerührt hat. Ja?«

Wieder konnte sie nur nicken. Tja, dachte Gerhard. Sonst sitzt du immer auf der anderen Seite, wenn arme Schüler partout das »le« und »la« nicht richtig platzieren wollen. »Le« oder »la« assassinat? »Der« oder »die« Mord?

Schimpfle nickte ihm bekräftigend zu. »Sodele, dann gehen wir mal zu Herrn Kürten.«

Jobst Kürten saß in einem zweiten Vernehmungszimmer vor einem Glas Wasser und sprang auf, als Gerhard und Evi eintraten.

»Ihnen habe ich diese Freiheitsberaubung zu verdanken!«

Gerhard, der nette Terrier, zeigte auf einmal Zähne.

»Setzen!«, brüllte er. »Sie machen mir Spaß! Seien Sie froh, dass Sie nicht gleich in den Knast gewandert sind. Und langweilen Sie mich jetzt bloß nicht mit Falschaussagen.« Gerhard knallte ihm kurz die Aussagen seiner Frau vor die Brust. »So, was sagen Sie dazu?«

Kürten schwieg, dann leerte er das Wasser in einem Zug.

»Gut, das stimmt. Ich habe Herrn Feneberg in der Frühe aufgehalten. Ich wollte mit ihm reden. Nur mit ihm reden. Es ist, nun, sozusagen ein unglücklicher Zufall, dass er später tot aufgefunden wurde.«

»Herr Kürten«, donnerte Gerhard, »Sie haben sicher mehr Ahnung von der Relativitätstheorie als ich. Aber für mich sind das relativ viele Zufälle. Ihr Hass auf Herrn Feneberg. Ihr Zusammentreffen kurz vor seinem Tod. Ihr Schwager, der Zugang zu rezeptpflichtigen Medikamenten hat.«

Kürten begehrte auf.

»Aber ich würde nie meinen Schwager … Und er würde nie … Sein Beruf ist ihm heilig.« Kürten geriet zusehends aus der Fasson.

Gerhard sah ihn durchdringend an.

»Und im Reigen dieser Zufälle, was hat Sie denn eigentlich zu Adi Feneberg geführt?«

»Ich sage es doch, ich wollte mit ihm reden.«

»Und deshalb haben Sie ihn um fünf Uhr fünfzehn beim Joggen aufgehalten? Toller Platz! Völlig normale Zeit für eine Unterredung!«, schrie Gerhard.

»Ich musste ihn ja so überfallen! Er ist mir ausgewichen, ist nie ans Telefon gegangen. Aber halt: Es war nie und nimmer Viertel nach fünf, eher Viertel vor sechs!«

Gerhard runzelte die Stirn. Zeitangaben konnte er später überprüfen.

»Wozu das Ganze? Was wollten Sie von Herrn Feneberg?«

»Ich wollte Feneberg überreden, mit mir gemeinsam den

Bergführer zu verklagen. Zumindest gegen ihn auszusagen. Dann hätte ich ihn gehabt, diesen Pfefferle. Ich war am allerwenigsten am Tod von Adi Feneberg interessiert. Ich brauchte diesen Mann.«

Jetzt klang Kürten fast flehentlich.

In Gerhards Brust krampfte sich Hass zusammen. Diese Unbelehrbaren! Dieser verdammte selbstgerechte Idiot! Er musste sich abwenden.

Evi sprang mit einer Frage ein. »Wieso hätte Herr Feneberg das tun sollen? Er und der Bergführer saßen doch sozusagen im gleichen Boot.«

»Ja, Bergler-Ehre, ich weiß!«

Gerhard machte einen Satz auf ihn zu. Nicht wie ein Terrier, sondern wie ein gereizter Tiger. Evi ging nonchalant dazwischen. »Herr Kürten, noch mal: Wieso hätte er das tun sollen?«

»Weil ich ihn in der Hand hatte. Ich wusste von seiner Krankheit. Er war mal bei meinem Schwager in Behandlung. Weil das weit weg war vom Allgäu. Und er wollte auf keinen Fall, dass das rauskommt«, rotzte Kürten ihr hin.

»Sie habet ihn erpresst«, provozierte Schimpfle.

»Sozusagen.«

Gerhards Gedanken schlugen Kapriolen. Wenn das stimmte, war Fenebergs Tod wirklich ungünstig für Kürten. Aber was, wenn er ihn massiv unter Druck hatte setzen wollen? Ihm demonstrieren, dass er Macht hatte – so viel Macht, ihn in einem Funken wieder aufwachen zu lassen? Gerhard war immer von der Annahme ausgegangen, dass der, der von der Krankheit gewusst hatte, nie Rohypnol angewandt hätte. Aber was, wenn Kürten einfach von der Wechselwirkung keine Ahnung gehabt hatte. Kürtens Aussagen entlasteten ihn nicht, sondern belasteten ihn eher.

Er winkte Evi und Schimpfle hinaus. Zu dritt spielten sie mit dem Gedanken und waren sich sicher, dass sie unbedingt diesen Schwager verhören mussten. Die Sache wurde immer undurchsichtiger.

»Herr Schimpfle, meinen Sie, dass Sie das mit dem Schwager übernehmen können?«, fragte Gerhard. »Dann würden wir nämlich wieder nach Kempten fahren. Denn da wartet immer noch Ludwig Haggenmüller auf uns. Wenn das Kürtens Audi TT war, dann stimmt Haggenmüllers Aussage, er sei einen Pajero gefahren. Aber wieso sagt er dann nicht, wo er war? Ich hasse diesen Fall!«

»Ja, wie gsagt, das isch a komisches Gschichtle. Aber mir händ des in Ulm im Griff. Den Kürten und den Schwager au.« Er zwinkerte Evi zu. Dann sagte er zu Gerhard gewandt: »Stimmet Sie mit mir überei, dass wir ihn dabehaltet und Frau Kürten laufen lasset?«

»Unbedingt«, nickte Gerhard und wollte sich anschicken zu gehen.

»Wisst Sie was. Sie händ sicher noch nichts zum Essen ghett. Da machet Sie mir doch die Freid und gehet mit zu Enzo.«

Und auf einmal redete er perfektes Italienisch, als er die Menüfolge erklärte. Er sprach ganz ohne Akzent-le. Evi schmolz augenblicklich dahin.

»Meine Mama isch von Como«, sagte er noch, und Evi war noch begeisterter. Tessin, que bello!

Enzo war wirklich ein Juwel, aber auch über all den Köstlichkeiten der Cucina italiana blieb der Fall undurchsichtig.

Um sechzehn Uhr waren sie wieder in Kempten. Gerhard blieb am Auto stehen.

»Ich fahre zu Robert Bruckner ins Büro. Ich muss ihm noch mal Beine machen, seinen Mandanten endlich zum Reden zu bringen. Danach fahr ich heim. Und wenn nicht gerade Haggenmüller auftaucht, will ich nicht gestört werden. Klar?«

Evi nickte. »Klar! Ich setz mich noch ein bisschen an deinen Computer.«

Jos Donnerstag begann als typischer Bürotag mit Gästeanfragen und Telefonaten. Dann hatte sie Gespräche mit Hoteliers zu bestreiten, die – wie so oft – den Tourismusverband für die schlechten Buchungszahlen verantwortlich machten. Nachmittags wollte der Bürgermeister darüber reden, wie Berlin mit der »Funkaleich« umgegangen war. Zu Jos Überraschung und Erleichterung war der Stadtgestrenge gar nicht da, dafür aber der Kämmerer, und der verlegte die Sitzung kurzerhand in die Traube nach Diepolz. Da saßen der Wirt und der Museumsbauer vor einem Weißbier – in trauter Winterruhe, weil das Museum nur am Wochenende geöffnet war. Die kleine Tochter des Hauses, die »Juniorchefin«, war gerade dabei, ihrer Freundin Geschenke vorzuführen »von dr Tante, dia glei neba Holland wohnt«. Die Juniorchefin hatte sagenhafte Zahnlücken, die andere legendäre Sommersprossen.

»Hallo Zahnlucka- und Rossmuckaclub!«, rief Jo und gab das Versprechen, die beiden mal zum Reiten mitzunehmen.

Der Kämmerer und Jo bestellten Krautschupfnudeln, und Jos Bericht fiel kurz aus, denn sie hatte wenig zu erzählen, außer von positiver Resonanz auf den Melksimulator und auf die ganze Presseveranstaltung.

»Der Funkentote hat niemanden interessiert. Das Interesse ist abgeflaut, der moderne Fernseh-Konsument vergisst schnell. Es gibt momentan eine Gasexplosion in einer Ruhrpott-Schule und dazu verlässliche Schuldige: den Hausmeister, den Bauingenieur, den Bauausschuss. Wir sind aus der Schusslinie. Ich habe gestern diese magersüchtige TV-Furie, die auch bei uns gewesen ist, erneut erleben dürfen. Sie haben den Hausmeister dieser Schule mit laufender Kamera überrascht, ihn aus dem Schlaf geholt und demontiert. Menschlicher Abschaum ist das!«

Der Kämmerer kräuselte angewidert die Lippen.

»Ja, im Fernseher kommt bloß no Dreck. Blede Talkshows und Deutschland sucht den Superstar.«

»Das ist unser unikaler Export für die Welt! Und da soll ich das Allgäu vermarkten. Das ist gar nicht so leicht zu transportieren«, sagte Jo lachend.

»Du machsch des aber scho guat. Des wollt i dir scho lang amol saga. Und au unser Stadt-Choleriker weis des im tiefschten Herza dienet.«

»Hmm, das muss aber sehr tief drin sein.«

»Ja, ganz tief dienet und unergründlich. Mei! Aber i ka dir au bloß des saga, was i mir allat sag. Halt durch! Jo, wenn du aufgibsch, gibsch du dia Region auf. Des Allgäu braucht di.« Er klang aufrichtig.

Man verabschiedete sich, und als Jo heimfuhr, war ihr froh zumute. Auch wenn sie es nicht zugab, natürlich hatte das gutgetan. Zum ersten Mal seit Tagen hatte sie wieder das Gefühl, das Richtige zu tun, allmählich wieder berufliche Bodenhaftung zu bekommen. Tage wie diese waren dazu da, aufzuräumen. Jo machte sich einen Cappuccino und beschloss, Gerhard doch noch mal anzurufen und ihm von ihren Bedenken Quirin betreffend zu erzählen. Die Pforten-Lady des Präsidiums sagte, er sei weggefahren. Verdammt! Schließlich ließ sie sich mit Evi Straßgütl verbinden. So hieß doch das dünne blonde Gift mit Modelmaßen, von dem Gerhard immer in den höchsten Tönen sprach.

»Hallo, hier ist Jo Kennerknecht. Wissen Sie, wo ich Gerhard auftreiben könnte?«, fragte Jo.

»Bedaure«, sagte Evi, »er hat sein Handy mehr zur Zierde dabei. Wenn er sich meldet, kann ich was ausrichten?«

»Äh, ja. Er soll mich umgehend anrufen. Und sagen Sie ihm, Steffen hat 'ne Freundin, die Irene heißt, und die ist die Schwester von Quirin. Können Sie sich das aufschreiben?«

»Klar, mach ich.«

Evi hatte sicher schon unsinnigere Anrufe entgegengenommen, und doch hatte Jo das Gefühl, sie hätte erst gar nicht richtig hingehört.

»Bitte vergessen Sie das nicht!«

»Verdammt, wir arbeiten hier. Ich bin doch keine Telefonvermittlung. Gerhard will nicht gestört werden. Von niemandem. Auch nicht von Ihnen, das hat er mir ausdrücklich gesagt.«

Evi Straßgütl hatte aufgelegt. So eine dämliche, arrogante Zicke, dachte Jo, und ihre Lust, Gerhard die Friedenspfeife anzubieten, war geschwunden.

16. Am Freitag um acht war Gerhard wieder bereit, ans Telefon zu gehen. Eine aufgeregte Evi zwitscherte viel zu schnelle Sätze für ihn – so kurz nach dem Aufwachen. Er konnte schließlich eine Botschaft herausfiltern.

»Du, da sitzt der Bundestagsabgeordnete, dieser Doktor Lenz, hier bei uns und sagt, er wolle mit dir, nur mit dir, sprechen.«

Gerhard konnte sich darauf nun gar keinen Reim machen. Er war müde und seine nächste Frage nicht besonders intelligent.

»Wo sitzt er denn?«

»Ich habe ihn in dein Büro geführt. Und ihm 'nen Kaffee geholt. Wo hätte ich denn mit ihm hin sollen? Ein bisschen peinlich ist das ja schon, dein Büro ist ja nicht gerade das Ritz Carlton oder das Adlon.« Evi war wirklich unerträglich wach und biestig an so einem Morgen.

»Ich wusste gar nicht, dass du im Adlon absteigst und dessen Vorzüge kennst.« Gerhard wurde langsam etwas fitter. »Nun gut, er wird es überleben. Hol ihm noch 'nen Kaffee, ich bin in zwanzig Minuten da.«

Gerhard schlurfte ins Bad und war in siebzehn Minuten »Auf der Breite« im Polizeipräsidium. Da saß in seinem Büro tatsächlich der Bundestagsabgeordnete Dr. Lorenz Lenz – bekannt von Plakaten, Wahlkampfauftritten, diversen Einweihungen von Feuerwehrautos, neuen Straßen und Kindergärten. Die Schwarzen waren zwar nicht ganz Gerhards Partei, aber der Typ schien in Ordnung zu sein. Er schien auch tatsächlich zu arbeiten in Berlin, er wollte Vorteile für die Region durchboxen, und er hatte ein paar gute Ideen zur Familienpolitik durchbringen können. Er wollte wirklich was bewegen.

Nun saß er da in Gerhards Büro. Er war blass, ein wenig zu dick und sah überarbeitet aus. Der teure Anzug kaschierte das ganz gut. Er war jenen Tick übergewichtig, wie einer, der eben leider zu wenig Zeit zum Sport hat, so wie einer, der aus Gesellschaftsgründen Alkohol trinken und Kanapees essen muss. Er war alles in allem »it ureacht«, überlegte Gerhard und wunderte sich, dass er auf einmal allgäuerisch dachte. Aber »it ureacht« hatte einen anderen Beigeschmack als »nicht unrecht«.

»Grüß Gott. Ich bin Gerhard Weinzirl. Sie wollten mich sprechen?« Er lächelte aufmunternd, denn der Mann schien sich nicht wohl zu fühlen.

»Entschuldigen Sie den Überfall am Freitag in der Früh. Aber ich bin erst gestern Abend mit der späten Maschine aus Berlin gekomen. Doch das duldet keinen Aufschub. Ja, keinerlei Aufschub! Und danke, dass Sie sich Zeit nehmen konnten. Ich, tja, ich möchte eine Aussage machen.« Er ruckte an seinem Binder herum.

Gerhard spürte, dass er Ruhe bewahren musste.

»In welcher Angelegenheit?«

»Nun, nun, Sie haben einen Freund, tja, Bekannten von mir verhaftet. Ich habe ihn soeben in U-Haft aufsuchen können.«

Gerhard schaute ihn jetzt ganz genau an. Den akkuraten Haarschnitt, der sich auch auf Plakaten zur Wahlwerbung gut machte, die gerade Nase und die klaren Augen. Zu klar für eine echte politische Intriganten- und Blenderkarriere. Nein, Bundeskanzler würde der nie werden. Gerhard lächelte wieder.

»Sie meinen Ludwig Haggenmüller? Ist er ein Parteifreund von Ihnen?«

»Nein, nicht direkt. Er ist, es fällt mir schwer, ich ... Gibt es für Polizisten eigentlich so was wie Schweigepflicht?«

Gerhard starrte ihn an, und portionsweise kam die Gewissheit. Kleine Mosaiksteinchen fügten sich zu einem Bild. Warum hatte er immer an eine Frau gedacht? Warum eigentlich eine prominente Frau? Aber das war ja unglaublich!

Der Bundestagsabgeordnete spürte, dass Gerhard wusste, wovon er sprach.

»Herr Weinzirl, ich bin Jurist, ich kenne die Rechtslage, und ich kann Sie nur als Mensch bitten, meine Aussage vertraulich zu behandeln. Ludwig Haggenmüller war von Samstagnachmittag bis Sonntag um acht Uhr bei mir. In Eckarts in meinem Haus! Ich würde das bezeugen – überall! Aber ich hoffe, hoffe inständig, dass es genügt, wenn ich Ihnen alles erzähle.«

Gerhard sah auf die Tischplatte, dann in diese klaren Augen. Der Mann sah entschlossen aus. Er war bereit, seine politische Karriere zu opfern. Wie war das gewesen? Die Wege der Leidenschaft sind unergründlich? Er dachte intensiv nach.

»Herr Lenz, bitte legen Sie mich nicht fest. Ich kann versuchen, Sie da rauszuhalten. *Versuchen,* wohlgemerkt!«

Der Abgeordnete nickte dankbar. »Ludwig wollte mich auf keinen Fall als Zeugen angeben. Ich habe ihn beschworen, es zu tun. Aber er ist ja so ein sturer Bock.« Er schmunzelte ein wenig. »Deshalb bin ich jetzt hier. Eine Mordanklage, das ist keine politische Karriere wert. Meine jedenfalls nicht. Ludwig und ich, wir kennen uns aus Studienzeiten. Wir sind seitdem ein Paar. Ein geheimes. Anfangs mussten wir das versteckt halten wegen Ludwigs Vater. Das hätte ihn umgebracht. Später wegen meiner politischen Ambitionen. Stellen Sie sich das mal vor: Ich setze mich für die Werte der Familie ein und bin homosexuell. Und das auch noch in Bayern! Ich weiß nicht, ob Sie mir glauben können oder wollen: Mir sind meine politischen Ziele wirklich wichtig. Ich kann sehr wohl die Probleme einer Arbeiter-Familie ermessen, ohne selbst Familienvater zu sein. Ich glaube sogar, ein gewisser Abstand verstellt weniger den Blick auf das Wesentliche. Aber die Menschen hierzulande sind noch nicht so weit.«

So wie er das sagte, schien es ihm ernst. Er verwendete keine politischen Worthülsen. Gerhard fand ihn beeindruckend.

»Sie können also zu Protokoll geben, dass Sie und Ludwig Haggenmüller ein Verhältnis haben. Er war zur Tatzeit bei Ihnen, er ist mit einem weißen Pajero gekommen? Wo war der denn?«

»Er hat ihn in die Garage gefahren. Wir waren immer sehr diskret«, sagte Lorenz Lenz mit einem Lächeln.

»War denn Herr Haggenmüller auch mit Ihnen in seiner Villa in Kalzhofen zusammen?«, wollte Gerhard wissen.

»Ja, ich war bis Montagnachmittag dort und bin dann nach Zürich und weiter nach Berlin geflogen. Wir …«

Gerhard unterbrach ihn. »Entschuldigen Sie, Herr Lenz, aber haben Sie denn keinen Personenschutz?«

Der Abgeordnete verzog das Gesicht.

»Doch, meistens. Aber ich bin denen ausgebüxt und habe über mein Büro angegeben, dass ich keine Störung wünsche. Ich bin doch nicht der Präsident der Vereinigten Staaten!«

Gerhard sah ihn mit einem Lächeln an. »Meine Leute waren die ganze Zeit vor dem Haus. Wie konnten Sie das Anwesen unbemerkt verlassen?«

Nun grinste Lenz ein Lausbubenlachen. Wie Huckleberry Finn. Ein Lachen, das besser zu einem karierten Hemd und einer Jeans gepasst hätte als zu einem Anzug.

»So wie immer. Vom Pool im Untergeschoss gibt es einen Gang, der direkt in das Badehäuschen beim Außenpool führt. Und der grenzt an die Parallelstraße. Da steht auch immer mein Auto. Das ist nie jemandem aufgefallen.«

Gerhard schüttelte den Kopf, na, das hatte wahrscheinlich Markus wieder verbockt. Aber das war jetzt auch schon egal.

»Clever, zugegeben. Sie waren aber sonst die gesamte Zeit im Haus?«

»Ja. Wir haben Berge zu essen und zu trinken eingekauft. Wir waren im Pool, in der Sauna und, na ja. Einfach nichts tun, einfach Zeit haben. Bücher lesen, schlafen. Wissen Sie, ich reise so viel, Reisen ist für mich kein erstrebenswerter Zustand mehr. Drei solcher Tage sind für mich ein unschätzbares Geschenk. Wir versuchen, zweimal im Jahr ein paar Tage abzuknapsen. Wirklich, ich habe sie meinem Alltag abgerungen. Wir sind homosexuell, nicht gesellschaftskonform, aber Ludwig ist kein Mörder!« Lorenz Lenz hatte Überzeugungskraft.

»Hatten Sie denn Kenntnis von Herrn Haggenmüllers Verkaufsplänen und vom Vorkaufsrecht von Adi Feneberg?«, fragte Gerhard.

Jetzt lachte Lorenz Lenz fast. »Ja, ein brillanter Schachzug von Ludwigs Vater. Die beiden waren, sind sich sehr ähnlich. Keiner von beiden wollte das wahrhaben. Ich glaube, der Alte hat ihm dieses Vermächtnis mit einem Augenzwinkern hinterlassen, Ludwig hingegen war außerstande, die komische Seite zu sehen. Ich hatte ihn in den letzten Tagen fast von der Komik überzeugt. Er hatte vor, mit Adi Feneberg endlich mal vernünftig zu reden. Ich habe ihm immer gesagt, er müsse Adi Feneberg anders anfassen. Ihm den Bauch pinseln, ihn loben.« Er lachte erneut. »Sie sehen: Da kommt bei mir ganz der Politiker durch. Und nun?«

»Ich muss den Staatsanwalt informieren. Wenn er zustimmt, dann lassen wir Herrn Haggenmüller gehen. Ohne Gründe zu nennen. Wenn der Staatsanwalt …« Gerhard ließ den Satz im Raum verhallen.

Lenz stand auf und drückte Gerhards Hand. »Danke.«

Mehr sagte er nicht. Gerhard schaute ihm nach. Wenn er jetzt gesagt hätte: »Wenn ich mal was für Sie tun kann …«, irgend so etwas in der Art, dann hätte er bei Gerhard verloren gehabt. Aber das hatte er nicht getan, und deshalb würde Gerhard Worte finden, den Staatsanwalt zu überzeugen. Haggenmüller war raus, ohne Begründung. Sein erster Verdächtiger war raus. Blieb Kürten. Sollte Jo mit ihrer Lawinentheorie Recht behalten? Gerhard verschränkte die Arme im Nacken. Es war also wirklich so, dass Kürten in dem TT neben Adi Feneberg gehalten hatte. Er hatte behauptet, das sei um Viertel vor sechs gewesen. Hatte sich der grenzdebile Kiechle in der Zeit geirrt? Und was änderte das?

Gerhard war aufgefallen, dass Evi mehrere Male an seinem Büro vorbeigelaufen war. Sie schien mit den Hufen zu scharren. Er nahm an, dass die Neugier sie umgetrieben hatte. Aber als sie endlich eintreten konnte, war ihr Haggenmüller völlig egal.

»Gerhard, ich bin heute früh auf was gestoßen. Scheiße, ich hätte viel früher drauf kommen müssen! Scheiße, ich war wie vernagelt.«

»So verstehe ich kein Wort, also setz dich hin und dann bitte langsam und im Klartext«, sagte Gerhard.

»Ich habe alle Fälle überprüft, in denen es um Okkultismus ging. Die meisten wurden nie aufgeklärt. Aber vor einem halben Jahr wurden fünf junge Mädchen in Stein auf dem Friedhof aufgegriffen, die eine Séance abgehalten hatten. Sie wollten aber nur mit der Oma eines der Mädchen Kontakt aufnehmen. Das war wohl wirklich alles harmlos und hatte mit Katzenkadavern nichts zu tun. Ich habe aber vorsichtshalber die Namen gecheckt, und eine hieß Irene Seegmüller. Na ja, Irene Seegmüller wie Quirin Seegmüller. Sie ist die Schwester von dem Burschen von der Funkenwache. Und – frag mich jetzt bitte nicht, woher ich das weiß, das ist ein bisschen illegal – von einem Internetzugang im Hause der Seegmüllers wurden Pages und Chatrooms aufgerufen, wo es um Suizid, Mord und Gifte geht.«

Gerhard starrte Evi an.

»Das ist allerdings ein starkes Stück. Wir müssen uns Quirin sofort vornehmen und diese Irene auch. Ich frag jetzt auch nicht nach deinen Quellen. Gut gemacht.«

»Nein, eben nicht! Da ist nämlich noch was. Deine Busenfreundin Jo hat gestern angerufen. Ich habe gesagt, du dürftest nicht gestört werden. Sie wollte, dass du unbedingt zurückrufst. Sie hat gesagt, Steffen Schaller habe eine Freundin, die Irene heiße, und die sei die Schwester von Quirin. Verstehst du? Sie weiß von den Geschwistern, und mehr noch: Einer der Beteiligten des Lawinenunglücks ist da auch noch verwickelt. Gerhard, ich habe ein extrem schlechtes Gefühl!«

Gerhards Gedanken purzelten einige Sekunden bunt durcheinander. Dann tippte er wild Telefonnummern ein und probierte Jos Nummern durch. Zu Hause sprang der AB an, am Handy die Mailbox, im Büro nahm Patti ab.

»Patrizia, wo ist Jo?« Gerhard vergaß, seinen Namen zu nennen.

»Sie hat hier eine Nachricht hinterlassen, sie wolle diesen Heini Pfefferle treffen.«

»Hat sie gesagt, wann und wo?«

»Nein, nichts dergleichen.«

Gerhard legte auf.

»Evi! Schaff mir Quirin her oder eine andere Funkenwache und das bitte schneller als der Schall!«

Er hieb weiter auf die Telefontasten. Sein erster Anruf ging an Petra Sulzer. Diese konnte ihm auch nicht sagen, wo Heini war. Lediglich, dass er sich mit Jo getroffen habe zu einer Schnupper-Skitour.

»Wo sind die hin? Petra, das ist wahnsinnig wichtig!«

»Keine Ahnung, Schnuppertour klingt nach den Hörnern, aber er kann auch ganz woanders sein.«

»Was für einen Wagen fährt er?«

»Einen grünen Passat. Wieso?«

»Sag mir das Autokennzeichen!«

»Gerhard, was ist eigentlich los?«

»Ist da noch jemand anderes dabei?«, ignorierte Gerhard die Frage.

»Nein, nicht dass ich wüsste. Gerhard, wirklich …«

»Ist gestern irgendetwas passiert? Anrufe, E-Mails, Besuche, sonst was Ungewöhnliches. Petra, bitte denk genau nach.«

Eine Weile blieb es still, bis sie sagte: »Diese Jo hat angerufen und noch jemand. Eine junge Stimme. Ich kannte den Typen nicht. Er hat keinen Namen genannt und wollte Heini sprechen. Er hat dann ewig mit ihm telefoniert.«

»Hast du was verstanden von dem Gespräch?«

»Nein, ich war mit der Kleinen in der Küche.« Aus ihrer Stimme klang Unverständnis. »Gerhard, wieso fragst du das alles?«

Anstatt einer Antwort hatte Gerhard bereits aufgelegt.

Das war doch alles zu seltsam! Und wie passte Kürten dazu?

Als Evi schließlich Florian und dessen Mutter in sein Büro geleitet hatte, war Gerhard hochkonzentriert. Florian und seine Mutter wirkten aufgeschreckt, unsicher, ja verstört.

Gerhard zog sich einen Stuhl heran.

»Florian, ich will es kurz machen. Ich weiß, dass Loyalität etwas sehr Wichtiges ist. Gute Kumpels sollte man nie enttäuschen. Aber Florian, hier geht es um Mord!«

»Flo!« Seine Mutter stieß einen spitzen Schrei aus.

Gerhard nickte ihr beruhigend zu.

»Ich verdächtige Florian nicht. Ich will eines wissen: Wart ihr wirklich rund um die Uhr beim Funken? War es nicht eher so, dass du und Benedikt in der Frühe so gegen halb sechs gegangen seid?«

Florian starrte auf die Tischplatte. Es war still.

Nur Gerhards Computer war zu hören. Als eine Windböe pappigen Schneeregen gegen das Fenster peitschte, zuckten alle zusammen.

»Florian?« Gerhard sandte einen warnenden Blick an die Mutter, jetzt nichts zu sagen.

Florian hatte noch immer nicht den Kopf gehoben, als er leise zu sprechen begann.

»Wir waren nur kurz weg. Vielleicht eineinhalb Stunden. Es hat doch so geregnet, und mein Schlafsack war komplett nass. Da meinte Quirin, wir sollten uns mal aufwärmen gehen und was frühstücken. Es würde locker reichen, wenn wir so um sieben wiederkämen. Dann könnte er ja frühstücken gehen.« Nun hob er den Kopf und sah Gerhard gequält an. »Es ist doch Ehrensache, dass man den Funken nicht verlässt. Da hat Quirin gesagt, er würde das nie verraten, wir würden auf jeden Fall behaupten, alle immer da gewesen zu sein. Wir sind dann zu Bennis Oma gegangen. Da gab's Kaffee und Rosinenbrot. Die

Oma hat eh nicht kapiert, wo wir herkommen. Und kurz nach sieben sind wir wieder zum Funken hoch.«

»War da jemand da außer Quirin?«, fragte Gerhard sehr freundlich.

»Nein, und er war gut drauf und sehr nett und hat noch mal versichert, dass, egal was passiert, wir alle immer da gewesen seien.«

»Danke Florian, du hast mir sehr geholfen!«

Gerhard wandte sich an die Mutter. »Darf ich Sie bitten, das alles bei meiner Kollegin zu Protokoll zu geben? Und bitte, schimpfen Sie Flo nicht aus. Ich hätte genauso gehandelt.« Er verabschiedete sich bei ihr und legte Florian kurz die Hand auf die Schulter.

»Evi! Hier wäre ein Protokoll aufzunehmen. Und dann gib die Fahndung raus nach Quirin Seegmüller. Schnapp dir Markus und den Meierl, und dann ruft ihr bitte alle Skigebiete an, ob sie Jo oder Heini oder Quirin gesehen haben. Außerdem müssen die Lift-Parkplätze nach einem grünen Passat und Jos Landcruiser abgesucht werden.« Er gab Evi eine knappe Beschreibung der drei Personen und die KFZ-Kennzeichen.

»Meinst du, Jo ist mit Heini Pfefferle und Quirin unterwegs? Wo ist da die Verbindung?«, fragte Evi irritiert.

»Ich weiß es nicht, aber sie haben gestern Abend miteinander telefoniert. Mein Gefühl sagt mir, dass da was nicht stimmt. Ich versuche, diese Irene Seegmüller aufzutreiben. Wenn du was erfährst, bitte melde dich umgehend. Und ich schwöre, das Handy anzuhaben. Und danke!«, sagte Gerhard mit einem warmen Ton in der Stimme.

Er röhrte in seinem Bus vom Hof und hatte schon wieder das Handy am Ohr. Glücklicherweise wusste er den Nachnamen von Sandra und erreichte sie auch sofort.

»Gerhard Weinzirl, Kripo Kempten. Nicht erschrecken, aber ich brauche deine Hilfe. Sandra, hast du Quirin gesehen?«

»Komisch, dass Sie fragen. Ich versuche selbst die ganze Zeit, Quirin zu erreichen. Wir haben am Abend eine Aufführung im Kulturwerk in Sonthofen. Ich habe immer furchtbares Lampenfieber und wollte unbedingt noch Textpassagen mit ihm durchgehen. Ich hab nur seine Schwester erreicht. Sie sagt, Quirin sei ganz früh aus dem Haus gegangen.«

»Die Schwester ist im Allgäu?«

»Ja, sie wohnt eigentlich in München bei ihrem Freund. Aber sie kommt jedes Wochenende heim. Jo hat auch nach ihr gefragt. Sie wollte die Adresse von den Seegmüllers haben.«

»Die du mir jetzt auch gibst! Sandra, wenn sich Quirin oder Jo bei dir melden, rufst du sofort wieder bei mir an! Ja?«

»Ja«, sagte Sandra, und Gerhard hörte ein Kritzeln, als sie sich die Nummer notierte.

17. Als Jo Heini am Donnerstagabend angerufen hatte, schien der Bergführer hocherfreut über ihre Idee zu sein. Er war Feuer und Flamme für eine Test-Skitour. Er vereinbarte mit Jo sogar, dass sie ihr Auto in Immenstadt stehen lassen und mit ihm weiterfahren sollte.

»Wo willst du denn hin?«, fragte Jo.

»Ans Fellhorn.«

»Ist das für Einsteiger nicht zu alpin? Die Journalisten sind meistens auf Ski schlechter unterwegs, als sie bei der Anmeldung angeben.«

»Nein, nein, das passt schon. Da haben wir den Vorteil, mit den Liften weit raufzukommen. Das minimiert den Anstieg.«

»Okay, ich überlass das ganz dir.«

Heini Pfefferle lachte ein trockenes Lachen.

Am Freitag holte er Jo pünktlich um zehn ab.

»Morgen! Ich habe noch überlegt, ob ich dich anrufen soll. Das Wetter ist ja ziemlich mäßig«, sagte Jo zur Begrüßung.

»Ach, das geht schon. Der Schneeregen im Tal wird weiter oben in Schnee übergehen. Wir machen ja nichts Großartiges.«

Der Parkplatz am Fellhorn war nur spärlich besetzt. Sie zogen Skischuhe an, Heini gab Jo ein Paar Tourenbretter, und sie gingen zur Gondelbahn. Heini hatte einen Saisonpass, er stellte Jo vor, die ebenfalls eine Freifahrt erhielt.

»Hond dir kuin bessra Tag gfunda?«, fragte der Mann an der Kasse.

Von hinten kam ein »Es gibt kein schlechtes Wetter, nur schlechte Ausrüstung. An solchen Tagen sind wir Einheimischen wenigstens unter uns.«

Jo sah sich um. Die Stimme gehört zu einem dunkelblonden jungen Mann so um die fünfundzwanzig, der eine Nickelbrille trug. Und daneben stand – Quirin! Heini Pfefferle schien erfreut.

»Steffen, das ist ja ein Zufall. Und das ist wer?«

»Quirin, ein Kumpel von mir.«

Jo starrte von einem zu anderen, bis Quirin das Gesicht zu einem grimassenhaften Lachen verzog.

»Die Frau Doktor. Gott zum Gruße.«

»Ach, ihr kennt euch. Na, da können wir ja alle gemeinsam losziehen«, rief Heini, und ohne auf Jos Meinung zu warten, stiefelte er zur Gondel.

Heini und Steffen unterhielten sich über Tourenabfahrten, und Jo kam sich ziemlich ausgebootet vor. Quirin sagte nichts, und wieder spürte Jo seine unangenehme Präsenz und empfand eine instinktive, unbegründbare Anspannung. Sie machten einige Abfahrten auf der Piste, die von rund zehn Zentimetern Neuschnee überzogen war.

»Ski fahren kannst du, das muss man dir lassen«, sagte Heini nachher aufgeräumt zu ihr. Jo entspannte sich etwas.

»Ich bin früher mal Rennen gefahren. Nur das Tourengehen habe ich nie probiert. Komisch eigentlich, vor allem hier im Allgäu. Übrigens finde ich es toll, dass der Steffen wieder Touren geht.« Jo wollte allmählich zum Adi-Thema überleiten. Und wenn sie schon Steffen Schaller und Quirin zufällig zusammenhatte, auch gut.

»Ja, beeindruckend«, sagte Heini und schlug vor, in die Bierenwang-Hütte zu gehen, um das weitere Vorgehen zu besprechen.

Sie setzten sich zu viert an einen Eckplatz. Jo ging zur Toilette, und als sie zurück zum Tisch kam, sah sie, wie Quirin und Heini die Köpfe zusammensteckten. Dafür, dass die sich gerade erst kennen gelernt hatten, waren die ja sehr freundschaftlich, dachte Jo. Auf ihrem Platz stand ein Glühwein.

»Alkohol beim Tourengehen?« Jo drohte Heini lächelnd mit dem Finger und versuchte, die Stimmung etwas aufzuheitern.

»Einer geht schon«, meinte Heini und prostete ihr zu. Während sie weitere Details für das Journalisten-Tourenwochenende besprachen, wurde noch mehrmals angestoßen. Jo spürte, wie ihr der Glühwein zu Kopf stieg.

»Komisch, dass ich dich hier treffe«, sagte sie zu Quirin, »aber andererseits ist das gut so. Wieso bist du denn kürzlich so schnell abgehauen? Ich weiß ja, ich mische mich immer in Dinge ein, die mich eigentlich nichts angehen. Aber ich kriege dieses Bild nicht mehr aus dem Kopf. Das Bild, wie der Arm aus dem Funken ragt.«

Quirin sagte nichts, auch die anderen zwei waren stumm. Jo fühlte sich auf einmal sehr merkwürdig. So wie es sich anfühlt, wenn man fahrige Bewegungen macht, um in einem dunklen Raum den Lichtschalter zu ertasten. Und wenn man dann nichts findet, macht man eben zögernde Schritte hinein in einen unbekannten Raum. So erging es Jo gerade, und auf einmal machte ihr die Situation Angst.

»Jo, lass das Thema Adi Feneberg für heute mal gut sein, das belastet uns alle zu sehr. Vor allem Steffen!«, meinte Heini und rief betont fröhlich zum Aufbruch.

Es schneite leicht. Weder Steffen noch Quirin sagten ein

Wort. Einsilbig zogen sie Felle auf. Jo war unwohl, als Heini ihr erklärte, wie sie die Felle aufzukleben habe. Sie konnte sich schlecht konzentrieren. Der Glühwein hatte ihr wirklich zugesetzt. Aber sie wollte jetzt nicht schwächeln. Steffen stapfte los, Quirin hinterher, Jo folgte als Dritte.

»Ich mach den Lumpensammler«, sagte Heini, und irgendwie hatte Jo das Gefühl, seine Stimme hätte sich verändert.

Nach etwa zehn Minuten fühlte sie Übelkeit. Eine Hitzewelle durchlief ihren Körper. Ihr war schwindlig. Sie hatte das Gefühl, ihren Körper zu verlassen. Sie konnte keinen Gedanken festhalten. Aber das war kein angenehmes Loslassen. Als die erste Woge etwas abgeflaut war, drehte sie sich zu Heini und bemühte sich angestrengt um einen lockeren Tonfall. Das Reden war aber Höchstanstrengung.

»Du, entschuldige, ich bin schon genauso ein Weichei wie die Journalisten. Mir ist elend schlecht.«

»Ach, das kommt vielleicht von der schlechten Sicht. Viele Leute haben da Probleme mit dem Gleichgewichtssinn. Da wird einem schlecht. Geh einfach langsam weiter.«

Jo hatte nur wenige Schritte gemacht, als eine gewaltige Woge der Übelkeit über sie hinwegschwappte. Sie musste sich übergeben. Direkt auf die Ski. Sie erholte sich etwas.

»Sollen wir umkehren?«, fragte Heini. »Aber das ist jetzt eigentlich blöd, denn so verpasst du eine der schönsten Abfahrten im Allgäu.«

»Nein, das wird schon gehen.« Jo fummelte in ihrem Wimmerl herum und förderte Paspertin-Tropfen zutage. Sie hatte immer eine kleine Notfall-Apotheke dabei. Sie nahm zwanzig Tropfen. Unter allergrößter Kraftanstrengung ging sie bis zum Gipfel. Sie zogen die Felle ab, und Heini stopfte die Aufstiegshilfen in seinen Rucksack. Es hatte gerade ein bisschen aufgerissen, und Jo sah den Hang, der unter ihr lag. Er war steil, höllisch steil und endlos. Eine weiße Flanke, die nicht zu enden schien. Eine infernalische Schneefläche. Wieder kam eine Hitzewelle, dann begann sie zu frieren. Sie bebte im Schüttelfrost und kotzte erneut in den pappigen Schnee. Ihre Knie zitterten so, dass sie kaum in der Lage war, stehen zu bleiben.

»Heini, ich schaff das nie da runter. Entschuldige, dass ich euch jetzt die Abfahrt versaue, aber wir müssen umkehren. Ich muss nach Hause ins Bett. Ich glaub, ich bin richtig krank.«

»Wir müssen sicher nicht umkehren. Und für Sie ist es zu spät zum Umkehren. Es ist im Leben meist zu spät zur Umkehr.«

Eine Windböe hatte den Grat erfasst und verwehte Quirins Worte. Jo dachte noch, dass er schon wieder wie in einem Theaterstück sprach, als sie einen Stoß verspürte. Sie stürzte über einen Felsen, und sich wild überkugelnd ging die Talfahrt weiter. Die Mütze flog. Bei einem dieser Purzelbäume zerschnitt ihr die Stahlkante die Hose, ein Stock traf ihre Skibrille und drückte ihr diese schmerzhaft in den Augenwinkel. Irgendwann kam sie zum Halten. Es war eine ungeheure Anstrengung, den Kopf zu wenden und hochzusehen. Wo waren die drei?

Sie standen noch immer am Grat. Jo lag da, und eine neue Übelkeitswelle überfiel sie. Ihr »Hilfe« war wenig mehr als ein ersterbender Laut. Die Männer rührten sich nicht. Und nur sehr langsam wurde es für Jo zur Gewissheit: Die würden ihr nicht helfen. Es war ein Moment der Klarheit. Natürlich kannten sich Heini und Quirin. Sie kannten sich alle drei, ein diabolisches Trio! Sie wollten sie umbringen, elend verrecken lassen im Schnee. Lawinengrab, dachte Jo. Quirins »Es ist zu spät zur Umkehr« hallte in ihr nach. Aber sie wollte nicht sterben. Sie schaffte es, aufzustehen und noch mal hochzusehen. In dem Moment fuhren die Männer los. Jos Ski suchten die Falllinie diesen mörderischen Hang hinunter. Der Untergrund war mal pulvrig, mal harschig. Mal ritt sie obenauf, dann sackte sie wieder ein. Sie durfte jetzt nicht stürzen. Aber da war Quirin an ihrer Seite, schnitt ihr den Weg ab. Von hinten kam Heini. Sie konnte ihre Linie nicht mehr kontrollieren. Sie hörte noch ein ratschendes Geräusch, so als ob jemand abschwingen würde. Hatten die aufgegeben? Eine Sekunde Hoffnung, und dann fiel sie. Haltlos, bis es einen gewaltigen Ruck gab. Ein Stock hatte sich irgendwo verhakt, und dann riss etwas in ihrer Schulter. Der Schmerz war plötzlich, noch nie da gewesen. Als sie wieder atmen konnte, sah sie ihren Arm im Anorak hängen, so als würde er nicht dazugehören. Sie sackte zur Seite, übergab sich. Der Schmerz war grenzenlos. Mit der anderen Hand schaffte sie es, das Wimmerl zu öffnen. Aber das Handy war nicht drin. Auch sonst war nichts mehr da als die kleine Flasche Paspertin. Jo trank sie aus, ohne zu wissen, warum sie das tat. Dann überfiel sie erneut eine Woge von Schmerz.

Der Schneeregen hatte dem Scheibenwischer von Gerhards Bus auf der höchsten Stufe alles abverlangt, die Wischblätter waren auch nicht die neuesten. Schneematsch hatte die Straße wie Schmierseife überzogen. Dennoch war Gerhard in Rekordzeit in Stein angekommen. Es war halb elf und etwa drei Grad, und das war so ziemlich die scheußlichste aller Wetteroptionen. Er zog den Kragen seiner Lederjacke hoch und klingelte. Als sich nach dem ersten Klingeln nichts rührte, klingelte er erneut. Nichts. Verdammt!

Er hatte gar nicht bemerkt, dass jemand neben ihn getreten war. Er sah sich um und erkannte Irene sofort, weil sie Quirin so ähnlich sah. Das Mädchen nestelte an einem Schlüssel und sah Gerhard fragend an.

Er lächelte. »Irene? Irene Seegmüller?«

»Ja«, das Mädchen nickte überrascht, »wollen Sie zu mir?«

»Ja, mein Name ist Gerhard Weinzirl. Von der Kripo in Kempten. Es geht um Quirin, Ihren Bruder. Und um Adi Feneberg. Kann ich mit Ihnen reden?«

Irene riss die Augen auf und nickte dann ernst.

Noch immer standen sie halb im Regen, halb unter dem Vordach. »Gehen wir ein Stück?«, fragte Irene. »Steffen, mein Freund, ist hier. Er schläft noch, ich möchte ihn nicht wecken. Er schläft so selten.«

»Medizinerschicksal, nehme ich an?«

»Auch«, sagte Irene und ging los. Sie liefen eine ganze Weile schweigend durch das Wohngebiet, bis Irene auf ein Haus deutete.

»Früher waren hier die Fensterläden knalltürkis, heute sind sie beigebraun. Manchmal kommt es mir vor wie ein Symbol. An was habe ich als Kind alles geglaubt? Was habe ich ersehnt? Eine Welt in Türkis! Vieles ist beige geworden mit den Jahren.«

Irene lächelte, lächelte aus einer Traurigkeit heraus, die von tief drinnen kam. Lächelte, so als wäre sie älter, weiser, abgeklärter, als ihr junges Gesicht glauben machte. Gerhard fühlte sich unwohl.

»Ich bin nicht gut im Smalltalk. Und offen gesagt, ist das auch nicht meine Aufgabe. Mein Job ist es, den Mord an Adi Feneberg aufzuklären. Sie und Ihr Bruder haben in Suizid- und Giftforen gechattet. Warum?«

Sie sah Gerhard an, und dessen Beunruhigung wuchs. Wie ertappt stellte er fest, dass dieses Mädchen schön war. Nicht attraktiv oder hübsch – nein, schön! Sie hatte braune Augen, die leicht schräg standen. Slawische Wangenknochen verliehen ihrem flächigen Gesicht etwas Edles, einem Gesicht, das von schulterlangen dunklen Locken umrahmt war. Sie hatte eine überraschend helle Haut, breite Schultern, eine schmale Taille, üppige Hüften und Brüste, die ganz ohne BH hoch saßen. Sie war schön, weiblich schön, einer Kriegsgöttin gleich. Irene war schön, und sie schien es nicht zu wissen.

»Gehen wir doch besser rein«, sagte sie.

Sie führte ihn in eine skandinavisch heitere Küche und schenkte Tee ein. Gerhard setzte sich vor die mintgrüne Tasse auf die Bank.

»Irene, ich weiß nicht, ob Sie nicht lieber einen Anwalt zuziehen möchten. Oder Ihre Mutter anrufen? Das wird jetzt keine Teestunde mit kleiner Plauderei unter Freunden.«

Irene beugte sich ein bisschen vor und sah ihm direkt in die Augen.

»Das ist mir klar. Meine Mutter ist auf Kur. Ich bin alt genug. Ich möchte das alles endlich zu Ende bringen.«

Gerhard konnte sich ihrer Wirkung nicht entziehen. Dieser Schönheit, dieser Endgültigkeit, mit der sie sprach. Obgleich sie kein zerbrechliches Wesen war, hatte er das Gefühl, sie schützen zu müssen.

»Macht es Ihnen was aus, wenn ich ein Diktiergerät mitlaufen lasse?«, fragte Gerhard und versuchte alles abzulegen, was seine Professionalität eingeschränkt hätte.

Irene schüttelte den Kopf.

»Irene, ich weiß, dass Quirin nicht, wie er das ausgesagt hat, mit zwei Kumpels am Funken war, sondern allein. Und das war genau zu der Zeit, zu der Adi Feneberg im Funken gelandet ist. Außerdem besteht der berechtigte Verdacht, dass er zusammen mit Heini Pfefferle und mit einer Freundin von mir unterwegs ist. Kennt Quirin Heini Pfefferle?«

Irenes Stirn legte sich in Falten, sie nickte.

»Ja, die kennen sich, aber ich glaube einfach nicht, dass sie das getan haben. Ich meine, wirklich getan haben. Es war doch nur ein Gedankenspiel. Sie waren doch die drei Musketiere der wilden Gedanken.«

»Irene, es geht hier um Mord. Was haben die getan? Und genauer? Wer ist die?«

»Quirin, Steffen und Heini. Sie haben Adi gehasst. Jeder hatte Grund genug, ihn zu hassen. Ich hasse ihn auch. Aber das alles ist eine lange Geschichte. Sie müssten die Hintergründe kennen.«

»Reden Sie, uns läuft die Zeit davon!«

Irene rückte ihren Stuhl zurecht und begann leise zu sprechen: »Quirin und ich hatten sozusagen zwei Mütter. Die Freundin meines Vaters lebte im gleichen Haus, in einer Einliegerwohnung. Ich weiß, das ist Irrsinn, aber sie wurde uns als die ›Tante Marianne‹ verkauft. Tante Marianne bekam von unserem Vater ein neues Auto, meine Ma hatte nur ein Fahrrad. Quirin und ich waren ja nicht blöd. Wir hatten wie alle Kinder hochsensible Antennen. Das glauben Erwachsene bloß nie. Wir wurden älter und wussten die Geräusche, die von oben kamen, richtig zu deuten. Sie wissen schon.«

»Die Kinder glaubten nicht mehr an den Nikolausi, an Osterhasi und an falsche Tanten schon gar nicht?«

»Genau. Wir haben unsere Mama immer weinend erlebt, unseren Vater eine Etage höher, und wir waren verwirrt. Marianne mussten wir hassen, weil sie unserer Mama wehtat. Ich hatte in der Zeit gottlob bereits Steffen und seine ganz normale Familie, aber Quirin hatte niemanden. Ich war in Irland bei einem Schüleraustausch, als Marianne starb. Quirin hatte mir geschrieben, dass unsere Mutter im Krankenhaus am Bett ihrer ärgsten Feindin Wache gehalten und ihre Hand gedrückt habe. Unser Vater sei kein einziges Mal gekommen. Ich weiß noch, wie sein Brief endete: *Marianne hat uns mit unverständlicher Langsamkeit verlassen, ganz anders, als sie gelebt hatte. Pa hat nicht mal geweint. Meine feine Göttin. Ihr Frauen seid das starke Geschlecht. Männer sind Waschlappen.*

Irene sprach emotionslos, so als würde sie ein Protokoll vorlesen. Es war wie eine Nacherzählung eines ganz fremden Lebens.

»Ich war so entsetzt. Wir Kinder, wir waren uns doch so vertraut, und doch habe ich nie begriffen, wie sehr Quirin gelitten hat. Ich bin auch diesem Männer-Frauen-Käse aufgesessen. Ein Indianer kennt keinen Schmerz. Ich wusste nichts über das wahre Seelenleben meines Bruders. Und ich, ich hatte ihn im Stich gelassen. Ich war doch keinen Deut besser als meine Eltern gewesen. Egoistisch war ich geflüchtet. Zu Steffen, dann zum Schüleraustausch. Ich bin sofort heimgeflogen, und da war Quirin voller Hass. Vor allem auf unseren Vater, den Grabdiener von zwei Lieben. Auf alle Männer!«

»Konnten Sie Quirin denn helfen?«, fragte Gerhard.

»Ich weiß nicht. Ich glaube nicht. Er hasste es, ein Mann zu sein. Unser Vater zog bald darauf aus, er hatte eine neue Freundin, kaum dass Marianne unter der Erde war. Und Quirin hasste auch unsere Mutter, weil sie auch das mal wieder duldend hingenommen hatte.«

Gerhard nippte an dem Tee.

»Allmählich verstehe ich Quirin. Aber ich finde immer noch keinen Zusammenhang mit Adi Feneberg.«

»Als mein Vater auszog, kam er selbst gar nicht. Er hatte

Bekannte geschickt, die Möbel zu holen. Einer davon war Adi Feneberg gewesen.«

Gerhard sah überrascht hoch. »Adi war ein Freund Ihres Vaters? Aber wie passte dieses Musterbeispiel der Moral denn zu Ihrem Vater und seinem Verhältnis? Einer wie Adi muss so ein Verhalten doch abgelehnt haben?«

»Sehen Sie, Sie spüren das auch! Da ist ein Wahnsinnsbruch zwischen dem ach-so-moralischen Adi und dem Umgang mit meinem Vater. Ich habe sogar mal versucht, mit Adi darüber zu reden, aber er hat mich behandelt wie ein Kindergartenmädel. Ich würde das nicht verstehen, hat er gesagt. Adi und Pa, das waren alte Bergkameraden, zweimal Luis Trenker. Adi hat meine Mutter nie gemocht, sie war zu intellektuell, zu wenig sportbegeistert und in die alte Männerfreundschaft eingedrungen. Sie war auch viel jünger als mein Vater. Adi mochte sie nicht und mich auch nicht. Moralapostel Adi hat für uns eine ganz neue Lösung gefunden. Er hat bei Pa immer darauf gedrungen, dass er diese unwürdigen Spiele beenden sollte. Er sollte meine Mutter und uns verlassen und Marianne heiraten. Stellen Sie sich das mal vor, so einfach lässt sich Moral definieren. Ich war fassungslos und wollte ihm klarmachen, was er da eigentlich sagte. Und da meinte er, ich solle lieber rausgehen und Sport treiben, anstatt Erwachsene zu belästigen. Das wäre besser für meinen Kopf und für meine Figur.«

Gerhard schluckte schwer.

»Und Quirin, wie stand er zu Adi?«

»Das ist es ja eben! Adi war für Quirin das, was Steffens Eltern für mich waren. Er war sein Eishockey-Trainer, er war lange ein großes Vorbild.«

»Quirin hat Eishockey gespielt?«, fragte Gerhard überrascht.

»Ja, er war nicht immer so ein dünner, anämischer Intellektueller. Er war das, was man einen ganz normalen Jungen nennt. Und er wollte seinem Vater gefallen. Was Pa gefiel, war sportlicher Ehrgeiz. Und Quirin bettelte um Anerkennung. Für ihn war das umso stressiger, weil der perfekte Adi sein Trainer war. Vom Adi, von dem kannst du alles lernen, halt dich an den Adi, das war der Standardsatz unseres Vaters. Und Quirin versuchte das. Aber er war halt nur mittelmäßig begabt, er war eben auch der Sohn unserer Mutter. Das übertünchte er mit dummen Männersprüchen, wie Jungs halt so sind! Das ging alles ganz gut, bis Quirin so etwa dreizehn war und er unsere heulende Mutter und die Pseudo-Tante erleben musste. Quirin muss noch viel mehr als ich darunter gelitten haben.«

»Hat er denn mit Adi darüber geredet?«, wollte Gerhard wissen.

»Ich nehme es an. Schlagartig hat er eines Tages mit Eishockey aufgehört. Der Name Adi fiel nie mehr. Quirin hat nie darüber gesprochen, aber ich denke, Adi hat sich vor unseren Vater gestellt. So wie er das bei mir auch getan hat. Verstehen Sie?«

Angstvoll sah Irene hoch, voller Qual. Eine junge Frau, selbst erwachsen und doch immer noch voller Angst, die Erwachsenen würden sie nicht verstehen.

»Die Lichtgestalt Adi Feneberg verlor ihre Leuchtkraft.«

Irene sah ihn überrascht an. »Lichtgestalt, ja das trifft es. So wurde uns Adi verkauft, als die unfehlbare Lichtgestalt.«

»Aber wieso hat nie jemand eine Beziehung zwischen Quirin und Adi Feneberg bemerkt? Wir haben natürlich die Listen der Kids geprüft, die er trainiert hat.«

Irene stutzte. »Ach so, da war er mit dem Namen Thomas Gruber verzeichnet. Wir hießen bis zur Scheidung alle Gruber. Wir haben beide den Namen unserer Mutter angenommen, und Quirin hat auch den Vornamen gewechselt. Das kann man, wenn man volljährig ist. Quirin ist eigentlich sein zweiter Name. Unser Vater hieß, na ja, heißt immer noch Thomas.«

Darauf wäre Gerhard nie gekommen. In einer Million Jahren nicht. »Und wie ging es weiter?«

»Adi tauchte in unserem Leben regelmäßig auf. Immer hatte er Entschuldigungen für unseren Vater und für uns nur Sprüche. Da Quirin inzwischen auch keinen Sport mehr trieb, kam Adi ständig mit seinen Mens-sana-in-corpore-sano-Parolen. Aber sein Geist war ja wohl alles andere als gesund! Obwohl unser Vater nicht mehr da war, kam er zu unserer Mutter, um mal nach dem Rechten zu sehen. Stellen Sie sich das mal vor! Er glaubte wirklich, sie würde sich freuen. Unsere Mutter beging einen Selbstmordversuch. Dann kam er nicht mehr.«

Es war das Lakonische in Irenes Stimme, das Gerhard anrührte. Ein langes Schweigen entstand. Plötzlich fiel Gerhard dieser Satz ein: »Welches Wort du sprichst, du dankst dem Verderben.«

»Und dann?«, fragte Gerhard schließlich.

»Quirin, Steffen und ich haben in der Zeit viel zu dritt unternommen. Aber Quirin war halt der Kleine, wir waren als Gesellschaft eigentlich viel zu alt für ihn. Ich habe geglaubt, dass Quirin wieder etwas auf die Beine kommt. Heute weiß ich, dass Quirin einmal mehr gespielt hat, mir, seiner feinen Göttin – so nennt er mich noch immer –, etwas vorgespielt hat. Aber das Leben ging weiter, Steffen studierte in München und hat am Wochenende seine Bergsteigerei fast schon wie eine Religion betrieben. Für mich war da wenig Platz. Aber ich hatte selbst wenig Zeit, weil ich ein wirklich gutes Abi machen wollte.«

»Und dann kam die Lawine?«, fragte Gerhard, und das Gefühl des Unwohlsseins in ihm verstärkte sich.

Sie drehte ihre Locken zusammen und ließ die Hand dann wieder sinken.

»Ich wusste von Steffens Tourenkurs, ich war zu Hause und hatte gelernt. Steffen wollte am Nachmittag vorbeikommen und mich abholen. Als er um achtzehn Uhr immer noch nicht da war, habe ich auf seinem Handy angerufen. Das war aus. Um zwanzig Uhr hab ich bei seinen Eltern angerufen, da ging keiner dran. Und als es da so endlos durchgeklingelt hat, wurde ich panisch. Ich wusste, es ist was passiert. Ich kann gar nicht sagen, warum. Es war keine Ahnung, es war Gewissheit. Ich habe überlegt, wen ich noch anrufen könnte. Mir war total schlecht, und dann ging das Telefon. Es war Steffens Mutter. Ich solle mich nicht aufregen, es wäre alles gut gegangen. Es wäre ein Wunder. Es hat eine Weile gedauert, bis ich wusste, dass Steffen lebend aus einer Lawine geborgen und nach Kempten ins Klinikum geflogen worden war. Ich bin losgerast. Mit hundertfünfzig durch Waltenhofen und über den Ring. Trotzdem war es die längste Autofahrt meines Lebens. Steffen war so blass, aber er lebte. Sie haben ihn drei Tage dabehalten. Am zweiten Tag konnte ich endlich mal allein mit ihm sein.«

»Und wie war er? Konnte er überhaupt darüber reden? Es muss doch unvorstellbar grausam sein, in einer Lawine gefangen zu sein?«

Irene nickte. »Unvorstellbar und wohl auch ganz anders, als wir uns das vorstellen. Er hat erzählt, dass sein Leben wie ein Film vor ihm abgelaufen wäre. Wie in der dritten Person sprach er von sich, und es muss wohl auch so gewesen sein, dass er von weit außerhalb auf die Szene herabgeblickt hat. Er sprach von einem sanften Gefühl, als er in die Ohnmacht geglitten war. Er sagte, es wäre eine neue Dimension gewesen, die sich ihm geöffnet habe. Ein zweites Leben. Er wollte plötzlich unbedingt mit mir zusammenziehen, und ich war natürlich selig.«

»Und Sie sind nach München zu ihm?«

»Ja, nach dem Abi. Ich wollte dann im Wintersemester Volkskunde anfangen und hatte vorher einen Praktikumsplatz im Bayerischen Nationalmuseum ergattert. Ich gebe es gern zu: Ich war der Lawine fast dankbar. Anfangs lief es super. Es war, als habe es die Lawine nie gegeben. Steffen hat das alles toll weggesteckt. Im Winter darauf ist er wieder Skitouren gegangen. Zusammen mit Heini Pfefferle. Der hat ihn behutsam aufgebaut. Ich hatte eine Scheißangst. Und da hatte Steffen die Idee, einmal im Jahr des Unfalls zu gedenken. Ich fand ihn extrem tapfer, denn er ging auch seine Retter besuchen. Ich war mit dabei, als er diese Lawinenhündin Asta zum ersten Mal wiedergesehen hat. Sie hat ihm übers Gesicht geleckt.«

»Ja, aber das hört sich doch alles sehr positiv an?« Gerhard sah sie mitfühlend und aufmunternd zugleich an.

»Ja, den Eindruck hatte ich auch. Ich habe geheult, als ich ihn beobachtet habe, wie er mit Asta gespielt hat. Wir waren im nächsten Winter wieder da. Die Lawine war sehr präsent, weil immer noch der Prozess gelaufen ist und die Zeitungen voll davon waren. Und da stand auf einmal Adi Feneberg da, einfach so. Auf einmal stand er in der Rettungsleitstelle. Mich hat er gerade mal mit einem Nicken ohne Namensnennung begrüßt. Keine Frage, wie es mir geht, wie es Quirin geht, wie es Ma geht! Und dann begann er zu reden. Darüber, wie schwer er betroffen sei. Darüber, dass er als Leiter der Kommission nicht anders hätte handeln können, dass er die Entscheidung heute genauso wieder getroffen hätte. Immer über sich. Wie er nächtelang nicht geschlafen habe. Er, er, er! Er hat kein einziges Mal gefragt, wie es Steffen geht. Und dann kam der Hammer. Er sagte zu Heini, dass seine Routenwahl falsch gewesen wäre. Aber im Prozess hätte er natürlich zu ihm gehalten. Zwei Dinge werde ich nie vergessen: Als er zu reden begann, stand die Hündin auf und legte sich so weit wie möglich von Adi weg. Und wie er sagte, dass Steffen und Heini als Männer an so etwas nur wachsen könnten. Dass Steffen als angehender Mediziner ja an Extremsituationen gewöhnt sein müsse und dass Heini gelernt haben dürfte, vorsichtiger zu sein. Und dann hat er einige Fälle beschrieben, wo er Tote geborgen hat. Er, er, er – er, der große Adi Feneberg. Der Unfehlbare, der Berggott. Er hat beschrieben, wie sie ausgesehen haben. Er hat dann Steffen noch jovial auf die Schulter geklopft und gesagt: ›Dank dem lieben Herrgott, dass er dich verschont hat.‹ Ich war einfach sprachlos. Wie selbstgefällig kann einer eigentlich sein? Überlegen Sie mal: Beschreibt der in Steffens und Heinis Gegenwart, wie die Lawinenleichen ausgesehen haben!«

»Hat Steffen das denn auch als eine solche Ungeheuerlichkeit empfunden?«

»Anfangs hatte es nicht den Anschein. Als Adi diesen beschissenen Männersatz sagte, schien er das fast als Auftrag zu verstehen. Der Auftrag, ein Mann zu sein. Nur – noch in der Nacht begannen seine Alpträume.« Wieder klang Irene lakonisch.

»Alpträume?«, fragte Gerhard.

»Ja, er schoss jede Nacht hoch. Er begann schlafzuwandeln, riss Dinge in der Wohnung um. Er machte mitten in der Nacht das Licht an und schrie, er brauche Helligkeit. Am Morgen konnte er sich an nichts mehr erinnern. Steffen veränderte sich auch am Tage. Er wurde fahrig und unkonzentriert. Und ich habe diesen Adi so gehasst. Viel mehr als ich ihn früher schon gehasst hatte. Wieso musste er in Steffen all diese Ängste wecken? Das wäre wirklich nicht nötig gewesen. Wieso musste Adi mit seiner verqueren Moral immer wieder in unser Leben platzen?«

»Sie beide haben Adi also gehasst?«, wiederholte Gerhard vorsichtig.

»Steffen dementierte das. Er behauptete immer, Adi habe doch Recht damit, dass ein Mediziner in Grenzsituationen bestehen müsse. Einmal mehr Männergequatsche, nichts als Selbstbetrug! Ich habe Adi gehasst. Alles, was Steffen und ich mühsam aufgebaut hatten, drohte einzustürzen. Das kleine Pflänzchen Normalität begann zu verdorren. Steffen wollte nicht mehr über seinen Unfall reden, er wollte gar nicht mehr reden und mich nicht mehr lieben. Mich nicht, sich nicht, das Leben nicht. Er lag ständig auf seinem Bett, dem Dämon Depression viel näher als der bunten Studentenwelt, in der wir eigentlich hätten leben können. Aber er redete schon lange nicht mehr. Ich war fix und fertig, weil er niemanden mehr an sich ranließ. Mich nicht, Heini nicht, Quirin nicht.«

»Quirin wusste von allem?«

Irene schob sich eine Haarsträhne aus dem Gesicht. Ihre Wangen waren jetzt gerötet.

»Ja, und er wollte mich schützen. Seine feine Göttin. Quirin war damals wie eine Furie. Er hat geschrien und getobt und Adi verflucht als einen Egomanen unter dem Deckmäntelchen der Moral. Er hat diese eitle Überzeugung gehasst, alle belehren und bevormunden zu müssen. Quirin hasst diesen Männer-Ehrenkodex. ›Es gibt ihn nicht‹, schrie er.« Irene überlegte: »Es gab ihn vielleicht nie mehr seit den drei Musketieren.«

»Und dann haben drei selbsternannte Musketiere beschlossen, Adi eine Lektion zu erteilen?«, fragte Gerhard.

»Nicht eigentlich beschlossen. Sie sind da hineingeschlittert.«

Irene erzählte lakonisch, wie Quirin sie in den Monaten der Verzweiflung über Steffen getröstet hatte. Wie sie Steffen schließlich hatten überreden können, eine Psychotherapie zu beginnen. Eines Tages sei es darum gegangen, dass man bei bestimmten Ängsten die Leute mit dem Objekt der Angst konfrontieren müsse. Also beispielsweise Leute, die Angst vor Hunden haben, mit Hunden. Also im extremsten Fall hätte Steffen das Gefühl des Eingesperrtseins noch einmal erleben müssen. »Ich dachte, das ist ja Wahnsinn! Und dann sagte Quirin: ›Mir wäre es lieber, wir würden Adi mal in 'ne Lawine stecken. Damit er keine Volksreden mehr schwingt. Damit es auch um und in ihm still wird.‹«

Irene schaute Gerhard an, der dem Satz hinterherlauschte.

»In eine Lawine konnten Sie ihn nicht packen? Hmm? Aber in einen Funken! Was für ein Plan!«

»Es war kein Plan. Es war so, als wenn man immer weiter in einen Roman eintaucht oder in einen Film. Die Realität verlässt einen nach und nach«, sagte Irene und schaute weg, dorthin, wo sich auf dem Fensterbrett hellblaue Krüge reihten.

»Aber wieso der Funken?«, fragte Gerhard.

»Auch das ist langsam entstanden. Die Jungs waren alle so bitter drauf und so sarkastisch. Und irgendwann einmal sagte einer: ›Zur Hölle mit ihm. Er gehört ins Fegefeuer. Jawohl, ins Fegefeuer der Eitelkeiten!‹ Sie haben hysterisch gelacht, und auf einmal hat Quirin ganz ernst gemeint, es gäbe ein Fegefeuer im Allgäu.«

»Und dann haben sie diese Idee entwickelt, einfach so?«

Gerhard fühlte, wie ihm der Boden unter den Füßen weggezogen wurde. Der Haggenmüller, das wäre ein Verdächtiger für ihn gewesen. Und er wünschte sich, die Spur zu Jobst Kürten sei noch etwas wert. Denn das, was sich hier andeutete, konnte er einfach nicht fassen.

»Heute kommt mir das auch extrem abwegig vor. Aber es war doch nur ein Gedankenspiel. Quirin erzählte von Adis morgendlichem Joggen und meinte, er würde ihn aufhalten, betäuben, in den Funken legen und zwar so, dass er wieder aufwachen würde. Sie redeten von einem Fegefeuer. Zur Läuterung. Er sollte langsam realisieren, wo er war. Er sollte die Panik spüren. Die drei haben geredet, als würden sie einen Urlaub planen.«

»Es sieht aber so aus, als hätten sie es wirklich getan! Irene! Es sieht auch so aus, als hätte Steffen Rohypnol besorgt, um Adi Feneberg zu betäuben. Für ihn war das kein Problem. Sie sagen, er ist da?«

»Ja, oben.«

»Sie haben Verständnis dafür, dass ich mit hinaufgehen muss?«

Irene nickte und wies Gerhard den Weg ins Obergeschoss. Sie öffnete vorsichtig eine Tür. Das ungemachte Bett war leer.

»Steffen! Steffen!«, rief Irene. Sie rannte zu einer Nebentür, die ins Bad führt, und riss diese auf. Auch dort war nur Leere.

»Er ist weg«, stammelte sie. Sie rannte die Treppe so schnell hinunter, dass Gerhard Mühe hatte, ihr zu folgen. Sie stürmte hinaus und stemmte die Garagentür hoch.

»Er ist weg, das Auto ist weg!«

In dem Moment klingelte Gerhards Handy. Evi war dran.

»Jos Auto steht in Immenstadt. Das von Heini Pfefferle am Fellhorn. Jo und drei junge Männer wurden gesehen, wie sie mit Tourenausrüstung in die Gondel eingestiegen sind.«

Heini, Quirin, Steffen und Jo! Zum ersten Mal hatte Gerhard wirklich Angst. Nackte Angst. Er durfte jetzt keinen Fehler machen. Jeder Fehler konnte tödlich sein! Tödlich für Jo!

»Wer von den Kollegen kann Ski fahren, richtig gut Ski fahren?«, fragte er.

»Warte mal 'ne Sekunde.«

Evi war nach zwei Minuten wieder dran und klang überrascht. »Meierl ist früher mal im Skiclub gewesen, und Markus kann wohl sehr gut snowboarden.«

»Die sollen in Skiausrüstung ans Fellhorn fahren. Sofort. Ich treff sie da. Du informierst die Bergwacht und nimmst jetzt gleich Irene Seegmüller in Empfang, die ich dir ins Präsidium schicke.«

Er sah Irene scharf an, die nickte.

Gerhard jagte über die Autobahn. Er fuhr Bleifuß auf der linken Spur. Er hatte einige Aquaplaning-Ausreißer, aber er heizte unvermindert weiter. Bis die Kollegen eintrafen, vergingen fünfzehn Minuten. Sie waren allein in der Gondel. Es war zwölf Uhr, das Wetter war nicht dazu angetan, an einem Wochentag Skifahrer anzulocken. Die wenigen, die im Gebiet unterwegs waren, saßen wahrscheinlich in einer Skihütte. An der Bergstation erfuhr Gerhard, dass die vier Richtung Bierenwang-Hütte unterwegs gewesen waren. Sie fuhren schnell und konzentriert. Als sie vor der Alpe abschwangen, hatte der Schnee einige Bänke komplett zugeweht.

»Do gohts heit ja zua! Was wend dir denn alle?«, war das Erste, was die drei Polizisten zu hören bekamen, als sie die Tür aufstießen und mit ihnen eine ganze Ladung Schnee herein stiebte.

»Waren Leute da?«

»Drei Männer und a jungs Wieb. Dr ui war der Heini, der Bergführer. Dia sind grad erscht naus.«

»Was haben die hier gemacht?«, Gerhard sprach schnell.

»Eabbas trunka. I glaub dia wolltet no a kluine Tour macha. Mei, wenn der Heini do isch, hon i denkt.« Er schaute Gerhard zweifelnd an, dessen Miene finster und angespannt war.

»Tassen!«, schrie Gerhard. Wo sind die Tassen, aus denen die getrunken haben?

»Ja, in dr Kucha!«

Gerhard stürzte in die Küche, wo ein junges Mädchen sich eben anschickte, ein Tablett voller Geschirr abzuspülen.

»Hast du die Gläser der letzten Gäste schon gespült?«, rief er.

Sie schaute mit ihren großen schwarzen Augen wirklich aus wie's sprichwörtliche Schwälble, wenn's blitzt.

»Herrgott, hosch des Gschirr scho aglichet?«, brüllte Gerhard.

Sie zuckte zusammen, schüttelte den Kopf und deutete auf vier Glühweinbecher.

Gerhard riss vier Plastikbeutel raus, steckte die Tassen hinein und drückte sie Meierl in die Hand. Zum Wirt gewandt rief er:

»Wo sind die hin?«

»Dia wolltet aufs Fellhorn nauf, zum Schlappoldkopf und auf Riezlern abfahra. I hon mi no verkopft, ob des bei dem Wettr kui Schmarra isch. Aber weil doch dr Heini ...«

Gerhards Magen krampfte sich zusammen.

»Wenn Jo sonst keine Skitouren geht, kommen die langsam voran. Das Fellhorn hat 2037 Meter, der Schlappoldkopf 1968 Meter. Auf den Gipfel braucht man etwa zehn Minuten, dann gibt's wenige kleinere Anstiege auf dem Grat, alles in allem geht es recht eben dahin. Lass sagen, sie brauchen eine knappe Stunde.«

Gerhard, Meierl und der Wirt starrten in Richtung der Stimme. Markus hatte gesprochen, so klar, wie Gerhard ihn noch nie erlebt hatte.

»Ich bin in Riezlern aufgewachsen, den Schlappoldkopf kenn ich. Ich boarde, seit ich zehn bin. Ich bin mal kurz in einem Freeriding-Team mitgefahren. Äh, ich weiß nicht, ob du weißt …« Er sah Gerhard ängstlich an. Da war er wieder – der alte, unsichere Markus.

Gerhard starrte ihn an, als sähe er ihn zum ersten Mal.

»Markus, deine Einschätzung. Was bedeutet das?«

»Es ist Wahnsinn bei dem Wetter. Das ist extrem, äh extrem heißes Terr… äh, Gelände. Der Hang hat zwischen dem Kopf und Unterwestegg fünfunddreißig bis vierzig Grad. Er hat zwar diverse Geländestufen zum Verschnaufen, aber er ist dadurch sehr in… äh, instabil! Vor allem heute. Heini kennt ihn sicher wie seine Westentasche. Gerade er muss wissen, dass es Wahnsinn ist. Er fährt den Hang locker. Die anderen beiden, auch wenn sie erfahrene Freerider sind, werden sich schon schwerer tun. Aber Jo als Anfängerin? Es ist Wahnsinn, es sei denn …«

»Markus, es sei was?«

»Heini und die anderen bringen Jo absichtlich in Gefahr!«

Gerhard wies auf die Tassen in Meierls Hand: »Sofort untersuchen lassen, mach, dass du vom Berg kommst! Und alarmier die Bergwacht. Sag ihnen, dass wir Hilfe brauchen. Zwischen Schlappoldkopf und Unterwestegg. Alarmier in Riezlern die Gendarmerie und die Rettung!«

Er hastete zur Tür, gefolgt von Markus. »Wenn Jo einen

Schutzengel hat, dann hat er dich geschickt. Schaffen wir den Hang?« Gerhard sah Markus besorgt an. Markus nickte. Gerhard zog seine Felle auf, schnell und konzentriert. Markus hatte ein teilbares Touren-Snowboard dabei. Er ging voran, sein Tempo war extrem hoch. Der Wind kam inzwischen waagerecht über den Grat, zerrte an den Anoraks, kleine Eiskristalle stachen wie Nadeln in ihre Wangen. Sie hatten in gut dreißig Minuten den Schlappoldkopf erreicht. Markus atmete nicht mal ansatzweise stärker. Gerhard pumpte aus tiefem Lungengrund.

»Lass uns ein kurzes Stück abfahren, damit die Sicht besser wird«, schrie Markus gegen den Wind an.

Er sprang in den Hang, Gerhard hinterher. Sie fuhren vielleicht hundert Höhenmeter ab. Höchste Konzentration war erforderlich, denn der Schnee war stark verblasen. Der Schneefall hatte aufgehört, nur der Wind heulte weiter. Und plötzlich sahen sie schwarze Punkte weit unten. Drei Punkte, die sich rasch talwärts bewegten. Aber wo war der vierte? Im Schnee waren Spuren zu sehen. Sie folgten ihnen, Markus vorne weg. Plötzlich schwang er ab und hob warnend die Hand.

»Da kommt eine gefährliche Geländestufe. Jeder mit Ortskenntnis weiß das. Wir müssen sie umfahren, bevor wir was lostreten.«

Markus flog dahin auf seinem Board, Gerhard hatte bei diesen ungünstigen Schneeverhältnissen Probleme, auf seinen Skiern zu folgen. Markus fuhr zunächst von den Spuren weg. Wieder stoppte er. Er prüfte mit Gerhards Stock den Hang, und dann nickte er.

»Ich glaube, wir können es riskieren zu queren.«

Und dann sahen sie Jo etwa hundert Meter weiter oben liegen. Leblos! Im Schnee waren jene Abdrücke zu sehen, die entstehen, wenn jemand seitlich aufsteigt.

»Die sind ein Stück hochgestiegen. Es sieht aus, als ob sie Jo retten wollten.« Aus Markus Stimme sprach Unverständnis.

»Oder es sollte so aussehen!«, rief Gerhard, dessen Stimme vor Anspannung leicht kippte.

Vorsichtig stiegen sie auf, prüften immer wieder den Hang. Schließlich erreichten sie Jo, die merkwürdig verdreht dalag. Die Schulter hing im Anorak wie bei einer Puppe mit zerbrochenen Gliedern. Gerhard war neben ihr. Sie war bewusstlos, aber sie hatte Puls, und während Markus eine Aludecke aus seinem Rucksack holte, fummelte Gerhard sein Handy heraus. Er betete nie. Aber jetzt – und es war keine Floskel – sandte er eine Bitte nach oben. Lass das hier gut gehen! Und er atmete auf. Sein Handy funktionierte, und er schaffte es, Meierl eine Positionsangabe durchzugeben.

Zwanzig Minuten später war der gelbe Christopher über ihnen. Sie verständigten sich durch Handzeichen. Eine Trage wurde heruntergelassen. Wie viele Male hatte Gerhard solche Bergungen geübt, wie oft war er dabei gewesen! Jeder Handgriff saß, auch heute, aber früher waren es Fremde gewesen. Heute war es Jo. Gerhard schwebte mit der Trage hinauf in den Helikopter, der Notarzt erschien ihm irgendwie beruhigend, weil er so sachlich war.

»Die Schulter ist luxiert. Die Frau ist ohne Bewusstsein, und da lassen wir sie auch.«

Noch im Hubschrauber versetzten sie Jo in ein künstliches Koma, flogen sie nach Kempten und schafften sie auf die Intensivstation. Im Klinikum versicherten die Ärzte Gerhard, dass Jo nicht lebensbedrohlich verletzt sei. Nichts hätte er jetzt lieber getan, als neben ihr sitzen zu bleiben. Stunden, Tage, ein Leben lang. Aber er hatte noch einen Mord aufzuklären und einen versuchten Mord gleich dazu!

Gerhard saß auf einem orangefarbenen Plastikstuhl und starrte zu Boden, als Evi kam, ihn abzuholen. Evi drückte ihm einmal kurz die Schulter.

»Die Kollegen im Walsertal haben Steffen Schaller, Quirin Seegmüller und Heini Pfefferle verhaftet. Sie haben sie auf dem Weg zur Bushaltestelle gefasst. Alle drei sitzen bei uns im Präsidium. Ich dachte mir, dass du die Vernehmung leiten solltest, nein leiten musst.«

Schweigend fuhren sie den Ring hinunter. Gerhard schaute aus dem Fenster. Er wollte nicht reden. Seine Beherrschung war gespielt, aber er war froh, sich zusammenreißen zu müssen. Wäre er jetzt außerhalb seiner beruflichen Mauern gewesen, hätte er Heini besinnungslos geschlagen und Quirin so lange geohrfeigt, bis Farbe in sein blasses Gesicht gekommen wäre.

Seine Stimme war eiskalt, als er zu Evi, die vor dem Präsidium einparkte, sagte: »Nimm du dir Quirin vor. Ich würde ihn auf der Stelle erwürgen. Meierl und Markus sollen mit Steffen Schaller reden. Ich werde mir Heini vornehmen.«

Heini Pfefferle konnte Gerhard nicht in die Augen sehen, als dieser den Raum trat. Er starrte auf die Tischplatte und wippte mit einem Fuß nervös auf und ab. Gerhard setzte sich ihm gegenüber und sagte lange nichts. So lange, bis Heini hochsah. Seine Augen waren rot, Äderchen durchzogen das Weiß seiner Pupillen.

»Warum, Heini? Warum du?«, fragte Gerhard mit bebender Stimme.

»Weil ich tot bin da drinnen.« Er klopfte auf seine Brust. »Weil ich ein Zombie geworden bin. Weil ich keine Nacht schlafe. Aber ich wollte wieder leben, zusammen mit meiner Familie.«

»Hast du wirklich geglaubt, euer wahnsinniger Plan hätte dir Linderung bringen können? Dieser Irrsinn, Adi Feneberg in ein Fegefeuer zu werfen? Heini, du bist doch kein Phantast!«

»Das wird einer wie du nie verstehen, Gerhard. Du bist unerschütterlich. Ich habe immer nur unerschütterlich gewirkt. Wir drei, Quirin, Steffen und ich, wir mussten es einfach tun. Die Idee war wirklich phantastisch, wenn du das so formulieren willst.«

Gerhard war wirklich nahe dran, ihm ins Gesicht zu schlagen.

»Und wie ist das Ganze abgelaufen?«, fragte er mit kalter Stimme.

»Es war einfach. Adi kam vorbeigejoggt, und ich habe ihn aufgehalten. Ich habe gesagt, dass wir doch einmal miteinander reden müssten. Dass er ja wohl in vielem Recht behalten habe.« Heini lachte bitter. »Da ist er sofort stehen geblieben. Kurzzeitig war er sogar richtig nett. Ich war schon versucht, die ganze Sache abzublasen, als er Quirin mit so einem gönnerhaften Blick ansah und meinte, er würde ihn gern mal zum Sport mitnehmen. Er sähe ja nicht mehr aus wie ein Kerl. Quirin hat nur genickt und gesagt, er werde sich das überlegen. Dann war alles klar. Wir haben ihm Tee angeboten, ihn noch ein bisschen belabert, bis er wegsackte. Dann haben wir ihn am Rand des Funkens in eine Art Loch geschoben und außen nur ein paar Äste locker draufgelegt. Er wäre da leicht rausgekommen.«

»Ihr wolltet also wirklich, dass er aufwacht?«, wollte Gerhard wissen.

»Ja, natürlich! Steffen hat das Rohypnol besorgt. Er war sich so sicher. Wir haben in den letzten Tagen tausendmal darüber nachgedacht, wieso das passieren konnte. Er war sich der Dosierung so sicher!« Es war Verzweiflung, die jetzt aus Heini sprach.

»Adi Feneberg war krank. Er hatte Myasthenia gravis. Das wird zumindest dem angehenden Doktor in eurer Verschwörung etwas sagen. Das Rohypnol hat zum Atemstillstand geführt. Unter normalen Umständen wäre er wohl aufgewacht – so wie ihr es geplant hattet.«

»Wir wollten ihn nicht umbringen. Niemals!«

»Aber du wolltest Jo umbringen!«

»Quirin rief bei mir an, dass Jo bei ihm gewesen sei. Dass sie ihn mit Fragen bombardiert habe. Sie hat bei unserem ersten Treffen auch versucht, mich über Adi Feneberg auszuquetschen. Wir waren uns sicher, dass sie nicht aufgeben würde. Wir wollten das zu einem Ende bringen. Ich bin Vater, ich habe ein Kleinkind. Petra und die Kleine sind der einzige Lichtblick in meinem Leben. Es gab kein Licht mehr, seit der Lawine. Es gab keine Nacht ohne Alpträume. Das ging uns allen so. Wir dachten anfangs, man könnte keinen Zusammenhang zwischen uns herstellen. Aber dann kam Jo.«

»Und ihr habt sie in den Tod hetzen wollen. Im Glühwein war Heroin. Ich habe die Tassen analysieren lassen. Für jemanden, der Heroin zum ersten Mal in einer solchen Form verabreicht bekommt, war die Reaktion mit totaler Übelkeit und Erbrechen ganz normal. Auch das hat Steffen als Mediziner sehr genau einkalkulieren können. Die Konzentration war nicht tödlich hoch, aber eben so, dass Jo völlig willenlos war.«

Gerhard sah Heini noch mal an, seine rotgeränderten Augen waren wirklich die eines Zombies. Aus dem Nebenzimmer waren gedämpfte Stimmen zu hören. Gerhard hätte tausend

Fragen gehabt, private Fragen, aber er wusste gleichzeitig, dass er mit Heini niemals mehr privat sprechen würde.

»Habt ihr wirklich geglaubt, ihr kommt damit durch?«

»Wir hätten gesagt, sie sei über die Kuppe gestürzt. Wir haben eine Rettungsaktion inszeniert und den Aufstieg zur Unfallstelle vorgetäuscht. Wir hätten ausgesagt, dass es zu gefährlich war, ganz bis zu ihr hinaufzusteigen. Wir hätten lange genug gewartet, bis wir die Bergwacht alarmiert hätten. Sie wäre bis dahin tot gewesen. Tragisch verunglückt.«

Gerhard sprang auf, und dann packte er Heini am Kragen und schüttelte ihn. »Das bist nicht du!«

»O doch, das bin ich seit der Lawine, glaub mir. Man hätte uns geglaubt. Ich bin Bergführer, Steffen ist Mediziner. Und wir beide sind doch sowieso vom Schicksal gebeutelt. Wir hätten den Mitleidsbonus gehabt. Jetzt hat der arme Heini noch jemanden verloren, hätte es geheißen. Und Steffen, was für eine grauenvolle Laune des Schicksals, dass der arme Junge schon wieder mit dem Tod im Schnee konfrontiert wurde, hätten alle gesagt. Gott hat ziemlich schwarzen Humor, hätten die Leute gedacht.«

Heini sprach leise und war voller Zynismus.

Gerhard schlug ihm hart ins Gesicht – und dann rannte er aus dem Zimmer in die Herrentoilette. Er schöpfte sich Wasser ins Gesicht und sah auf seine Handfläche. So etwas hatte er noch nie getan. Es verstrichen Minuten, bis er Evi aus dem zweiten Verhörzimmer herauswinkte und schließlich alle drei Männer in einen Raum bringen ließ. Die Stille war beängstigend, Evi stand an einen Tisch gelehnt. Sie war leichenblass. Die drei jungen Männer saßen nebeneinander – von Musketieren keine Spur mehr. Schließlich sah Quirin Gerhard in die Augen. Alle Arroganz war gewichen.

»Wieso hast du denn nicht Alarm geschlagen? Es war sogar noch jede Menge Zeit, weil der Funken noch nicht gebrannt hatte.«

»Ich dachte, er sei vielleicht schon rausgekrochen. Und dann wollte ich was sagen, als die anfingen, brennbare Flüssigkeiten in den Funken zu kippen. Da war es zu spät.«

Schweigen senkte sich erneut über die Gruppe. Gerhard dachte an den knorzigen Arm und an seine eigene kunterbunte, fröhliche Jugend und daran, wie wenig er trotz seines Jobs über die tiefen Abgründe des Menschseins wusste.

Er musste sich einen Ruck geben, um überhaupt weiterzufragen.

»Nehmen wir mal an, der Plan wäre aufgegangen. Dann wäre Adi Feneberg so gegen fünf aus dem Funken gekrabbelt. Und dann? Wäre er aufgestanden und lächelnd heimmarschiert? Außerdem: So genau konntet ihr die Zeit nicht berechnen. Was, wenn er erst aufgewacht wäre, wenn schon Leute da gewesen wären? Oder der Funken schon gebrannt hätte? Ihr habt seinen Tod sehr wohl einkalkuliert!«

Heini schüttelte hektisch den Kopf.

»Nein, nein, das haben wir nicht gewollt!«

Steffen Schaller fiel ein: »Ich war mir absolut sicher, er wäre spätestens um fünf aufgewacht. Ich hatte extra so dosiert, dass ein Spielraum blieb.«

»Okay, aber da waren schon ein Haufen Leute da. Und da entsteigt also Adi Feneberg wie ein Funken-Troll dem Funken und läuft davon? Der wäre doch gesehen worden. Und was hätte er dann gesagt: dass er gerade mal ein Schläfchen gemacht hat? Dass er das immer im Funken tut?«

»Er hätte den wahren Hergang für sich behalten. Er war zu eitel!«, sagte Heini und sah zu Boden.

»Nehmen wir mal an, er hätte nichts verraten. Wie wäre er mit euch umgegangen? In Zukunft?«

»Er hätte so getan, als wäre nichts gewesen. Er hätte unsere Botschaft verstanden. Man hat eben doch nicht immer alles in der Hand. Aber er hätte es nie zugegeben, dass er von drei Teenagern – dafür hat er sogar Heini noch gehalten – übertölpelt worden ist. Niemals! Nicht um uns zu schützen, sondern um seinen Nimbus zu schützen!«

Quirins Augen flackerten, seine Wangen waren rot. Rund um ihn herum schien gleißendes Licht zu sein. Gerhard spürte jetzt wieder diese zerstörerische Kraft, die von Quirin ausging.

Er ließ das unkommentiert und verlegte sich auf greifbare Dinge. Das war seine einzige Chance, diesen Irrsinn zu überstehen.

»Aber ich begreife den ganzen Ablauf nicht. Adi Feneberg war um fünf Uhr fünfzehn an der Adelharzer Kreuzung. Da ist er doch vorher schon an euch vorbeigelaufen? Wieso hat er da nicht schon angehalten?«

Heini blickte Gerhard verständnislos an.

»Er ist nicht vorher vorbeigekommen. Es war doch Sonntag.«

Gerhard runzelte die Stirn.

»Entschuldige, aber das verstehe ich nicht.«

»Dienstag, Donnerstag, Samstag und Sonntag ist er die Runde immer andersrum gelaufen. Erst runter nach Werdenstein, dann zum Burgcafé und weiter nach Adelharz. Immer Montag, Mittwoch und Freitag lief er über den Kirchplatz, durchs Dorf und dann zur Adelharzer Abzweigung«, erklärte Heini.

»Und das war immer so?«

Nun antwortete wieder Quirin, sein Lachen war diabolisch.

»Bei ihm war alles immer so. Natürlich! Er hat seine Runden streng nach Plan und Zeit gelaufen. Bei uns war er deshalb so gegen Viertel vor sechs.«

Dann hatte sich der Kiechle wirklich in der Zeit vertan! Sie waren sich so sicher gewesen, denn die Zeit hatte ja genau zur Runde gepasst. Dann hatte auch Kürten die Wahrheit gesagt. Er hatte ihn wirklich erst später getroffen. Kurz bevor er von Quirin und Heini ins Fegefeuer geworfen worden war.

»Du entschuldigst mich kurz«, sagte er nur zu Evi gewandt und ging in ein Nebenzimmer. Von dort rief er Schimpfle in Ulm an.

»Sie können Kürten gehen lassen. Er hat nicht gelogen. Auch seine Zeitangaben stimmen.«

Was er zu hören bekam, war ein Kichern.

»Schade eigentlich, so ein Unsympath, wie der gewesen ist. Und grüßen Sie Ihre aparte Kollegin. Meine Einladung zur hausgemachten Mascarpone steht.«

Gerhard hatte aufgelegt. Evi hatte augenscheinlich einen Schlag bei diesem schwäbischen Halbitaliener. Sakra! Der ging ja ran, der Jürgen-le, dachte Gerhard, und ein wenig riss ihn so viel Lebensfreude aus dem schwarzen Strudel der dämonischen Musketiere wieder heraus. Er ließ die drei abführen und machte sich augenblicklich daran, seinen Bericht zu schreiben.

Evi war neben ihn getreten.

»Lass das doch. Das hat doch noch Zeit. Ich kann das doch machen.«

»Danke, Bella. Aber ich brauch das jetzt.«

Sachlich zu formulieren war besser, als nachzudenken, zu grübeln oder begreifen zu wollen, dass einer wie Heini dem Teufel Herz und Seele verkauft hatte. Seine Menschenkenntnis hatte ihn im Stich gelassen, und das schmerzte. Er lächelte Evi mit einem wehmütigen Blick an.

»Übrigens, ruf mal den Jürgen-le an, der hat eine Mascarpone für dich.«

Evi errötete leicht und murmelte irgendwas. Gerhard zwinkerte ihr zu, tieftraurig, und gleichzeitig war da ein Funken Normalität. Das Leben ging weiter.

Als Jo im Krankenhaus aufwachte, war sie völlig desorientiert. Sie machte eine Bewegung und merkte, dass Schläuche in beiden Handrücken steckten. Ihre Schulter war wie gepanzert. Maschinen neben ihr blinkten grün und rot, sie kam sich vor wie in einer hochdramatischen Arzt-Serie. Greys Anatomy? Ein Wandschirm teilte den Raum nach links ab. Rechts an der Wand hing eine Uhr: Es war elf. Aber was war eigentlich für ein Tag? Sie konnte sich leicht aufrichten und den Kopf weiter zur Seite drehen, wo ein Spiegel hing. Ihr Gesicht hatte die Farbe eines frischgekalkten Hauses, die schwarzen Augenringe lagen auf wie eine Halloween-Maske. Ihre Lippen waren blutleer. Sie fühlte sich schwach, wie nach einer langen Bettlägerigkeit, und hatte dumpfe Magenschmerzen.

Die Tür ging auf, und ein ganzer Tross von Ärzten und Schwestern kam herein, und nur sehr allmählich begriff Jo, dass sie fünf Tage im künstlichen Koma gelegen hatte. Dass ihre Schulterluxation ohne Komplikationen heilen würde. Dass sie eine Heroinvergiftung gehabt hatte und die Unmengen von Paspertin-Tropfen das Beste gewesen waren, was sie hatte tun können. Man verlegte Jo auf die normale Station. Sie hatte Glück, denn in ihrem Zimmer war nur ein Bett belegt. Ihr war nicht nach Reden zumute, die vielen Telefonate strengten sie schon genug an. Andrea, Gerhard, Patti und Marcel hatten angerufen, und einmal war Hermine Cavegn dran. Sie redeten lange miteinander, und nach diesem Gespräch war sich Jo sicher, dass sie erst einmal drei Monate unbezahlten Urlaub nehmen würde. Vielleicht um Hermine Cavegn in Graubünden zu besuchen, denn diese hatte beschlossen, mit ihrer Schwester heimzugehen.

»Zu den Wurzeln. Wenn man die Heimat im Herzen hat, wird man mutig, aber nie übermütig«, sagte sie am Ende des Telefonats.

Jo sah aus dem Fenster und spürte die Intensität dieses Satzes. So ging es ihr mit dem Allgäu. Die Allgäuer strahlten etwas Erdiges aus. Tiefe Wurzeln, die Halt gaben – auch in stürmischen Zeiten. Wenn das Heimat war oder auch nur ein Teil davon, dann war Jo froh, dazuzugehören. Zum ersten Mal fühlte sie das ganz glasklar. Vielleicht würde sie ihre Mutter besuchen, zu der sie seit Jahren keinen Kontakt mehr hatte. Sie saß am Tisch in ihrem Zimmer und nippte an ihrem Krankenhaus-Kamillentee. Sie hatte Kaffeeverbot, weil ihr Magen noch nicht ganz in Ordnung war. Schluck für Schluck und ganz langsam zwang sie das Gesöff in sich hinein. Sie schlurfte zu ihrem Waschbecken und wusch mit einem Waschlappen ihr Gesicht – was einhändig gar nicht so einfach war. Aber alles in allem fühlte sich Jo wie auferstanden nach einer sehr langen, kräftezehrenden Krankheit.

Gerhard kam täglich zu Besuch, und auch wenn er es schon mehrfach erzählt hatte, stellte Jo immer dieselben Fragen, und Gerhard antwortete. Ja, im Glühwein war Heroin gewesen. Die Konzentration war nicht tödlich hoch gewesen, aber eben so, dass man völlig neben der Spur ist. Ja, Heini kannte das Terrain so gut, dass er und seine Kumpane Jo wirklich auf einen Felsvorsprung zugetrieben und abstürzen lassen hatten. Und ja, die hätten sie da liegen gelassen. Und leider, man hätte ihnen wahrscheinlich geglaubt. Erst nach mehrmaligem Hören drang das alles in tiefere Bewusstseinsschichten vor.

Am Tag ihrer Entlassung war Jens am Telefon.

»Jo, ich habe von Patti gehört, dass du im Krankenhaus liegst. Was ist denn passiert? Ich wollte mich erkundigen ...«

»Danke, das ist lieb, du weißt ja: Unkraut vergeht nicht. Sei mir nicht böse, das Reden strengt mich momentan ziemlich an. Das Denken erst recht. Darüber nachzudenken, was passiert ist. Ich habe das selbst noch nicht ganz begriffen. Ich rufe dich in den nächsten Tagen an. Wenn du magst.«

»Sicher! Erhol dich erst mal. Gute Besserung, und Jo, ich hätte vielleicht ...«

Jo unterbrach ihn. »Pass gut auf Jenny auf. Andere Väter haben das nicht getan. Erwachsene fügen Kindern unendliches Leid zu. Deine Tochter hat Glück, dass sie so einen tollen Vater hat. Man muss die schützen, die man liebt.«

»Ich hätte was drum gegeben, dich schützen zu können«, sagte Jens leise. Er schwieg kurz und fügte dann fast flüsternd hinzu: »Auch wenn ich dich momentan nur durch gute Gedanken schützen kann.«

Jo lächelte zum ersten Mal seit Tagen, als sie auflegte.

Als Gerhard Jo aus dem Krankenhaus abholte, verriet sein Gesicht Besorgnis.

»Irene Seegmüller will mit dir reden. Sie möchte dir wohl sagen, wie leid ihr das alles tut. Ich hab ihr gesagt, du musst das entscheiden.«

»Das arme Mädchen! Sie wird ihr ganzes weiteres Leben mit der Schuld leben müssen, dass ihr Bruder und ihr Freund solch einen Plan geschmiedet haben. Und mehr noch: Sie muss damit fertig werden, dass sie eventuell etwas hätte verhindern können. Klar rede ich mit ihr. Hat sie selbst denn Strafe zu befürchten?«

»Sie wird aussagen. Robert Bruckner ist ihr Anwalt, und er meint, dass man sie eigentlich nicht wegen Beihilfe verurteilen kann.«

»Gut so, und wo ist sie?«

»In Eckarts, oben auf der Funkenwiese«, sagte Gerhard zweifelnd.

Jo verstand.

Schweigend fuhren sie dahin, am Rössle vorbei, und da stand Irene mitten auf dem Feld. Jo hatte sie nie zuvor gesehen und war berührt von ihrer seltenen Schönheit. Sturm war aufgezogen und verwehte ihre Locken. Es war kein dumpfer Föhnwind, sondern ein Wind aus Norden, der eher Regen als Schnee bringen würde. Irenes Gesicht war von Haarsträhnen bedeckt, ihr Kopf gesenkt. Jo und Gerhard folgten ihrem Blick, der sich auf das verkohlte Rund des ehemaligen Funkens richtete. Mittendrin versuchte ein Schneeglöckchen zögerlich, aber doch mit erkennbarer Knospe das Schwarz und den Winter zu durchdringen.

Auf Irenes Gesicht lagen tiefe Schatten. Sie deutete auf das Blümchen.

»Das sind die Trugbilder, die uns glauben machen, es würde sich lohnen. Die Hoffnung, die angeblich zuletzt stirbt. Das stimmt wohl, aber sie stirbt.«

»Aber es gibt Heilung«, sagte Jo, die langsam auf sie zuging.

»Frau Kennerknecht, ich kann Ihnen gar nicht sagen, wie leid mir das tut. Ich hätte wissen müssen, dass es mehr als ein

Spiel war. Für Brüche gibt es Schrauben, sogar Herzen kann man transplantieren. Für verletzte Seelen wie die von Quirin gibt es weder Metall noch Transplantate. Es gibt Sedativa, temporäre Linderung. Es gibt Umwege, Aufschübe, Aufbäumen. Aber es gibt keine Rettung für verletzte Seelen.«

In diesem Moment deckte eine Böe das Blümchen mit Asche zu, und Irene sah hinauf zum Himmel, die Augen zugekniffen, und dann nickte sie kaum merklich, während sie auf die Knie sank und tonlos zu weinen begann.

Nachwort

Griaß eich!

Das ist jetzt also der zweite Allgäu-Krimi mit Jo und Gerhard! Eine Geschichte um Feuer und Eis. Ich habe diesmal eine ganze Reihe Leute mit meinen Fragen genervt. Die werden das Kreuzzeichen geschlagen haben, als das Manuskript endlich fertig war!

Deshalb ist die Dankesliste auch lang.

Tausend Dank geht an Heini Schwinghammer für seine hinreißenden Geschichten aus dem Leben eines Bierwagenfahrers und an den unnachahmlichen Dieter Grassl für seine Ideen rund ums Brauwesen. Zu danken habe ich Ralf Brückner, der mich über das Dasein eines Strafverteidigers aufgeklärt hat, und ganz besonders Dr. Arno Bindl, der mich sozusagen »drogenmäßig« beraten hat. Lieben Dank an Stefan Brück, den besten Bergführer von allen! Dank auch an Gerhard Walter aus Galtür für sehr berührende Einblicke in den Schrecken eines Katastrophenwinters. Ebenso Dank an die Damen des Kultur-Werks in Sonthofen für ihre Verdienste um die Transskription des Allgäuer Dialekts, den wir ein wenig abgemildert haben, dass man ihn in Kiel (eventuell) auch noch versteht! Ach ja – und ein Dankeschön geht an die »Felldeppen«, die sich täglich neue Kapriolen ausdenken, auf dass mir die Tiergeschichten nie ausgehen mögen!

GLOSSAR

Gschpässig – seltsam
Des wert scho – eigentlich bayerisch und die universale Trostformel!
Schumpa – halbwüchsige junge Kühe
Du luagsch aus wie's Kätzle am Bauch, dät mei Oma saga – die Katze am Bauch, ein Sinnspruch von der Oma: in etwa: Du siehst elend aus
Preschthaft – verwachsen
Kreizguater Ma – integrer, feiner Kerl
Kuiner – keiner, im Allgäu wird gerne je nach Region keiner zu koiner oder kuiner
Eabbas – etwas
Funkakiechla – Gebäck in Schmalz herausgebacken, werden speziell am Funkensonntag verzehrt
Komod – praktisch, bequem
Sell – selbst, selber
Allui – allein
Nochhert – nachher
Pressierts – pressieren = es eilig haben
Allat – immer, das all-allgäuerische Füllsel, das man immer verwenden kann
Bäppet – bäppen = pappen, kleben
Huret – wenn etwas huret, meint der Allgäuer, dass etwas nicht gut läuft, dass es irgendwo zwickt…
Bachele warm – lauwarm, vor allem im Winter verwendet, wenn es zu warm für die Jahreszeit ist
Föhl/Fehl – Mädchen

Verhocksch – verhocken meint mit dem Auto hängenzubleiben, wird auch verwendet, wenn man in einer Kneipe zu lange sitzen bleibt
Aufpassa wie a Häftlämachr – aufpassen wie ein Fuchs
Was muinscht? – was meinst du?
Wellawäg – trotzdem
Higluaget – hinsehen, luagen = sehen
Nagloset – hinhören, losen = hören
Guazla – Bonbon
Häs – die Kleidung
Mi leckscht am Fidla – Ausdruck der Ver-/Bewunderung, Fidla = Po
Verschlupft sich – wenn sich etwas verschluft, dann verschwindet es, Dinge verschlupfen sich oft ungewollt
Duranand – Durcheinander
Bläret – blären = schreien oder weinen
Flacka – flacken = liegen
Russ – Biermischgetränk aus Weißbier (Weizen) und weißer Limo
Jomra – jammern, einer der viel jammert, ist ein »Jommerer«
Langa – ausreichen
Sui – im Oberallgäu verwendet man für das weibliche sie sui
Jetzt isch aber gschtuhlet! – jetzt ist aber Schluss (wörtlich: Die Stühle sind jetzt hochgestellt)
Heigada und gemütlichen Hock – ein Heigada ist ein geselliges Zusammensein, oft mit Musik
Miegele – angenehm, weich
Schübling – dicke kurze Würste, kalt und warm zu essen
Aglichet – alichen = abspülen

Reetgedeckte Häuser, malerische Häfen, Dünen in milder Septembersonne – und ein Mord ...

224 Seiten
ISBN 978-3-442-46855-3

»In *jeder* Hinsicht eine spannende Geschichte!«
NDR

Überall, wo es Bücher gibt und unter www.goldmann-verlag.de

»Unbestritten das derzeit größte Talent des deutschen Polizeiromans.« *(WDR)*

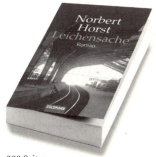

288 Seiten
ISBN 978-3-442-45230-9

288 Seiten
ISBN 978-3-442-45912-4

384 Seiten
ISBN 978-3-442-46305-3

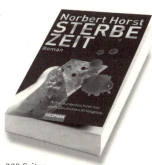

288 Seiten
ISBN 978-3-442-46487-6

Überall, wo es Bücher gibt und unter www.goldmann-verlag.de

Die ganze Welt des Taschenbuchs unter
www.goldmann-verlag.de

Literatur deutschsprachiger und
internationaler Autoren,
**Unterhaltung, Kriminalromane, Thriller,
Historische Romane** und **Fantasy-Literatur**

Aktuelle **Sachbücher** und **Ratgeber**

Bücher zu **Politik, Gesellschaft,
Naturwissenschaft** und **Umwelt**

Alles aus den Bereichen **Body, Mind + Spirit**
und **Psychologie**

Überall, wo es Bücher gibt und unter www.goldmann-verlag.de

Goldmann Verlag • Neumarkter Straße 28 • 81673 München